SV

Band 338 der Bibliothek Suhrkamp

James Joyce
Stephen der Held

Übersetzt
von Klaus Reichert

Suhrkamp Verlag

Fünfte Auflage in der Bibliothek Suhrkamp 1994
Der Text folgt dem zweiten Band der »Werke«
von James Joyce, »Frankfurter Ausgabe«

Druck: Nomos Verlagsgesellschaft, Baden-Baden
Printed in Germany

Stephen der Held

[....]
Länder. Sie waren ausgestreckt, wollten sagen: Wir sind allein – komm: und die Stimmen sagten mit ihnen: Wir sind dein Volk: und in der Luft begann es zu schwärmen von ihresgleichen, da sie ihn riefen, einen von ihrem Geschlecht, und sich anschickten zu gehen und die Schwingen schüttelten, die Schwingen ihrer jubilierenden und schrecklichen Jugend.

[....]
Vom Broadstone nach Mullingar ist es eine Reise von rund fünfzig Meilen durch die Midlands von Irland. Mullingar, die Hauptstadt von Westmeath, ist die Kapitale der Midlands, und zwischen ihr und Dublin gibt es einen regen Verkehr von Bauern und Vieh. Diese Fünfzig-Meilen-Reise macht man mit der Bahn in etwa zwei Stunden, und man muß sich also vorstellen, wie Stephen Daedalus in die Ecke eines Dritter-Klasse-Wagens gekeilt sitzt und die dünnen Schwaden seiner Zigaretten der bereits verstunkenen Luft beisteuert. Der Wagen war von einer Gruppe Bauern besetzt, von denen beinah jeder ein in ein gepunktetes Sacktuch geschnürtes Bündel bei sich hatte. Der Wagen roch stark nach Bauern (ein Geruch, dessen entwürdigende Menschlichkeit Stephen in der kleinen Kapelle von Clongowes am Morgen seiner Erstkommunion wahrgenommen zu haben sich entsann), und zwar derart beißend, daß der Jüngling sich nicht klar werden konnte, ob er den Schweißgeruch widerwärtig fand, weil Bauernschweiß ungeheuerlich ist oder weil er im Augenblick nicht von seinem eigenen Körper ausging. Er gestand sich ohne Scham ein, daß er ihn aus diesen beiden Gründen widerwärtig fand. Die Bauern spielten mit geschwärzten abgefingerten Karten vom Broadstone an, und immer wenn es Zeit für einen Bauern war, die Gruppe zu verlassen, griff er sich sein Bündel und stapfte schwer durch die Wagentür hinaus, ohne sie hinter sich wieder

zuzumachen. Die Bauern sprachen wenig und schauten kaum auf die Umgebung, durch die sie fuhren, aber als sie im Bahnhof Maynooth hielten, zog ein Herr in Gehrock und Zylinder, der einem Gepäckträger wegen eines Maschinenkastens laute Direktiven gab, ihre staunende Aufmerksamkeit mehrere Minuten lang auf sich.

In Mullingar nahm Stephen sein schmuckes Handköfferchen aus dem Netz herunter und stieg auf den Bahnsteig. Als er die Klauen der Billetteinsammler passiert hatte, blieb er einige Augenblicke unschlüssig stehen, bis ihn der Kutscher eines kleinen dunkelgrünen offenen Zweisitzers erblickte. Der Kutscher fragte, ob er der junge Herr für Mr. Fulham wäre, und als Stephen bejahte, lud er ihn ein, auf den Sitz neben ihm zu klettern. Und damit fuhren sie unbeschwert davon. Der Zweisitzer, der nicht sehr sauber war, hoppelte ziemlich, und Stephen schaute ein- oder zweimal ängstlich nach seinem oszillierenden Handkoffer, aber der Kutscher sagte, er brauche keine Angst zu haben. Nachdem der Kutscher das ein paarmal mit denselben Worten gesagt hatte, wurde er eine Weile still und fragte dann, ob Stephen nicht aus Dublin käme. In diesem Punkte beruhigt, wurde er wieder still und begann mit bedächtiger Peitsche von dem schlechtgestriegelten Fell zwischen den Deichseln Fliegen wegzuknallen.

Der Zweisitzer fuhr die lange gewundene Hauptstraße der Stadt hoch, über die Kanalbrücke hinüber und hinaus ins freie Land. Stephen bemerkte, daß die Häuser sehr klein waren, aber als ihm ein großes quadratisches Gebäude in den Blick kam, das auf fest ummauertem Gelände stand, fragte er den Kutscher, was für ein Gebäude das wäre. Der Kutscher sagte ihm, es wäre das Irrenhaus, und setzte eindrucksvoll hinzu, es gäbe ungeheuer viele Insassen da drin. Die Chaussee wand sich durch üppiges Weideland und von Feld zu Feld sah Stephen sich mästende Viehherden. Manchmal wurde das Vieh von einem dösigen Bauern gehütet, aber öfter noch war es sich selbst überlassen und bewegte sich langsam von Moor zu Trockenland und von Trockenland zu Moor, wie der Wille es führte. Die kleinen Hütten an der Chaussee waren von verblühten Rosen überzogen, und in manch einer Tür stand wohl eine Frau und schaute schweigend übers flache Land hinaus. Hin und wieder bot wohl ein Bauer, der sich auf der Chaussee schleppte, dem Kutscher einen Guten Tag und rückte, wenn er Stephen der Ehre für wert befand, an seinem Hut. In dieser Weise zog der Zweisitzer die staubige Chaussee dahin und näherte sich allmählich dem Haus Mr. Fulhams.

Es war ein altes uneinheitliches Haus, kaum sichtbar von der Chaussee, und von einer schönen Anpflanzung umgeben. Man erreichte es über eine ungepflegte Auffahrt, und der Boden hinter ihm, voll von Gruppen verblichener Rhododendren, fiel hinab zum Ufer des Lough Owel. Das Verwalterhaus war eine geweißelte Hütte, an deren Tür ein kleines Kind im Hemd saß und an einer großen Brotkruste kaute. Das Tor stand auf und der Zweisitzer bog in die Auffahrt. Nach einer Kreisfahrt von ein paar hundert Yards erreichte der Zweisitzer die Tür des alten farblos gewordenen Hauses.

Als der Zweisitzer an der Tür vorfuhr, kam ihm eine junge Frau mit ruhig würdigem Schritt entgegen. Sie war vollständig schwarz gekleidet, und ihr dunkles Haar war an den Schläfen glatt zurückgebürstet. Sie streckte ihre Hand aus:

– Willkommen, sagte sie. Mein Onkel ist im Obstgarten. Wir haben das Geräusch der Räder gehört.

Stephen berührte leicht ihre Hand und verneigte sich.

– Dan, stellen Sie den Koffer zunächst in die Halle, und Sie, Mr. Daedalus, sollen mit mir kommen. Ich hoffe, Sie sind nicht erschöpft von Ihrer Reise: es ist ein so ermüdendes Fahren.

– Nicht im geringsten.

Sie ging voran durch die Halle und dann durch eine kleine Glastür in einen großen quadratischen Obstgarten, dessen vordere Hälfte noch in der Sonne lag. Hier, beschirmt von einem breiten Strohhut, sah man Mr. Fulham in einem Korbstuhl sitzen. Er begrüßte Stephen sehr herzlich und stellte die üblichen höflichen Fragen. Miss Howard hatte ein kleines Tablett mit Obst und Milch herausgebracht, und der Besucher aß und trank dankbar, denn der Staub der Chausseen hatte sich ihm in die Kehle gesetzt. Mr. Fulham erkundigte sich ausgiebig nach Stephens Studien und Neigungen, während Miss Howard schweigend neben seinem Stuhl stand. In einer Pause des Verhörs nahm sie das Tablett auf und trug es ins Haus. Als sie zurückkam, erbot sie sich, Stephen den Obstgarten zu zeigen, und da Mr. Fulham im selben Augenblick seine Zeitung wieder vornahm, ging sie voran, einen Weg mit Johannisbeersträuchern hinunter. Stephen hatte die Fragen seines Paten als eine recht schwere, peinliche Prüfung empfunden, und er rächte sich an Miss Howard mit einem Gegenfeuer von Fragen nach den Namen und Zeiten und Erträgen ihrer Pflanzen. Sie beantwortete alle seine Fragen sorgfältig, aber mit derselben Allüre gleichgültiger Exaktheit, die alles was sie tat kennzeichnete. Ihre Gegenwart flößte ihm keine ehrfürchtige Scheu mehr ein wie damals, als er sie zuletzt gesehen hatte, und er dachte, daß ihr unbeflecktes Wesen, von dem er sich damals eingebildet hatte, es klage ihn an, vielleicht nichts weiter wäre als eine unübliche Würde des Gebarens. Er fand diese ihre Würde nicht eben anziehend, und seine neue jugendliche Glut wurde im Nerv getroffen durch ihren Mangel an Lebhaftigkeit. Er schloß auf irgendeine definitive Absicht ihrerseits und nicht auf ein mechanisches Abschnurren von Pflichten und sagte sich, es wäre für ihn ein intellektueller Sport, hinter diese Absicht zu kommen. Er nahm sich diese Aufgabe um so lieber vor, als er vermutete, daß diese Absicht, die ihr Verhalten bestimmte, seinen gegenwärtigen freundlichen Impulsen feindlich gegenüberstünde und sich ihm wahrscheinlich aus spontanem Mißtrauen entzöge und natürliche Sicherheit in der Flucht suchte. Dieser Impuls zur Flucht wäre Beute für ihn, und auf der Stelle pfiff er alle seine Fähigkeiten zusammen zur Jagd.

Das Dinner wurde um halb sieben in einem langen einfach möblierten Raum aufgetragen. Der unter einer großen, in elegantem Silber gearbeiteten Lampe gedeckte Tisch hatte eine Aura keuscher Eleganz. Es war eine gewisse Prüfung für Stephens Hunger, diese kalten Manieren hinnehmen zu müssen, und da ihm der Sinn so heiß nach Essen stand, verdammte er diese sonderbare Attitüde der Menschen als undankbar und unnatürlich. Auch die Unterhaltung war ein wenig geziert, und Stephen hörte die Wörter ›reizend‹ und ›schön‹ und ›hübsch‹ zu oft, um sie annehmbar zu finden. Er entdeckte den schwachen Punkt in Mr. Fulhams Panzer sehr bald; Mr. Fulham war, wie die meisten seiner Landsleute, ein passionierter Politiker. Die meisten Nachbarn von Mr. Fulham waren simple Naturen, und trotz der Enge seiner Ideen stand er bei ihnen im Geruch eines Mannes erlesener Bildung. Bei einem Gespräch während einer Partie Bézigue hörte Stephen seinen Paten einem bäuerlichen Grundbesitzer das Wesen der Arbeit erklären, die die Missionare bei der Zivilisierung der Chinesen leisteten. Er vertrat Behauptungen, denen zufolge die Kirche die Hochburg auch der säkularen Kultur war und die Tradition der Bildung sich notwendig von den Mönchen herleitete. Er sah im Stolz der Kirche die einzige Zuflucht des Menschen vor der drohenden Demokratie und sagte, der Aquinate habe alle Entdeckungen der modernen Welt vorweggenommen. Sein Nachbar rätselte herum, wo denn wohl der Aufenthaltsort der Seelen der Chinesen im anderen Leben zu suchen sei, aber Mr. Fulham ließ das Problem vor der Tür zu Gottes Gnade stehen. An diesem Punkt in dem Gespräch sagte Miss Howard, die bis dahin geschwiegen hatte, es gäbe drei Arten von Taufe, und ihr Spruch wurde als Schlußpunkt akzeptiert.

Stephen war lange im Zweifel über das Motiv für seines Paten Protektion. Am zweiten Tag nach seiner Ankunft, als sie von einem Tennisturnier nach Hause fuhren, sagte Mr. Fulham zu ihm:

– Mr. Tate ist doch dein Englisch-Professor, Stephen?

– Jawohl.

– Seine Familie stammt aus Westmeath. Wir sehen ihn oft in den Ferien. Er scheint an dir großes Interesse zu haben.

– Ach, da kennst du ihn also?

– Ja. Er muß im Augenblick das Bett hüten mit einem

schlimmen Knie, sonst würd ich ihm schreiben, mal herüberzukommen. Vielleicht fahren wir mal rüber und besuchen ihn, irgendwann ... Er ist ein sehr belesener Mann, Stephen.

– Ja, sagte Stephen.

Tennisturniere, Militärkapellen, bäurische Cricket-Matches, kleine Blumenausstellungen wurden aufgesucht zu Stephens Unterhaltung. Bei diesen Ereignissen stellte er fest, daß man seinem Paten sehr offen zu Gefallen war und Miss Howard sehr respektvoll den Hof machte, und er begann zu argwöhnen, daß irgendwo im Hintergrund Geld stecke. Derlei Unterhaltungen amüsierten den Jüngling nicht; er war von so stiller Art, daß man ihn oft nicht bemerkte und er nicht einmal vorgestellt wurde. Manchmal blickte ein Offizier unhöflich prüfend auf die billig aussehenden weißen Schuhe, die er trug, doch Stephen sah seinem Feind stets ins Gesicht. Nach einem kurzen Augengeplänkel konnte der Jüngling gewöhnlich einen Waffenstillstand zuwege bringen. Er war überrascht, daß Miss Howard ihren gesellschaftlichen Pflichten mit derart augenfälligem gutem Willen nachkam. Er war unangenehm berührt und enttäuscht, als er sie einmal ein Wortspiel machen hörte -- ein Wortspiel, das, obschon nicht sehr gescheit, zwei skrupulösen Lieutenants ein höfliches Lachen entlockte. Mr. Fulham war alt und genug geachtet, daß er sich den Luxus öffentlicher Vermahnung erlauben konnte, wann immer die Gelegenheit sich dazu bot. Einmal erzählte ein Offizier eine lustige Geschichte, mit der Absicht, sich über bäuerliche Vorstellungen lustig zu machen.

Das war die Geschichte: Der Offizier und eine Freundin wurden eines Abends von einem schweren Regenschauer überrascht, weit draußen auf der Killucan Road, und waren gezwungen, in der Hütte eines Bauern Schutz zu suchen. Ein alter Mann saß am Feuer und rauchte eine schmutzige Stummelpfeife, die er sich, den Kessel nach unten, in den Mundwinkel geklemmt hatte. Der alte Bauer lud seine Besucher ein, ans Feuer zu kommen, da der Abend fröstelig wäre, und sagte, er könne nicht aufstehen, sie anständig zu begrüßen, da er

Rheuma hätte. Die Freundin des Offiziers, die eine gebildete junge Dame war, bemerkte eine mit Kreide über den Kamin gekritzelte Figur und fragte, was das wäre. Der Bauer sagte:

– Mein Enkelsohn Johnny hat das gemacht wie der Zirkus damals in der Stadt gewesen war. Er hat die Bilder an den Wänden gesehn und seine Mutter dann gelechert wegen Fourpence damit er die Elefanten sehn gehn kann. Aber 'tirlich wie er drin war warn Dreck von'em Elefant drin. Aber der hat das da gemalt.

Die junge Dame lachte und der alte Mann blinzelte mit seinen roten Augen ins Feuer und rauchte gelassen weiter und redete mit sich:

– So Elefanten da sollen ja was ganz Normales sein, mit'm Verstand wien Christenmensch ... Ich hab sogar maln Bild gesehn wie Nigger auf so eim reiten – ja und die Seele ham sie aus'm gepriegelt mit'm Stock. Jesses, heut haste mehr Sorgen mit'n Kinnern wie mit so eim großen Trumm.

Die junge Dame, die sehr amüsiert war, begann dem Bauern von den Tieren prähistorischer Zeiten zu erzählen. Der alte Mann hörte sie schweigend zu Ende und sagte dann langsam:

– Hach, das missen schrecklich komische Dinger sein am andern Ende der Welt.

Stephen fand, der Offizier erzähle die Geschichte sehr gut, und fiel in das Lachen ein, das darauf folgte. Doch Mr. Fulham war seiner Meinung nicht und sprach sich recht sentenziös gegen die Moral der Geschichte aus.

– Es ist nicht schwer, über den Bauern zu lachen. Vieles ist ihm unbekannt, das die Welt für wichtig hält. Doch gleichzeitig dürfen wir nicht vergessen, Captain Starkie, daß der Bauer dem wahren Ideal eines christlichen Lebens vielleicht nähersteht als gar mancher von uns, der ihn verdammt.

– Ich verdamme ihn nicht, antwortete Captain Starkie, aber er amüsiert mich.

– Unser irisches Bauerntum, fuhr Mr. Fulham mit Überzeugung fort, ist das Rückgrat der Nation.

Rückgrat oder nicht, es war das unausgesetzte Beobachten des Bauerntums, das Stephen am meisten entzückte. Physisch ähnelten sie fast Mongolen, waren groß, kantig und schrägäugig. Wann immer Stephen hinter einem Bauern herging, schaute er zuerst nach den vortretenden Backenknochen, die die Luft zu zerschneiden schienen, und die Bauern ihrerseits mußten metropolitanische Züge an ihm entdeckt haben, denn sie starrten den Jüngling sehr fixiert an, als wäre er ein seltenes Tier. Einmal wurde Dan ins Städtchen geschickt, um in der Apotheke eine Arznei zu holen, und Stephen fuhr mit ihm hin. Der Zweisitzer hielt auf der Hauptstraße vor der Apotheke und Dan reichte das Rezept einem zerlumpten Jungen hinunter, mit dem Auftrag, es in den Laden zu bringen. Der zerlumpte Junge zeigte den Zettel zunächst einem genauso zerlumpten Freund und ging dann erst in den Laden. Als sie herauskamen, standen sie an der Tür des Ladens und schauten abwechselnd von Stephen zum Pferdeschwanz und wieder zurück. Während sie so schauten, trat ein lahmer Bettler auf sie zu, der seinen Stecken fest umklammerte, als er sich ihnen näherte:

– Ihr seid des gewesn die mir gestern hinterher gerufen ham.

Die beiden Kinder, die sich in die Tür drückten, schauten ihn an und antworteten:

– Nein, Sir.

– 'türlich seid ihr des gewesn.

Der Bettler streckte ihnen sein boshaftes Gesicht vor die Gesichter und schwang seinen Stecken hin und her.

– Paßt ja auf, was ich euch sag. Seht ihr den Stecken da?

– Ja, Sir.

– Wenn ihr mir nochma hinterher ruft schlitz ich euch die Bäuche auf mit dem Stecken da. Ich schlitz euch die Gedärme raus.

Er erklärte sich weiter den verängstigten Kindern.

– Habt ihr mich verstanden? Ich schlitz euch die Bäuche auf mit dem Stecken da. Ich schlitz euch die Gedärme unds Gekröse raus.

Dem Vorfall folgten in dumpfer Bewunderung ein paar Umstehende, die dem Bettler jetzt den Weg frei machten, als er das Trottoir davonhumpelte. Dan, der der Szene von dem Zweisitzer aus zugesehen hatte, stieg nun hinunter, bat Stephen, auf das Pferd aufzupassen, und ging in eine sehr schmutzige Wirtschaft. Stephen saß allein auf dem Wagen und dachte an das Gesicht des Bettlers. Nie zuvor hatte er ein Gesicht gesehen, das so viel Böses zeigte. Er hatte oft die Gesichter der Präfekten beobachtet, wenn sie die Buben mit einem breiten lederbezogenen Bakel traktierten, aber diese Gesichter waren ihm weniger bösartig vorgekommen als vielmehr stupid und von Pflichteifer entflammt. Die Erinnerung an die stechenden Augen des Bettlers rührte eine leise Saite des Schreckens in dem Jüngling an und er begann, ihr eindringliches Vibrieren wegzupfeifen.

Nach ein paar Augenblicken kam ein dicker junger Mann mit hochrotem Kopf aus der Apotheke, zwei säuberlich verschnürte Päckchen in der Hand. Stephen erkannte Nash, und Nash bezeugte, daß er Stephen erkannte, indem er peinsamst die Farbe wechselte. Stephen hätte sich an dem Unbehagen seines alten Feindes ergötzen können, wenn er gewollt hätte, da er das aber verschmähte, streckte er statt dessen seine Hand aus. Nash war Lehrling in dem Laden, und als er erfuhr, daß Stephen bei Mr. Fulham zu Besuch war, bekam sein Benehmen einen Anstrich diskreten Respekts. Stephen entkrampfte ihn jedoch bald wieder, und als Dan aus der verräucherten Wirtschaft auftauchte, schwatzten die beiden ganz vertraulich miteinander. Nash sagte, Mullingar wäre das letzte Nest, das Gott geschaffen habe, ein gottvergessenes Loch, und fragte Stephen, wie er es aushalten könne.

– Ich wünschte bloß, ich wär wieder in Dublin, mehr will ich nicht.

– Wie amüsierst du dich denn hier so? fragte Stephen.

– Amüsieren! Geht nicht. Es gibt nichts.

– Aber habt ihr denn nicht manchmal Konzerte? Am ersten Tag, als ich hier war, hab ich Anschläge gesehn für ein Konzert.

– Ach das ist abgesagt. Pater Lohan hat den Daumen drauf gehalten – der Gemeindepfarrer, weißt du.
– Und warum?
– Ach, danach fragst du ihn lieber selbst. Er sagt, seine Gemeindekinder wollen keine lustigen Lieder und Serpentinentänze. Wenn sie ein anständiges Konzert hören wollen, sagt er, können sie oben im Schulhaus eins haben – ach, der kujoniert die, kann ich dir sagen.
– Ach, ist das die feine Art?
– Die haben hier Todesängste vor dem. Wenn er hört, daß abends in einem Haus getanzt wird, dann pocht er ans Fenster und, scht!, aus ist die Kerze.
– Lieber Himmel!
– Tatsache. Weißt du, der hat eine Sammlung Mädchenhüte.
– Mädchenhüte!
– Ja. Abends, wenn die Mädchen spazierengehn mit den Soldaten, dann geht er auch raus, und jedem Mädchen, das er erwischt, reißt er den Hut runter und nimmt ihn mit ins Pfarrhaus, und dann, wenn das Mädchen zu ihm geht und ihn wiederhaben will, gibt er ihr eine kräftige Abreibung.
– Lieber Mann! ... Also, wir müssen jetzt gehn. Ich seh dich doch wohl noch mal.
– Komm morgen rein, hm? Da haben wir nur den halben Tag. Und weißt du was, ich mach dich mit einem Freund von mir hier bekannt – sehr anständiger Kerl – vom *Examiner*. Der wird dir gefallen.
– Prima! Bis dann!
– Machs gut! Ungefähr zwei Uhr.
Als sie zusammen heimfuhren, stellte Stephen Dan ein paar Fragen, die Dan überhörte, und als Stephen ihn wegen der Antworten bestürmte, gab er nur die kürzest möglichen Antworten. Es war klar, daß ihm nicht eben daran lag, über seinen geistlichen Oberherrn zu sprechen, und Stephen mußte abbrechen.
Diesen Abend beim Dinner war Mr. Fulham in jovialer Stimmung und bezog sich in seinen Sätzen anspielungsweise auf

Stephen. Mr. Fulhams Methode, seinen Gesprächspartner zu ›pflanzen‹, war nicht besonders feinsinnig, aber Stephen sah, was von ihm erwartet wurde, und wartete einfach, bis er direkt angesprochen wurde. Ein Nachbar war zum Dinner gekommen, ein Mr. Heffernan. Mr. Heffernan stimmte ganz und gar nicht mit der Denkweise seines Gastgebers überein, und so brachte der Abend einige lebhafte Dispute. Mr. Heffernans Sohn lernte Irisch, weil er glaubte, daß das irische Volk seine eigene Sprache sprechen solle und nicht die Sprache seiner Eroberer.

– Aber die Völker in den Vereinigten Staaten, die emanzipierter sind als Irland es aller Wahrscheinlichkeit nach je sein wird, sind damit zufrieden, Englisch zu sprechen, sagte Mr. Fulham.

– Die Amerikaner sind etwas anderes. Sie haben keine Sprache, die sie wiederbeleben könnten.

– Was mich betrifft, ich bin zufrieden mit meinen Eroberern.

– Weil Sie eine begünstigte Position unter ihnen haben. Sie sind kein Arbeiter. Sie genießen die Früchte der nationalistischen Agitation.

– Vielleicht wollen Sie mir auch noch sagen, daß alle Menschen gleich sind, sagte Mr. Fulham satirisch.

– In gewisser Hinsicht sind sie es vielleicht.

– Unsinn, mein Verehrtester. Unsere Landsleute wissen nichts von der Reformation, wie die das nennen, und ich hoffe, von der Französischen Revolution werden sie auch nie was zu wissen kriegen.

Mr. Heffernan ritt seine Attacke weiter.

– Aber es ist doch für sie gewiß kein Schade, wenn sie etwas über ihr Land wissen – seine Traditionen, seine Geschichte, seine Sprache!

– Für die, die Muße dazu haben, mag das gut sein. Aber Sie wissen ja, ich bin ein großer Feind abtrünniger Bewegungen. Unser Los ist dem Englands verschwistert.

– Die junge Generation ist nicht Ihrer Meinung. Mein Sohn Pat studiert in Clonliffe im Augenblick, und der sagt mir, daß dort alle jungen Studenten, die also, die dermaleinst unsere Priester sein werden, diese Ideen haben.

– Die katholische Kirche, mein Verehrtester, wird niemals zum Aufstand anstacheln. Aber hier ist doch einer von der jungen Generation. Lassen wir ihn reden.

– Mir liegt an diesen nationalistischen Prinzipien überhaupt nichts, sagte Stephen. Körperliche Freiheit habe ich genug.

– Aber fühlst du denn keine Verpflichtung deinem Vaterland gegenüber, keine Liebe? fragte Mr. Heffernan.

– Ehrlich gesagt, nein.

– Dann lebst du also wie ein Tier, ohne Verstand! rief Mr. Heffernan aus.

– Mein eigener Geist, antwortete Stephen, ist für mich interessanter als das ganze Land.

– Vielleicht denkst du auch, dein Geist ist wichtiger als Irland!

– Allerdings.

– Das sind sonderbare Ideen, die Ihr Pate da hat, Mr. Fulham. Darf ich fragen, haben die Jesuiten dir dies beigebracht?

– Die Jesuiten haben mir andere Sachen beigebracht, Lesen und Schreiben.

– Und auch Religion?

– Natürlich. »Was hülfe es dem Menschen, die ganze Welt zu gewinnen, wenn er an seiner Seele Schäden nähme?«

– Nichts, natürlich. Das ist schon wahr. Aber die Menschheit hat ihre Ansprüche auf uns. Wir haben eine Pflicht unserm Nächsten gegenüber. An uns ist das Gebot der Nächstenliebe ergangen.

– Das höre ich, sagte Stephen, an Weihnachten. Mr. Fulham lachte darüber und Mr. Heffernan war pikiert.

– Ich habe vielleicht nicht so viel gelesen wie Sie, Mr. Fulham, oder nicht einmal so viel wie du, junger Mann, aber ich glaube, die höchste Liebe, die der Mensch hegen kann, natürlich nach der Liebe zu Gott, ist die Liebe zu seinem Heimatland.

– Jesus war nicht Ihrer Meinung, Mr. Heffernan, sagte Stephen.

– Du sprichst sehr kühn, junger Mann, sagte Mr. Heffernan zurechtweisend.
– Ich habe keine Angst, offen zu sprechen, antwortete Stephen, sogar über den Gemeindepfarrer.
– Für einen so jungen Menschen geht dir der Name des Heiligen allzu glatt von der Zunge.
– Aber nicht lästerlich. Ich meine was ich sage. Das Ideal, das Jesus der Menschheit vorgesetzt hat, ist Selbstpreisgabe, Reinheit und Einsamkeit; das Ideal, das Sie uns vorsetzen, ist Rache, Leidenschaft und die Verstrickung in weltliche Dinge.
– Mir scheint, daß Stephen recht hat, sagte Miss Howard.
– Ich kann sehen, sagte Mr. Fulham, wohin diese Bewegungen tendieren.
– Es ist unmöglich, daß wir alle das Leben von Einsiedlern führen! rief Mr. Heffernan verzweifelt aus.
– Wir können die beiden Leben vereinigen, wenn wir wie gute Katholiken leben, indem wir unsere Pflichten zunächst Gott gegenüber erfüllen und dann die Pflichten, die im Leben unsres Amtes, sagte Mr. Fulham und machte es sich auf dem letzten Ausdruck bequem.
– Sie können Patriot sein, Mr. Heffernan, sagte Stephen, ohne diejenigen, die nicht Ihrer Meinung sind, des Irrglaubens zu bezichtigen.
– Bezichtigen? Ich habe doch nicht ...
– Nun nun, sagte Mr. Fulham jovial, wir verstehen einander doch bestens.
Stephen hatte dieses kleine Scharmützel genossen: es war für ihn ein Zeitvertreib gewesen, die Kanonen der Orthodoxie gegen die orthodoxen Stellungen zu kehren und zuzusehen, wie sie dem Feuer standhielten. In Mr. Heffernan sah er den typischen Iren der Provinz; rechthaberisch und ängstlich, sentimental und erbittert, ein Idealist, wenn er sprach, ein Realist, wenn er handelte. Mr. Fulham war schwerer zu verstehen. Sein Eintreten für den irischen Bauern war voll eifernder Patronage, seine Begeisterung für die Kirche war seinem Respekt vor feudalen Distinktionen einbeschrieben und seiner natür-

lichen Unterwerfung unter das, was er für den Verteiler dieser Distinktionen hielt. In seiner traulichen Art verlieh er seinen Vorstellungen von Aristokratie Nachdruck:
– Nun nun, Mr. So-und-so, Sie kaufen Ihr Vieh am Markttag in der Stadt?
– Ja.
– Und Sie gehn auch zum Rennen und setzen auf eins oder zwei, wie Sie's im Gefühl haben?
– Ja, ich gebs zu.
– Und Sie würden stolz von sich behaupten, daß Sie das eine oder andere von Rennen verstehn?
– Ich denk schon.
– Wie können Sie dann sagen, daß es keine eingeborene Aristokratie im Menschen gibt, wenn Sie doch wissen, daß Tiere sie haben?
Mr. Fulhams Stolz war der Stolz des Bürgers auf den kostbaren lastenden Baldachin, den er sich aufgezogen hat und unbedingt erhalten will. Er liebte zärtlich die feudale Maschinerie und wünschte nichts mehr, als von ihr zermalmt zu werden – der übliche Wunsch des menschlichen Adoranten, ob er sich unter Dschagannath wirft oder zu Gott mit Tränen der Liebe betet, ihn zu kasteien oder unter der Hand der Mätresse ohnmächtig werden zu lassen. Dem sensiblen Untergebenen hätte seine Nächstenliebe unerträgliche geistige Pein verursacht, und dennoch würde der Gebende weder die Pose noch die Sprache des Selbstgerechten anlegen. Seine Begriffe von menschlichen Beziehungen hätten vielleicht für progressiv gegolten zu Zeiten, da man die Erde für skaphoid hielt, und hätte er dazumals gelebt, hätte er möglicherweise im Geruch gestanden, von allen Sklavenhaltern der aufgeklärteste zu sein. Als Stephen den alten Mann beobachtete, wie er feierlichernst Mr. Heffernan seine Schnupftabaksdose reichte und dieser, zur Friedfertigkeit genötigt, eine große Hand hineinsteckte, dachte er:
– Mein Pate ist der päpstliche Gesandte von Westmeath.
Nash wartete an der Tür des Ladens auf ihn und sie gingen

zusammen die Hauptstraße hinunter zum Büro des *Examiner*. Im Fenster sah man einen weißen Foxterrierschädel über einem schmutzig-braunen Rouleau, und seine klugen Augen waren die einzigen Lebenszeichen in dem Büro. Man schickte nach Mr. Garvey und der schickte umgehend die Nachricht zurück, seine beiden Besucher sollten in die *Greville Arms* kommen. Mr. Garvey fand man an der Bar sitzen, den Hut weit zurückgeschoben aus der glühenden Stirn. Er ›alberte‹ mit der Serviererin, doch als seine Besucher hereinkamen, stand er auf und gab ihnen die Hand. Dann bestand er darauf, daß sie mit ihm etwas tranken. Mr. Garvey und Nash ›alberten‹ nun wieder mit der Serviererin, doch immer in Grenzen. Sie war ein geziertes junges Ding mit verführerischer Figur. Während sie Gläser blankrieb, fand sie sich zu einem koketten, klatschsüchtigen Gespräch mit den jungen Männern: das Leben der Stadt schien sie wie ihre eigene Tasche zu kennen. Sie warf Mr. Garvey ein- oder zweimal Frivolität vor und fragte Stephen, ob das nicht eine Schande wäre für einen verheirateten Mann. Stephen sagte ja und begann die Knöpfe ihrer Bluse zu zählen. Die Serviererin sagte, Stephen wäre ein netter vernünftiger junger Mann, kein Rumtreiber, und lächelte zuckersüß über ihre frische Serviette herüber. Nach einer Weile verließen die jungen Männer die Kneipe, berührten zunächst die Fingerspitzen der Serviererin leicht und zogen die Hüte.
Mr. Garvey pfiff den Terrier aus dem Büro und sie machten einen Spaziergang. Mr. Garvey trug schwere Stiefel und trottete rüstig in ihnen voran, wozu er mit seinem Stock auf die Straße klopfte. Die Straße und der wirklich schwüle Tag hatten ihn ernüchtert, und so erteilte er den jüngeren Männern weise Ratschläge.
– Schließlich und endlich gibts nur die Ehe für jemand, der solid werden will. Bevor ich den Posten hier beim *Examiner* gekriegt hab, hab ich mich mit den Kollegen herumgetrieben und ein bißchen gesoffen ... Du weißt ja, sagte er zu Nash. Nash nickte.
– Jetzt habe ich ein anständiges Heim, sagte Mr. Garvey,

und ... abends geh ich nach Haus und wenn ich einen trinken will ... na ja, dem steht nichts im Weg. Darum rate ich jedem jungen Mann, der sichs leisten kann: heirate jung.

– Da ist was dran, sagte Nash, das heißt, wenn man erst mal seinen Auslauf gehabt hat.

– Aber natürlich, sagte Mr. Garvey. Übrigens, ich hoffe, du kommst mich mal einen Abend besuchen und bringst deinen Freund mit. Sie kommen doch mit, Mr. Daedalus? Meine bessre Hälfte würde sich sehr darüber freuen: sie spielt übrigens ein bißchen.

Stephen murmelte seinen Dank und nahm sich vor, sich lieber schwerstens körperlich züchtigen zu lassen als Mr. Garvey zu besuchen.

Mr. Garvey erzählte dann Presseanekdoten. Als er von Nash hörte, daß Stephen eine Neigung zum Schreiben habe, sagte er:

– Ich gebe Ihnen einen guten Tip: Kurzschrift.

Er erzählte viele Geschichten, die sein eigenes Geschick in dem Geschäft illustrierten, und sagte, er habe mal einen Riemen in einer Londoner Morgenzeitung untergekriegt und sei anständig dafür bezahlt worden, postwendend.

– Diese Engländer, wissen Sie, die verstehn schon ihr Geschäft. Außerdem zahlen sie gutes Geld.

Der Tag war sehr heiß und das Städtchen schien in der Hitze zu dösen, doch als die jungen Männer zur Kanalbrücke kamen, bemerkten sie eine Menschenmenge, die sich etwa fünfzig Meter weiter am Kanalufer gebildet hatte. Ein Metzgerjunge erzählte es gerade einer Gruppe Arbeiter.

– Ich hab sie zuerst gesehn. Mir is was aufgefallen – was lang aussehndes Grünes im Schlinggewächs und da bin ich Joe Coghlan holen gegangen. Der und ich wir ham versuchts aufzuheben abers war zu schwer. Also was ham wir da machen können aber ich hab gedacht wenn wir uns nur irgendwo ne Stange pumpen können. Also da sin wir dann, Joe und ich, hinten rum zu Slater's Hof gegangen ...

Ein oder zwei Schritte vom Rand des Wassers lag etwas am Ufer, das zum Teil mit einem braunen Sack bedeckt war. Es war der Körper einer Frau: das Gesicht war zum Boden gekehrt, und aus dem dichten schwarzen Haar war eine Wasserlache geströmt. Der Körper lag nach oben auf dem Abhang, mit auswärts gedrehten Beinen, aber über [...] hatte jemand das [...] Nachthemd heruntergezogen. Die Frau war die Nacht zuvor aus dem Irrenhaus ausgebrochen und Stephen hörte allerhand Gekrittel an den Schwestern.

– Wär besser, wenn die auf die Patienten aufpassen täten statt mit jedem Tom, Dick und Harry von 'em Doktor rumzuscharwenzeln.

– Die ham die feine Art.

Mr. Garveys Hund wollte an dem Körper schnüffeln, aber Mr. Garvey gab ihm einen festen Tritt und der Hund krümmte sich jaulend zusammen. Dann war eine Zeitlang Stille, jeder blieb auf seinem Posten und beobachtete die Leiche, bis eine Stimme sagte, ›Hier ist der Doktor!‹ Ein kräftiger gutgekleideter Mann kam rasch den Weg herunter, ohne den Gruß der Leute zu erwidern, und nach ein paar Augenblicken hörte Stephen ihn sagen, die Frau sei tot, und die Leute anweisen, einen Karren zu holen und den Körper wegzuschaffen. Die drei jungen Männer gingen dann weiter, doch auf Stephen mußte man warten und ihn erst rufen. Er blieb zurück und schaute in den Kanal zu Füßen des Körpers, sah auf einen Fetzen Papier, auf dem gedruckt stand: Die Lampe, eine Zeitschrift für ... der Rest war abgerissen und verschiedene andere Schnitzel Papier strudelten im Wasser.

Der Nachmittag war weit fortgeschritten, als die jungen Männer sich trennten. Stephen verabschiedete sich von seinen Freunden, denen er versprach, die Bekanntschaft sehr bald zu erneuern, und nahm einen Weg durch die Felder. Der Grund war sehr trügerisch und er glitschte oft in Moorwasser. Doch er fand dann einen breiten Weg über dem Moor und hier war er so sicher wie auf der Chaussee. Die Sonne ging langsam unter, und gegen das tiefe Gold des westlichen Himmels hoben sich die Gestalten gebeugter Torfstecher ab. Er erreichte Mr. Fulhams Haus von hinten, kletterte über den Zaun und ging durch ein kleines Gehölz hoch. Auf dem weichen Gras machte er beim Gehen kein Geräusch. Am Rand des Gehölzes machte er halt. Miss Howard lehnte an dem hohen bemalten Tor und sah in den Sonnenuntergang. Die volle Glut des Sonnenuntergangs hatte ihr düsteres Gewand mit rostbraunen Streifen überzogen und mit versprengtem rostbraunem Geflitter das düstere Haar. Stephen kam auf sie zu, doch als er nur noch wenige Schritte

[XV]

[.....]
jemand mit ihm sprach, zu höfliche Ungläubigkeit in die Erwartung einfließen ließ. Sein struppiges bräunliches Haar war hoch aus der Stirn gekämmt, doch in dem Arrangement war wenig System. Ein Mädchen hätte ihn vielleicht, vielleicht auch nicht, hübsch genannt: das Gesicht hatte regelmäßige Züge und sein Ausdruck wurde fast zu Schönheit versüßt durch einen kleinen weiblichen Mund. Betrachtete man das Gesicht als Ganzes, so traten die Augen nicht hervor: es waren kleine lichtblaue Augen, die Avancen auf Distanz hielten. Sie waren durchaus frisch und furchtlos, aber dennoch war das Gesicht in gewisser Hinsicht das eines Wüstlings.
Der Präsident des College war ein in sich gekehrter Mensch, der bei Geselligkeiten und Eröffnungsversammlungen von Vereinen den Vorsitz führte. Seine sichtbarlichen Lieutenants waren ein Dekan und ein Quästor. Der Quästor, dachte Stephen, paßte zu seinem Titel: ein schwerer rosiger Mann mit einer schwarz-grauen Mütze aus Haar. Er unterzog sich seinen Pflichten mit viel Salbung, und oft wurde man seiner in der Halle drohend gewahr, wie er das Kommen und Gehen der Studenten beaufsichtigte. Er bestand auf Pünktlichkeit: einoder zweimal eine Minute oder so zu spät – das würde ihm nicht sehr viel ausmachen; er würde in die Hände klatschen und eine fröhliche Rüge erteilen. Was ihn aber streng werden ließ, waren ein paar verlorene Minuten jeden Tag: das störe das regelmäßige Arbeiten in den Klassen. Stephen war beinah immer mehr als eine Viertelstunde zu spät, und wenn er ankam, war der Quästor üblicherweise schon wieder in seinem Büro. Eines Morgens indessen kam er früher als üblich in die Schule. Als er die Steinstufen hochging, war vor ihm ein dicker Student, ein sehr fleißiger, furchtsamer junger Mann mit einem Teint wie Marmeladenbrot. Der Quästor stand in der Halle, die Arme vor der Brust verschränkt, und als er den dicken

jungen Mann erblickte, schaute er vielsagend auf die Uhr. Es war acht Minuten nach elf.

– Nun, Moloney, das geht nicht, das wissen Sie selbst. Acht Minuten zu spät! Derart Ihre Klasse zu stören – das können wir nicht dulden, das wissen Sie selbst. Künftig sind Sie jeden Morgen auf die Minute zum Unterricht da.

Die Marmelade überzog das Brot in Moloneys Gesicht, als er sich mit einer falsch gehenden Uhr stammelnd entschuldigte und dann die Treppe hoch zu seiner Klasse jagte. Stephen ließ sich Zeit und hängte seinen Mantel auf, während der große Priester ihn feierlich mit den Augen maß. Dann wandte er seinen Kopf ruhig nach dem Quästor um und sagte:

– Ein wunderschöner Morgen, Sir.

Der Quästor klatschte augenblicklich in die Hände und rieb sie und klatschte sie wieder zusammen. Die Schönheit des Morgens und die Adäquatheit der Bemerkung erhellten sich ihm im selben Augenblick und er antwortete fröhlich:

– Herrlich! Ein wunderschöner frischer Morgen! und er begann wieder seine Hände zu reiben.

Eines Morgens kam Stephen eine Dreiviertelstunde zu spät, und er hielt es für sinnvoller, zu warten, bis die Französischstunde begann. Als er übers Geländer gelehnt dastand und wartete, daß es zwölf Uhr läutete, begann ein junger Mann langsam die Wendeltreppe hochzusteigen. Ein paar Stufen vor dem Absatz machte er halt und wandte Stephen ein ekkiges bäurisches Gesicht zu.

– Gehts hier zur Immatrikulationsklasse, bitte schön, fragte er in irischem Tonfall und akzentuierte die erste Silbe von Immatrikulation.

Stephen zeigte ihm den Weg, und die beiden jungen Männer begannen sich zu unterhalten. Der neue Student hieß Madden und kam aus der Grafschaft Limerick. Er wirkte, ohne doch recht eigentlich schüchtern zu sein, ein wenig verschreckt und schien für Stephens Gefälligkeiten dankbar. Nach der Französischstunde spazierten die beiden zusammen durchs Green und Stephen brachte den Neuling zur National Library. Madden nahm seinen Hut am Drehkreuz ab, und als er sich über den Ausgabetisch lehnte, um den Leihschein für sein Buch auszufüllen, bemerkte Stephen die bäuerliche Kraft seiner Kinnbacken.

Der Dekan des College war Englischprofessor, Pater Butt. Er galt als der fähigste Mann im College: er war Philosoph und Gelehrter dazu. Er hatte einen Vortragszyklus in einem Abstinenzlerklub gehalten, um zu beweisen, daß Shakespeare römischer Katholik war: er hatte ferner gegen einen anderen Jesuitenpater geschrieben, der im hohen Alter zur Bacon-These hinsichtlich der Verfasserschaft der Stücke konvertiert war. Pater Butt hatte stets die Hände voller Papiere und eine kreidebeschmierte Soutane. Er war ein ältlicher Windhund von einem Mann, und seine Stimmbänder schienen, wie seine Gewandung, von Kreide überzogen zu sein. Er hatte jedem gegenüber eine verbindliche Art und war besonders – – –

[*Zwei Seiten fehlen*]

des Verses sind die Grundbedingungen, denen die Wörter sich unterwerfen müssen, der Rhythmus ist das ästhetische Ergebnis der Bedeutungen, Werte und Beziehungen der solcherart bedingten Wörter. Die Schönheit des Verses bestand ebensosehr im Verbergen wie im Enthüllen seiner Konstruktion, doch keinesfalls erwuchs sie nur aus einer dieser beiden Komponenten. Aus diesem Grund fand er Pater Butts Versvortrag genauso unerträglich wie den akkuraten Versvortrag eines Schulmädchens. Der seinem Rhythmus gemäß zu lesende Vers müßte den Betonungen gemäß gelesen werden; das heißt, weder strikt die Versfüße skandierend noch sie vollständig mißachtend. Diese ganze Theorie setzte er Maurice auseinander, und Maurice, als er die Bedeutungen der Begriffe verstanden und diese Bedeutungen sorgfältig zusammengefügt hatte, pflichtete Stephen bei, daß seine Theorie die richtige wäre. Es gab nur *eine* Möglichkeit, das erste Quartett von Byrons Gedicht zu sprechen:

My dáys are in the yéllow léaf
The flowers and frúits of lóve are góne

The wórm, the cánker and the grief
Are míne alone.[1]

Die beiden Brüder wandten diese Theorie auf alle Verse an, deren sie sich erinnern konnten, und sie zeitigte wundervolle Ergebnisse. Bald begann Stephen, die Sprache für sich privat zu durchforschen und die Wörter und Ausdrücke zu wählen, und dadurch ein für allemal zu retten, die seiner Theorie am zuträglichsten waren. Er wurde ein Poet mit vorbedachter Boshaftigkeit.

Er wurde auf der Stelle von den scheinbaren Exzentrizitäten der Prosa von Freeman und William Morris gefangen genommen. Er las sie, wie man einen Thesaurus läse, und legte sich einen Schatzbehalter aus Wörtern an. Er las rund um die Uhr in Skeats *Etymological Dictionary*, und sein Geist, der von früh an nur allzu willfährig dem Kindersinn des Staunens sich ergeben hatte, wurde oft von der allergewöhnlichsten Unterhaltung hypnotisiert. Die Menschen schienen ihm über den Wert der Wörter, die ihnen so glatt von der Zunge gingen, in sonderbarer Unkenntnis zu sein. Und Schritt für Schritt, wie diese Schmählichkeit des Lebens sich ihm immer deutlicher aufdrängte, verstrickte er sich mehr und mehr in eine idealisierende, eine in echterem Sinn humane Tradition. Das Phänomen schien ihm schwerwiegend und er begann zu sehen, daß die Menschen sich zu einer Verschwörung der Würdelosigkeit verbündet hatten und daß das Schicksal seine Preise verächtlich für sie reduziert hatte. Für sich selber wollte er derlei Reduktion nicht und zog es vor, ihm zu den alten Bedingungen zu dienen.

Es gab einen Extrakurs für englischen Aufsatz, und in diesem Kurs machte sich Stephen zuerst einen Namen. Der englische Aufsatz war für ihn die einzige ernsthafte Arbeit der Woche. Sein Aufsatz war gewöhnlich sehr lang, und der Professor,

1 Meine Tage stehn im gelben Laub. / Der Liebe Blüten, Früchte sind vorbei. / Der Wurm, der Krebs, der Gram / Sind mein allein.

der Leitartikel für *Freeman's Journal* schrieb, hob ihn stets bis zuletzt auf. Stephens Schreibstil, wenngleich dem Altmodischen und sogar dem Obsoleten übermäßig zugeneigt und allzu leicht rhetorisch, war wegen einer gewissen kruden Originalität des Ausdrucks bemerkenswert. Er gab sich keine große Mühe, die Kühnheiten, die in seinen Aufsätzen ausgedrückt oder impliziert waren, auch zu vertreten. Er schleuderte sie aus sich heraus wie jähe Schutzwälle, während er emsig das Änigma einer Manier konstruierte. Denn der Jüngling war einer neuerlichen Krise gewärtig und wollte gegen deren Erschütterung gewappnet sein. Auf Grund derartiger Manöver sah man in ihm allmählich einen sehr unausgeglichenen jungen Mann, der sich mehr als bei jungen Männern üblich für Theorien interessierte, die höchstens als Zeitvertreib passieren mochten. Pater Butt, dem das Auftreten dieser unüblichen Eigenschaften pflichtschuldigst hinterbracht worden war, sprach eines Tages mit Stephen, in der Absicht, ihm auf den Zahn zu fühlen. Pater Butt gab seiner großen Bewunderung für Stephens Aufsätze Ausdruck, die ihm sämtlich, wie er sagte, der Professor für englischen Aufsatz gezeigt hätte. Er ermunterte den Jüngling und äußerte die Vermutung, daß er vielleicht schon binnen kurzem einer der Dubliner Zeitungen oder Zeitschriften einen Beitrag liefern könne. Stephen fand diese Ermunterung freundlich gemeint doch verfehlt und ließ eine umfängliche Erklärung seiner Theorien vom Stapel. Pater Butt hörte zu und stimmte ihnen allen, bereitwilliger noch als Maurice es getan hatte, bei. Stephen legte seine Doktrin mit großer Bestimmtheit dar und insistierte auf der Bedeutung dessen, was er literarische Tradition nannte. Wörter, sagte er, haben einen bestimmten Wert in der literarischen Tradition und einen bestimmten Wert auf dem Marktplatz – einen geminderten Wert. Wörter sind bloß Behältnisse für menschliche Gedanken: in der literarischen Tradition empfangen sie wertvollere Gedanken als auf dem Marktplatz. Pater Butt hörte dem allen zu, rieb mit der kreidigen Hand oft über sein Kinn, nickte mit dem Kopf und sagte, Stephen habe offensichtlich

die Bedeutung der Tradition verstanden. Stephen zitierte einen Satz von Newman, um seine Theorie zu illustrieren.
– In diesem Satz von Newman, sagte er, ist das Wort in der literarischen Tradition gebraucht: da hat es seinen vollen Wert. Im normalen Gebrauch, das heißt also auf dem Marktplatz, hat es einen völlig anderen Wert, einen geminderten Wert. »Hoffentlich halte ich Sie nicht auf.«
– Durchaus nicht! durchaus nicht!
– Nein, nein ...
– Ja, ja, Mr. Daedalus, ich verstehe ... ich sehe genau, worauf Sie hinauswollen ... aufhalten ...
Am Morgen danach zahlte Pater Butt Stephen den Monolog entsprechend heim. Es war ein rauher strenger Morgen und als Stephen, der für die Lateinstunde zu spät gekommen war, in den Physiksaal schlenderte, entdeckte er Pater Butt, der auf der Kaminplatte kniete und auf dem riesigen Rost ein kleines Feuer anzünden wollte. Er fabrizierte adrette Fidibusse und ordnete sie sorgfältig zwischen den Kohlen und Scheiten an. Während all dem plapperte er vor sich hin, um seine Operationen zu erklären, und in einem kritischen Augenblick zog er aus den hintersten Taschen seiner kreidigen Soutane drei schmutzige Kerzenstümpfchen. Diese schob er in verschiedene Öffnungen und sah dann Stephen mit einem Ausdruck des Triumphs an. Er hielt ein Streichholz an ein paar herausragende Papierstücke, und in ein paar Minuten waren die Kohlen in Brand.
– Feueranzünden, Mr. Daedalus, das ist eine Kunst.
– Das scheint mir auch so, Sir. Eine sehr praktische Kunst.
– Das ist es: eine praktische Kunst. Wir haben die praktischen Künste und wir haben die freien Künste.
Pater Butt stand nach diesem Ausspruch von der Kaminplatte auf und ging anderen Geschäften nach, wobei er Stephen in der Betrachtung des sich entzündenden Feuers stehenließ, und Stephen grübelte den rasch schmelzenden Kerzenstümpfchen nach und dem Vorwurf im Verhalten des Priesters, bis es soweit war, daß die Physikstunde begann.

Das Problem konnte nicht aus dem Stegreif gelöst werden, aber seine künstlerische Seite wenigstens bot keine Schwierigkeiten. Als Pater Butt mit der Klasse ›Twelfth Night‹ durchging, übersprang er die beiden Lieder des Narren ohne ein Wort, und als Stephen, der entschlossen war, sie seiner Aufmerksamkeit aufzunötigen, sehr ernsthaft fragte, ob sie auswendig zu lernen wären oder nicht, sagte Pater Butt, es wäre unwahrscheinlich, daß eine solche Frage in der Prüfung käme:

– Der Narr singt diese Lieder für den Herzog. Es war dazumals ein Brauch, daß Edelleute Narren hatten, die ihnen was vorsangen ... zur Unterhaltung.

Den ›Othello‹ nahm er ernster und ließ die Klasse sich etwas zur Moral des Stückes notieren: ein Exemplum über die Leidenschaft der Eifersucht. Shakespeare, sagte er, hätte die Tiefen der menschlichen Natur ausgelotet: seine Stücke zeigen uns Männer und Frauen unter dem Einfluß vielfältiger Leidenschaften und sie zeigen uns das moralische Resultat dieser Leidenschaften. Wir sehen den Konflikt dieser menschlichen Leidenschaften und unsre eignen Leidenschaften werden durch das Spectaculum geläutert. Die Dramen Shakespeares haben eine deutlich moralische Kraft und ›Othello‹ ist eine der größten aller Tragödien. Stephen übte sich darin, alles das zu Ende zu hören, ohne Hand oder Fuß zu bewegen, aber gleichzeitig amüsierte es ihn zu erfahren, daß der Präsident es zwei Internen untersagt hatte, sich eine Aufführung des ›Othello‹ im Gaiety Theatre anzusehen, mit der Begründung, es kämen viele derbe Ausdrücke in dem Stück vor.

Das Monster in Stephen hatte in letzter Zeit die Angewohnheit, sich schlecht zu benehmen, und war bei der geringsten Provokation zum Blutvergießen bereit. Beinah jedes Ereignis des Tages war für es ein Stachel, und der Intellekt in ihm hatte große Mühe, es im Zaum zu halten. Doch die Episode religiöser Inbrunst, die rasch zu einer Erinnerung absackte, hatte in einer gewissen äußerlichen Selbstbeherrschung resultiert, die sich jetzt als sehr nützlich erwies. Außerdem sah

Stephen rasch genug, daß er seine Angelegenheiten im geheimen abmachen müsse, und Reserve war je nur eine leichte Buße für ihn gewesen. Sein Widerstreben, über Geläster zu disputieren, an anderen sich in unhöflicher Weise neugierig interessiert zu geben, half ihm in seiner wirklichen Anklage und war nicht ohne einen genugtuenden Hauch Heroismus. Schon während der Fieberschauer der Heiligkeit über ihm lag, war er desillusionierenden Kräften begegnet, hatte es sich jedoch aus Barmherzigkeit versagt, sich auf sie einzulassen. Diese Erschütterungen hatten ihn von atemlosen Flügen des Eiferns schmählich inwärts getrieben, und das höchste, was Andachtsübungen für ihn tun konnten, war, ihn zu besänftigen. Diese Besänftigung hatte er bitter nötig, denn er litt sehr unter dem Kontakt mit seiner neuen Umgebung. Er sprach kaum mit seinen Kommilitonen und brachte die Aufgaben der Klasse kommentar- und interesselos hinter sich. Jeden Morgen stand er auf und ging hinunter zum Frühstück. Nach dem Frühstück nahm er die Tram in die Stadt und setzte sich auf den Vordersitz draußen mit dem Gesicht zum Wind. Er stieg an der Amiens Street Station aus der Tram, statt weiter bis zum Pillar zu fahren, weil er an dem morgendlichen Leben der Stadt teilhaben wollte. Dieser Morgenspaziergang war für ihn ein Vergnügen, und es gab kein Gesicht, das auf dem Weg zu seinem geschäftlichen Gefängnis an ihm vorüberkam, das er nicht bis auf den motivierenden Grund seiner Häßlichkeit zu durchbohren versucht hätte. Es war stets mit einem Gefühl des Mißvergnügens, daß er ins Green ging und am hinteren Ende das düstere Bauwerk des College sah.

Wenn er so durch die Straßen der Stadt spazierte, hatte er Augen und Ohren stets für Eindrücke bereit. Es war nicht nur im Skeat, daß er Wörter für sein Schatzhaus fand, er fand sie auch unvermittelt in den Läden, auf Anzeigen, im Mund der schwerfällig trottenden Öffentlichkeit. Er sagte sie so oft vor sich hin, bis sie allen automatischen Sinn für ihn verloren hatten und zu wundervollen Vokabeln wurden. Er war entschlossen, mit aller Energie des Leibes und der Seele gegen jede nur mögliche Verfrachtung in den Bereich anzukämpfen, in dem er jetzt den Inbegriff der Hölle sah – den Bereich, anders ausgedrückt, in dem ein jegliches für offenkundig befunden wird –, und der Heilige, der ehedem, einem Schweigegebot gehorchend, karg in der Rede gewesen war, konnte gerade noch wiedererkannt werden in dem Künstler, der sich im Schweigen übte, auf daß Wörter ihm nicht seine Unhöflichkeit heimzahlten. Ausdrücke kamen zu ihm und baten: deute uns. Da sagte er sich: ich muß warten, bis die Eucharistie zu mir kommt: und dann machte er sich daran, den Ausdruck in gewöhnlichen Sinn zu übersetzen. Tage und Nächte brachte er geräuschvoll hämmernd damit zu, sich sein Haus des Schweigens zu zimmern, in dem er seine Eucharistie erwarten könnte, Tage und Nächte sammelte er die Erstlinge auf dem Felde und jegliches Friedensopfer und häufte sie auf seinen Altar, an dem er lauthals betete, das brennende Zeichen der Erfüllung möge herniedersteigen. In der Klasse, in der gedämpften Stille der Bibliothek, in der Gesellschaft anderer Studenten, hörte er plötzlich ein Geheiß, sich hinwegzuheben, allein zu sein, eine Stimme, die ihm das Trommelfell zum Vibrieren brachte, eine Flamme, die zu göttlichem zerebralem Leben emporloderte. Er gehorchte dann dem Geheiß und ging die Straßen hin und wider, allein, nährte dabei die Inbrunst seiner Hoffnung durch Stoßgebete, bis er sicher war, daß es keinen Sinn hatte, noch immer weiter zu gehen: und dann kehrte er nach Hause zurück, mit entschlossenem unerschütterlichem Schritt, und stückte sinnlose Wörter und Sätze zusammen mit entschlossener unerschütterlicher Ernsthaftigkeit.

XVI

Ihre Eminenzen vom Heiligen Konklav sind kaum gewissenhafter abgeschieden von der Welt während der Wahl des Statthalters Christi, als Stephen es zu dieser Zeit war. Er schrieb eine große Anzahl Gedichte, und in Ermangelung einer besseren Einrichtung erlaubte es ihm seine Lyrik, das Amt des Büßers mit dem des Beichtigers zu verbinden. Er suchte in seinen Gedichten die am wenigsten faßbaren seiner Stimmungen zu fixieren, und fügte seine Zeilen zusammen nicht Wort für Wort, sondern Buchstabe für Buchstabe. Er las bei Blake und Rimbaud über die Wertigkeiten der Buchstaben nach und permutierte und kombinierte sogar die fünf Vokale, um den Aufschrei primitiver Emotionen zu konstruieren. Keiner Inbrunst früher hatte er sich derart mit ganzem Herzen hingegeben wie dieser; der Mönch war für ihn jetzt nichts weiter als der halbe Künstler. Er gewann die Überzeugung, daß es für den Künstler notwendig ist, unablässig an seiner Kunst zu arbeiten, wenn er auch nur das einfachste Konzept vollständig ausdrücken will, und er glaubte, daß jeder Augenblick der Inspiration im voraus bezahlt werden müsse. Er war nicht überzeugt von der Wahrheit des Ausspruchs »Der Dichter wird geboren, nicht gemacht«, aber ganz sicher war er sich, daß wenigstens dies wahr war: »Das Gedicht wird gemacht, nicht geboren.« Die Bürgermeinung von dem Dichter Byron, der im Négligé Verse ausströmt wie ein Stadtbrunnen das Wasser, schien ihm charakteristisch zu sein für die meisten populären Urteile über ästhetische Gegenstände, und er bekämpfte diese Meinung an ihrer Wurzel, indem er feierlich zu Maurice sagte – Isolation ist das erste Prinzip künstlerischer Ökonomie.

Stephen verband sich der Kunst nicht in irgendeinem Geist jugendlichen Dilettantismus, sondern bemühte sich, zum bedeutungsvollen Kern von allem und jedem durchzustechen. Er versetzte sich zurück in die Vergangenheit der Menschheit und erhaschte Schlaglichter der aufdämmernden Kunst, so wie man eine Vision des Plesiosaurus haben mochte, der aus seinem Ozean aus Schleim aufdämmert und den Kopf erhebt. Fast direkt zu hören schien er die einfachen Schreie der Angst und der Freude und des Staunens, die allem Sang vorangehen, die wildwütigen Rhythmen der Männer, die sich in die Riemen legen, und fast direkt zu sehen die ungeschlachten Kritzeleien und die tragbaren Götter der Menschen, deren Erbe Leonardo und Michelangelo antreten sollten. Und aus all diesem Chaos der Geschichte und Legende, der Tatsache und Mutmaßung, bemühte er sich, eine Ordnungslinie herauszufinden, die Abgründe der Vergangenheit durch ein Diagramm auf Ordnung zu reduzieren. Die Abhandlungen, die man ihm empfahl, fand er wertlos und läppisch; der Laocoon Lessings irritierte ihn. Er fragte sich, wie denn die Welt solch phantastische Verallgemeinerungen als wertvolle Kontributionen hinnehmen könne. Welch feinsinnigere Gewißheit könnte der Künstler erlangen, wenn er daran glaubte, daß alte Kunst plastisch war und moderne malerisch – wobei alte Kunst in diesem Zusammenhang Kunst zwischen dem Balkan und dem Morea bedeutet und moderne Kunst Kunst überall zwischen dem Kaukasus und dem Atlantik mit Ausnahme des sakrosankten Bezirks. Eine große Verachtung verzehrte ihn gegenüber den Kritikern, die ›griechisch‹ und ›klassisch‹ für austauschbare Begriffe hielten, und so voll unmäßigem Zorn war er, daß er, als Pater Butt ›Othello‹ als Thema des wöchentlichen Aufsatzes aufgab, am folgenden Montag einen ausführlichen, unzweideutigen Protest gegen das ›Meisterwerk‹ einlegte. Die jungen Männer in der Klasse lachten und Stephen dachte, als er verächtlich in die lachenden Gesichter sah, an ein amphibisches Reptil.

Keiner wollte seine Theorien hören: keiner war an Kunst interessiert. Die jungen Männer im College sahen in der Kunst ein kontinentales Laster und sagten wahrhaftig, »Wenn wir schon Kunst haben müssen, gibts da nicht genügend Themen in der Heiligen Schrift?« – denn für sie war ein Künstler ein Mann, der Bilder malte. Es war ein schlechtes Zeichen, wenn ein junger Mann an irgend etwas Interesse zeigte außer an seinen Examen oder seinem künftigen ›Posten‹. Es war nichts dagegen zu sagen, wenn einer darüber reden konnte, aber in Wirklichkeit war die ganze Kunst ›Quark‹: außerdem war sie vermutlich unmoralisch; sie wußten, was Studios waren (oder hatten wenigstens davon gehört). So was wollten sie in ihrem Land nicht, sie nicht. Das Reden von Schönheit, das Reden von Rhythmen, das Reden von Ästhetik – sie wußten, was sich hinter all den schönen Reden verbarg. Einmal stellte sich ein großer bäuerlicher Student vor Stephen und fragte:

– Sag mal, bist du nicht ein Künstler?

Stephen schaute den gegen Ideen mit einer Schutzhülle versehenen jungen Mann ohne zu antworten an.

– Weil, wenn du einer bist, warum trägst du dann nicht lange Haare?

Ein paar Umstehende lachten darüber und Stephen fragte sich, für welch gelehrte Profession der Vater des jungen Mannes ihn wohl ausersehen hätte.

Trotz seiner Umwelt setzte Stephen seine forschenden Bemühungen fort, und dies um so glühender, als er sich einbildete, sie wären unter Acht und Bann gestellt worden. Es war Teil jenes unausrottbaren Egoismus, den er später den Erlöser nennen sollte, daß er die Werke und Gedanken seines Mikrokosmos als in ihm zusammenlaufend begriff. Ist der Geist der Jugend mittelalterlich, daß er Ränkespiel so ahnend erfaßt? Freisport (oder dessen Äquivalent in der Welt des Denkens) ist vielleicht die wirksamste Kur und angelsächsische Erzieher berühmen sich ihres Systems kernfester Brutalität. Aber für diesen verstiegenen Idealisten, der der murrenden gestiefelten Erscheinung mit einem Satz sich entzog, war der mimische Heerzug nicht weniger absurd denn ungleich, auf Gründen, zu seinem Nachteil gewählt. Hinter dem rasch sich verhärtenden Schild antwortete Sensibles: Soll nur die Meute Feindseligkeiten nach ihrem Wild in mein Hochland witternd gestürzt kommen. Da war sein Grund und Boden, und auf sie schleuderte er Verachtung aus blitzendem Geweih.

Wahrhaftig, er spürte den Morgen in seinem Blut: er war sich bewußt, daß irgendeine Bewegung bereits im Gange war, drüben in Europa. Diesen letzten Ausdruck mochte er, denn er schien ihm die meßbare Welt vor den Füßen des Inselbewohners zu entrollen. Nichts konnte ihn davon überzeugen, daß die Welt die wäre, als welche Pater Butts Studenten sie begriffen. Er hatte keinen Bedarf für Vorsichtigkeiten, die unumgänglich geheißen, keine Achtung vor den Schicklichkeiten, die die Grundlagen des Lebens genannt wurden. Er war eine änigmatische Gestalt inmitten seiner fröstelnden Umgebung, in der er ein gewisses Ansehen genoß. Seine Kameraden wußten kaum, wie weit sie sich bei ihm wagen konnten, und Professoren taten so, als dächten sie, seine Ernsthaftigkeit sei genügend Garantie gegen jeden offenen Ungehorsam. Seinerseits hatte er die Keuschheit, die sich als eine große Beschwerlichkeit erwiesen hatte, stillschweigend abgelegt, und der Jüngling amüsierte sich in der Gesellschaft gewisser Kommilitonen, denen (wie das Gerücht ging) ausschweifendes Leben nicht unbekannt war. Der Rektor von Belvedere hatte einen Bruder, der zu der Zeit Student am College war, und eines Abends auf dem Olymp des Gaiety (denn Stephen war zu einem etablierten ›Gott‹ geworden) legte ein anderer Belvederianer, der ebenfalls Student im College war, verleumderisch Zeugnis ab in Stephens Ohr.

– Hier, Daedalus ...

– Was?

– Ich möcht mal wissen, was MacNally sagt, wenn er seinen Bruder treffen würde – du weißt doch, der Kerl im College?

– Ja ...

– Ich hab ihn neulich in Stephens Green gesehn, mit ner Puppe. Ich hab bloß gedacht, wenn MacNally den sehn würde ...

Der Denunziant machte eine Pause: und dann, aus Angst, zuviel zu sagen, und mit Kennermiene, setzte er ernst hinzu:

– Natürlich ist die ... in Ordnung gewesen.

Jeden Abend nach dem Tee verließ Stephen das Haus und machte sich auf in die Stadt, mit Maurice an seiner Seite. Der ältere rauchte Zigaretten und der jüngere aß Zitronendrops, und von diesen leiblichen Genüssen unterstützt, verkürzten sie sich die lange Reise durch philosophischen Diskurs. Maurice war ein sehr aufmerksamer Mensch, und eines Nachmittags sagte er Stephen, er führe Tagebuch über ihre Unterhaltungen. Stephen wollte das Tagebuch sehen, doch Maurice sagte, dafür wäre immer noch Zeit am Ende des ersten Jahrs. Keiner der Jünglinge hegte an sich selbst auch nur die geringsten Zweifel; sie schauten beide mit offenen neugierigen Augen ins Leben (Maurice behalf sich natürlich mit Stephens Blick, wenn sein eigener unzureichend war), und sie beide fühlten, daß es möglich wäre, zu einer nicht-versponnenen Erkenntnis der sogenannten Mysterien zu gelangen, sofern man nur genügend Geduld hätte. Auf ihrem allabendlichen Weg wurden die höchsten Höhen des Argumentierens durchquert, und der jüngere Knabe half dem älteren tapfer bei der Errichtung einer ganzen Wissenschaft von der Ästhetik. Sie sprachen sehr bestimmt aufeinander ein, und Stephen fand Maurice sehr nützlich wegen seiner Einwände. Wenn sie ans Tor der Bibliothek kamen, blieben sie gewöhnlich stehen, um irgendein Untergebiet ihres Themas zu Ende zu denken, und oft zog sich die Diskussion so lang hin, daß Stephen entschied, es wäre zu spät, noch zum Lesen hineinzugehen, und so wandten sie sich wieder in Richtung Clontarf und kehrten auf dieselbe Weise zurück. Stephen zeigte nach gewissem Zögern Maurice die ersten Früchte seiner Lyrik, und Maurice fragte, wer die Frau sei. Stephen schaute ein wenig verschwommen vor sich hin, bevor er antwortete, und mußte schließlich zugeben, daß er nicht wüßte, wer sie wäre.

Dieser Unbekannten wurden nun regelmäßig Gedichte zugeeignet, und es schien, daß der böse Liebestraum, dessen in diesen Gedichten zu gedenken Stephen sich vorgesetzt hatte, jetzt wahrhaft über der Welt lag, in einer Jahrzeit klammen lila Nebels. Er hatte seine Madonna verlassen, er hatte sein Wort aufgesagt und er hatte sich aus seiner kleinen Welt strikt zurückgezogen, und sicher war es kein Wunder, daß sein Alleinsein ihn zu frenetischen Ausbrüchen jungmännerhafter Leidenschaft und zu Ausbrüchen der Einsamkeit trieb? Diese geistige Verfassung, die so sich offenbart, heißt (wenn unkorrigierbar) Dekadenz, wenn wir aber die Welt allgemein überschauen, kommen wir nicht umhin, durch den Verfall hindurch einen zum Leben hinwirkenden Prozeß zu erblicken. Es gab für ihn indes Augenblicke, in denen ein derartiger Prozeß unerträglich erschienen wäre, das Leben zu jedweden üblichen Bedingungen eine unerträgliche Beleidigung, und in solchen Augenblicken betete er um nichts und klagte nach nichts, sondern fühlte im süßen Sinken des Bewußtseins, daß wenn das Ende zu ihm käme, es in den Armen der Unbekannten zu ihm käme:

»Mit Warnruf, zitternd, graut der Morgen,
Wie grau, wie kalt, wie bar!
Ihr Arme, weiß und rund, in euch bin ich geborgen!
Verhehl mich, hehres Haar!

Das Leben ist ein Traum, ein Traum. Die Zeit vorbei,
Das Antiphon entboten.
Wir gehn aus Licht und Lug der Sonne ein
In die Wüstenein der Toten.«

Nach und nach besuchte Stephen das College immer unregelmäßiger. Er ging jeden Morgen zur gewohnten Stunde aus dem Haus und fuhr mit der Tram in die Stadt. Doch stets stieg er bei Amiens Street Station aus und ging zu Fuß, und mehr als oft entschloß er sich, irgendeinem banalen Wink des Stadtlebens nachzugehen, statt sich auf das niederdrückende Collegeleben überhaupt erst einzulassen. So lief er oft sieben oder acht Stunden hintereinander, ohne auch nur die geringste Müdigkeit zu spüren. Der klamme Dubliner Winter schien mit seinem inneren Bewußtsein des Nichtbereitseins zu harmonisieren, und er folgte der kleinsten weiblichen Provokation durch gewundene, unerwartete Gassen nicht eifriger, als er durch viel glücklosere Gassen den gelenkigen Bewegungen jener folgte, die ihm auswich. Was war dies Eine, diese Eine: Arme der Liebe, die der Liebe Boshaftigkeit nicht hatten, Lachen, das auf den Bergen des Morgens umläuft, eine Stunde, in der man auf das Unsagbare treffen mochte? Und zitterte auch das Herz einen Augenblick bei solcher Näherung, er schrie, leidenschaftlich, jugendlich »Es ist so! Es ist so! Das Leben ist, wie ich es begreife.« Er wies von sich die schalen Maximen der Jesuiten und er schwor einen Eid, daß er sich nie von ihnen unter Botmäßigkeit bringen ließe. Er wies von sich eine Welt höherer Kultur, in der es weder Gelehrsamkeit noch Kunst noch Würde der Umgangsformen gab – eine Welt banaler Intrigen und banaler Triumphe. Vor allem wies er von sich die Gesellschaft vergreister Jugend – und er schwor einen Eid, daß er sich nie zu verlogenem Paktieren mit ihnen bringen ließe. Schöne Worte! schöne Eide! schrien tapfer und leidenschaftlich selbst noch im Rachen der Umstände. Denn nicht selten in den Pausen der Verzückung würde Dublin ihm eine jähe Hand auf die Schulter legen, und das Eisige dieses Anrufs rührte sein Herz an. Einmal kam er auf dem Weg nach Haus durch Fairview. An der Weggabelung vor dem sumpfigen Strand lag ein großer Hund hingestreckt. Von Zeit zu Zeit hob er seine Schnauze in die dunstige Luft und stieß ein langes klagendes Geheul aus. Menschen waren auf den Trottoirs stehengeblieben, um ihm zuzuhören. Stephen war einer von ihnen, bis er die ersten Regentropfen spürte, und dann setzte er schweigend seinen Weg unter der trüben Kuratel des Himmels fort und hörte von Zeit zu Zeit noch hinter sich die seltsame Lamentation.

Es war nur natürlich, daß die Umgebung, je mehr der Jüngling die Einsamkeit suchte, um so mehr sein Vorhaben zu vereiteln trachtete. Obschon er noch in seinem ersten Jahr war, galt er als eine Persönlichkeit, und es gab sogar viele, die, obschon sie seine Theorien für eine Spur überzogen hielten, dennoch dachten, sie wären nicht ohne Sinn. Stephen kam selten zu den Vorlesungen, bereitete nichts vor und erschien nicht zu den Trimesterprüfungen, und nicht nur ließ man diese Extravaganzen ohne Bemerkung passieren, man nahm sogar als wahrscheinlich an, daß er wirklich den Typus des Künstlers verkörpere und sich, nach der Manier dieses wenig bekannten Völkchens, selber erzöge. Man darf nicht annehmen, daß es der populären Universität von Irland an einem intellektuellen Zentrum gebrach. Außerhalb des kompakten Corpus nationaler Revivalisten gab es hier und da Studenten, die bestimmte eigene Ideen hatten und von ihren Kommilitonen mehr oder weniger toleriert wurden. Zum Beispiel gab es einen ernsthaften jungen Feministen namens McCann – er war eine grobschlächtige forsche Figur, trug Kavaliersbart und Jagdanzug und war ein standhafter Leser der *Review of Reviews.* Die Studenten des College begriffen nicht, welcher Art die Ideen waren, die er schätzte, und sie glaubten seine Originalität hinreichend honoriert zu haben, indem sie ihn ›Knickerbockers‹ nannten. Es gab ferner den College-Orator – ein sehr zugänglicher junger Mann, der auf allen Versammlungen sprach. Auch Cranly war eine Persönlichkeit, und Madden hatte man bald als den Sprecher der patriotischen Partei anerkannt. Von Stephen läßt sich sagen, daß er die Stellung eines notorisch Extraordinären behauptete: sehr wenige hatten je von den Schriftstellern gehört, von denen es hieß, er läse sie, und diejenigen, die von ihnen gehört hatten, wußten, daß sie verrückte Kerle waren. Wie unbeugsam Stephens Einstellung allem und jedem gegenüber auch war, man war doch gleichzeitig der Meinung, daß er seine geistige Gesundheit nicht verloren und mit Erfolg Versuchungen die Stirn geboten hatte. Die Leute begannen ihm Respekt zu bezeigen, ihn in ihre Häuser einzuladen und ihm gegenüber ernste Gesichter aufzusetzen. Er hatte ja nur Theorien, und da er sich bis dato noch keines Gesetzesbruchs schuldig gemacht hatte, wurde er hochachtungsvoll eingeladen, vor der Literarisch-Historischen Gesellschaft des College einen Vortrag zu halten. Das Datum wurde für Ende März fixiert und das Thema des Vortrags angekündigt als ›Drama und Leben‹. Viele ließen sich auf die Gefahr, eine Abfuhr zu erhalten, in ein Gespräch mit dem jungen Exzentriker ein, doch Stephen wahrte verächtliches Schweigen. Eines Nachts einmal, als er von einer Geselligkeit nach Hause ging,

trat ein Reporter von einer Dubliner Zeitung, der an jenem Abend dem Wunderknaben vorgestellt worden war, ihm in den Weg und sagte, nach ein paar Allgemeinheiten, tastend:
– Ich habe neulich was von diesem Schriftsteller ... wie nennen Sie ihn doch noch ... Maeterlinck gelesen ... wissen Sie?
– Ja ...
– Ich habe den *Eindringling* gelesen, so hieß das glaube ich ... Sehr ... merkwürdiges Stück ...
Stephen hatte nicht den Wunsch, sich mit dem Mann über Maeterlinck zu unterhalten, mochte aber andererseits nicht durch das Schweigen, das die Bemerkung und der Ton und die Absicht vollauf verdient hätten, beleidigen, und so suchte er rasch in seinem Geist nach irgendeiner unverbindlichen Banalität, mit der er die Schuld bezahlen könne. Endlich sagte er:
– Aufzuführen wäre es nur sehr schwer.
Der Journalist war höchst befriedigt über diese Antwort, als hätte Maeterlincks Stück genau diesen Eindruck und keinen anderen auf ihn gemacht. Mit Überzeugung pflichtete er bei:
– O ja! ... so gut wie unmöglich ...
Derlei Anspielungen auf Dinge, die ihm so nahestanden, verwundeten Stephen tief. Es muß hier unumwunden und sofort gesagt werden, daß Stephen um diese Zeit unter dem für sein Leben nachdrücklichsten Einfluß stand. Das Spektakel der Welt, das seine Intelligenz ihm vor Augen führte, mit jeglichem schmutzigen und trügerischen Detail, Seit an Seite mit dem Spektakel der Welt, das das Monster in ihm, das inzwischen ein stattlich heroisches Ausmaß angenommen hatte, ihm ebenfalls vor Augen führte, hatte ihn oft mit einer derart jähen Verzweiflung erfüllt, wie sie nur durch melancholische Versschreibereien zu lindern war. Er hatte sich fast entschlossen, die beiden Welten als einander unvermittelt-fremd gegenüberstehend zu betrachten – wie ausgesprochen oder versteckt der allertiefste Pessimismus auch immer war –, als er durchs Medium mühsam beschaffter Übersetzungen dem Geist Henrik Ibsens begegnete. Er verstand diesen Geist spontan. Einige Jahre zuvor hatte diesselbe spontane Ver-

stehen sich eingestellt, als er den sehr verwirrten, apologetischen Bericht las, in dem Rousseaus englischer Biograph schilderte, wie der junge Philosoph seiner Herrin die Löffel stahl und es geschehen ließ, daß ein Küchenmädchen des Diebstahls bezichtigt wurde, zu ebendem Zeitpunkt, da er seinen Kampf für Wahrheit und Freiheit begann. Genau wie damals mit dem perversen Philosophen, so auch jetzt: Ibsen hatte keinen Apologeten oder Kritiker nötig: der Geist des alten nordischen Dichters und der des verstörten jungen Kelten trafen einander in einem Augenblick strahlender Simultaneität. Stephen wurde zunächst von der evidenten Meisterschaft der Kunst gefangengenommen: es brauchte nicht lang, bis er versicherte, auf der Basis einer nicht eben erschöpfenden Kenntnis der Strömungen natürlich, Ibsen wäre der erste unter den Dramatikern der Welt. In Übersetzungen des indischen oder griechischen oder chinesischen Theaters fand er nur Vorwegnahmen oder Ansätze, und im französischen klassischen und dem englischen romantischen Theater weniger deutliche Vorwegnahmen und weniger gelungene Ansätze. Aber es war nicht nur diese Meisterschaft, die ihn gefangennahm: nicht sie war es, die er mit freudig geistigem Salut aus ganzem Herzen begrüßte. Es war der Geist Ibsens selber, den man hinter der unpersönlichen Manier des Künstlers sich regen spürte: ein Bewußtsein voller aufrechter und jungenhafter Tapferkeit, desillusioniertem Stolz, exakter und mutwilliger Energie. Soll die Welt ihre eigenen Probleme lösen, in welcher Façon es ihr gefällt, soll ihr mutmaßlicher Schöpfer Sich Selber rechtfertigen durch welche Verfahren Ihm immer gut dünken, man konnte die Würde der menschlichen Haltung kaum einen Schritt über diese Antwort hinaus befördern. Hier und nicht in Shakespeare oder Goethe war der Nachfahr des ersten Dichters der Europäer, hier, wie in solcher Absicht nur bei Dante, fand sich eine menschliche Persönlichkeit mit einer künstlerischen Manier vereinigt, was an sich schon fast ein Naturphänomen war: und der Geist der Zeit vereinigte einen spontaner mit dem Norweger als mit dem Florentiner.

Die jungen Männer des College hatten nicht die blasseste Ahnung, wer Ibsen war, aber nach dem, was sie hier und da aufschnappten, argwöhnten sie, es müsse sich um einen jener atheistischen Schriftsteller handeln, den das päpstliche Sekretariat auf den *Index* setzt. Es war ein Novum, daß jemand in ihrem College einen solchen Namen nannte, aber da die Professoren keine Anstalten zu einer Verdammung machten, beschlossen sie, lieber zu warten. Inzwischen waren sie gelinde beeindruckt: viele sagten jetzt, Ibsen, wenn auch unmoralisch, wäre ein großer Schriftsteller, und einen Professor konnte man sagen hören, als er letzten Sommer in Berlin in den Ferien gewesen wäre, wäre viel von einem Stück Ibsens geredet worden, das an einem der Theater gerade lief. Stephen hatte angefangen, Dänisch zu lernen, statt sich auf sein Jahresexamen vorzubereiten, und dieser Umstand wurde zu dem Gerücht aufgeblasen, er wäre ein kompetenter Dänischkenner. Der Jüngling war schlau genug, von Gerüchten, denen zu widersprechen er sich nicht die Mühe nahm, zu profitieren. Er lächelte bei dem Gedanken, daß diese Leute in ihrem Herzen ihn als einen Ungläubigen fürchteten, und verwunderte sich über die Beschaffenheit des von ihnen behaupteten Glaubens. Pater Butt sprach mit ihm sehr viel, und Stephen stand nicht an, sich zum Herold einer neuen Ordnung aufzuwerfen. Er sprach nie hitzig und argumentierte stets, als läge ihm nicht viel daran, welchen Gang das Streitgespräch nähme, wobei er gleichzeitig nie ein Argument verschenkte. Die Jesuiten und ihre Schafe könnten sich gesagt haben: den jugendlichen scheinbar Unabhängigen kennen wir, und den unschwer zu beschwichtigenden Patrioten kennen wir auch, aber was bist du? Dafür, daß sie im Hintertreffen waren, hielten sie ihm sehr die Stange, und Stephen konnte nicht verstehen, weshalb sie sich die Mühe machten, auf ihn einzugehen.

– Ja, ja, sagte Pater Butt einen Tag nach einer solchen Szene, ich verstehe ... ich verstehe genau, was Sie meinen ... Es würde natürlich für die Dramen Turgenjews zutreffen?

Stephen hatte bestimmte Übersetzungen von Romanen und

Erzählungen Turgenjews gelesen und bewundert, und darum fragte er mit echt-interessiertem Ton in der Stimme:

– Meinen Sie seine Romane?

– Romane, ja, sagte Pater Butt geschwind, ... seine Romane, selbstverständlich ... aber sie sind natürlich Dramen ... hab ich nicht recht, Mr. Daedalus?

Sehr oft besuchte Stephen ein Haus in Donnybrook, dessen Atmosphäre prallvoll von liberalem Patriotismus und orthodoxem Studium war. Es gab mehrere heiratsfähige Töchter in der Familie, und wann immer ein junger Mann sich vielversprechend am Horizont abzeichnete, konnte er sicher sein, eine Einladung in das Haus zu empfangen. Der junge Feminist McCann war ein ständiger Besucher dort, und Madden kam gelegentlich vorbei. Der Vater der Familie war ein älterer Herr, der an den Abenden der Woche mit seinen erwachsenen Söhnen Schach spielte, und sonntags abends bei Gesellschaftsspielen und Musik helfend zur Seite stand. Für die Musik sorgte Stephen. Es stand ein altes Piano in dem Zimmer, und wenn man im Zimmer die Spiele müde war, kam eine der Töchter lächelnd auf Stephen zu und bat ihn, ein paar von seinen schönen Liedern vorzusingen. Die Tasten des Pianos waren abgegriffen, und manchmal wollten die Töne nicht kommen, aber der Klang war sanft und weich und Stephen setzte sich hin und sang den höflichen, müden, unmusikalischen Zuhörern seine schönen Lieder vor. Die Lieder waren, mindestens für ihn, wirklich schön – die alten ländlichen Lieder Englands und die eleganten Lieder der Elisabethaner. Die ›Moral‹ dieser Lieder war manchmal leicht dubios, und Stephens Ohr registrierte sofort den einschränkenden Beiklang im Applaus, der auf sie folgte. Die gelehrsamen Töchter fanden diese Lieder sehr wunderlich, aber Mr. Daniel sagte, Stephen solle Opernmusik singen, wenn er wolle, daß man seine Stimme richtig höre. Obschon es zwischen diesem Zirkel und ihm an Sympathie total fehlte, fühlte Stephen sich in ihm sehr wohl und war, wie man's ihn hieß, ›wie zu Hause‹, wenn er so auf dem Sofa saß, die Roßhaarwülste mit den Fingerspitzen zählte und dem Gespräch zuhörte. Die jungen Männer und die Töchter amüsierten sich leidlich unter Mr. Daniels Auge, aber wann immer man sich im Verlauf der Spiele künstlerischen Fragen näherte, bildete Stephen sich in seiner egoistischen Gemütsverfassung ein, seine bloße Gegenwart wirke als Chaperon. Er konnte sehen, wie Ernsthaftigkeit sich auf den schlauen Zügen eines jungen Mannes ausbreitete, der einer der Töchter eine bestimmte Frage zu stellen hatte:

– Jetzt bin ich wohl dran ... Also ... warte mal ... (und hier wurde er so ernst, wie es ein junger Mann, der volle fünf Minuten sehr viel gelacht hat, überhaupt werden kann) ... Wer ist dein Lieblingsdichter, Annie?

Annie dachte eine Weile nach: es gab eine Pause. Annie und der junge Mann saßen im gleichen Kurs.

– ... Deutsch?

– ... Ja.

Annie dachte noch einmal eine Weile nach, während der Tisch auf eine Erbauung wartete.

– Ich glaube ... Goethe.

McCann arrangierte sehr oft Scharaden, in denen er die ungebärdigsten Rollen zu übernehmen pflegte. Die Scharaden waren sehr farcenhaft, und jeder nahm seine Rolle gutwillig hin, Stephen genauso wie die andern. Stephen spielte dann seine ruhige besonnene Art aus gegen McCanns röhrendes Agieren, und aus diesem Grund wurden die beiden oft zusammen aufgestellt. Diese Scharaden ennuyierten Stephen ein wenig, aber McCann arrangierte sie mit Hingabe, da er der Meinung war, Amüsement sei für die physische Wohlfahrt der Menschheit notwendig. Der nördliche Akzent des jungen Feministen löste stets Gelächter aus, und sein mit dem Kavaliersbärtchen geziertes Gesicht war weiß Gott schamloser Grimassen fähig. Im College hatte McCann auf Grund seiner ›Ideen‹ nie recht Fuß gefaßt, hier aber hatte er teil am engsten Familienleben. In diesem Haus war es der Brauch, einen jungen Besucher ein bißchen zu früh bei seinem Vornamen anzureden, und obschon Stephen dieses Kompliment erspart blieb, wurde doch von

McCann nie anders als von ›Phil‹ gesprochen. Stephen nannte ihn immer ›Bonny Dundee‹, in nonsenshafter Assoziierung seines forschen Namens und seiner forschen Manieren mit dem Klang der Zeile:

Komm füll mir den Becher, komm füll mir die Kanne.

Wann immer der Abend einen eher ernsten Anstrich bekam, wurde Mr. Daniel gebeten, vor der Gesellschaft etwas zu rezitieren. Mr. Daniel war früher Leiter eines Theaters in Wexford gewesen und hatte oft auf öffentlichen Versammlungen im ganzen Land gesprochen. Er rezitierte nationale Stücke in streng deklamatorischer Façon und unter andächtigem Schweigen. Die Töchter rezitierten ebenfalls. Während dieser Rezitationen blieb Stephens Auge stets auf das Bild des Herzens Jesu fixiert, das direkt über dem Kopf des Rezitators hing. Die Miss Daniel waren nicht so imposant wie ihr Vater und ihre Kleider waren etwas landmädchenhaft. Jesus stellte überdies sein Herz etwas zu augenfällig auf dem billigen Druck zur Schau: und Stephens Gedanken wurden normalerweise von dieser zwiefachen Nullität zu angenehmer Stumpfheit hinwegfasziniert. Häufig gab es eine Parlamentsscharade. Mr. Daniel hatte einige Jahre zuvor seine Grafschaft vertreten, und darum wurde er auserwählt, den Speaker of the House zu personifizieren. McCann stellte stets einen Abgeordneten der Opposition dar und redete unverblümt. Dann würde ein Abgeordneter protestieren und es gäbe ein Scheingefecht in parlamentarischer Manier.

– Mr. Speaker, ich muß doch fragen ...

– Ruhe! Ruhe!

– Sie wissen, daß es eine Lüge ist!

– Ziehen Sie das zurück, Sir.

– Wie ich gerade sagte, bevor der Herr Abgeordnete mich unterbrach, wir müssen ...

– Ich ziehe es nicht zurück.

– Ich muß doch die Herren Abgeordneten bitten, die Ruhe in diesem Hause zu wahren.

– Ich ziehe es nicht zurück.

– Ruhe! Ruhe!

Ein anderes beliebtes Spiel war »Wer ist wer«. Jemand geht aus dem Zimmer und der Rest der Gesellschaft wählt den Namen von jemand, der vermutlich besondere Anziehungskraft auf den abwesenden Spieler ausübt. Wenn der letztere nun zur Gesellschaft zurückkehrt, muß er kreuz und quer Fragen stellen und den Namen zu raten versuchen. Dies Spiel wurde gewöhnlich zur Verstörung der jungen männlichen Gäste genutzt, denn die Art, in der es gespielt wurde, ließ vermuten, daß jeder junge Student eine Herzensaffaire mit einer jungen Dame in unbeträchtlicher Entfernung hatte: doch die jungen Männer, die zunächst über diese Implikationen überrascht waren, sahen am Ende so aus, als dächten sie, der Scharfsinn der anderen Spieler sei ihnen bei einer unerwarteten, doch nicht unangenehmen Entdeckung lediglich zuvorgekommen. Keinerlei solche Vermutungen konnten mit Ernst über Stephen angestellt werden, und als er denn zum erstenmal mitspielte, wählten sie für ihn anders. Die Spieler waren nicht imstande, seine Fragen zu beantworten, als er wieder im Zimmer war: Fragen wie: »Wo wohnt die Person?« »Ist die Person verheiratet oder ledig?« »Wie alt ist die Person?« konnten von dem Zirkel erst beantwortet werden, nachdem McCann mit gedämpfter Stimme rasch konsultiert worden war. Die Antwort »Norwegen« gab Stephen sofort den Schlüssel, und so endete das Spiel, und die Gesellschaft verlustierte sich nun gleich wieder wie vor dieser ernsten Unterbrechung. Stephen setzte sich neben eine der Töchter und wartete ruhig, während er die rustikale Anmut ihrer Züge bewunderte, auf ihr erstes Wort, welches, das wußte er, sein Behagen zerstören würde. Ihre großen hübschen Augen sahen ihn eine Weile an, als wollten sie ihm vertrauen, und dann sagte sie:

– Wie hast du das so schnell geraten?

– Ich hab gewußt, daß ihr ihn meint. Aber über sein Alter seid ihr im Irrtum.

Andere hatten das gehört: aber sie war beeindruckt von einer möglichen Unermeßlichkeit des Unbekannten, geschmeichelt, sich mit jemandem zu besprechen, der sich directement mit dem Außergewöhnlichen besprach. Sie beugte sich vor und sprach mit sanftem Ernst:

– Nun, wie alt ist er?

– Über siebzig.

– Ehrlich?

Stephen war jetzt der Meinung, er habe diesen Distrikt genügend erforscht, und hätte seine Besuche auch eingestellt, hätten nicht zwei Gründe ihn bewogen, sie fortzusetzen. Der erste Grund war die Unerfreulichkeit seines Zuhauses und der zweite die durch das Auftauchen einer neuen Gestalt ausgelöste Neugierde. Eines Abends, als er auf dem Roßhaarsofa sinnierte, hörte er seinen Namen rufen und stand auf, um vorgestellt zu werden. Ein dunkles voll entwickeltes Mädchen stand vor ihm und sagte, ohne auf Miss Daniels Vorstellung zu warten:

– Ich glaube, wir kennen einander bereits.

Sie setzte sich neben ihn auf das Sofa und er erfuhr, daß sie im selben College wie die Miss Daniel studierte und stets nur mit ihrem irischen Namen unterschrieb. Sie sagte, Stephen solle auch Irisch lernen und in die Liga eintreten. Ein junger Mann der Gesellschaft, dessen Gesicht stets den gleichen Ausdruck aufgesetzter Zielstrebigkeit zeigte, redete mit ihr über Stephen hinweg und nannte sie familiär-vertraulich bei ihrem irischen Namen. Stephen redete darum sehr formell und nannte sie stets ›Miss Clery‹. Ihrerseits schien sie ihn in den allgemeinen Schlachtplan ihres nationalisierenden Charmes einzuschließen: und als er ihr in die Jacke half, verwehrte sie es seinen Händen nicht, einen Augenblick auf dem warmen Fleisch ihrer Schultern zu ruhen.

XVII

Stephens Familienleben war inzwischen unerfreulich genug geworden: die Richtung seiner Entwicklung verlief gegen den Strom des von seiner Familie Erwarteten. Die Abendspaziergänge mit Maurice waren untersagt worden, denn es war evident geworden, daß Stephen seinen Bruder zum Müßiggang verführte. Stephen wurde ständig mit Erkundigungen nach seinen Fortschritten im College behelligt, und Mr. Daedalus, der den ausweichenden Antworten nachsann, hatte der Befürchtung Ausdruck gegeben, daß sein Sohn in schlechte Gesellschaft gerate. Dem Jüngling wurde zu verstehen gegeben, wenn er die kommende Prüfung nicht glänzend bestehe, sei es mit seinem Studium aus und vorbei. Ihn beunruhigte diese Warnung nicht sehr, denn er wußte, daß sein Schicksal, in dieser Hinsicht, in den Händen seines Paten und nicht seines Vaters lag. Er spürte, daß die Augenblicke seiner Jugend zu kostbar waren, um in ödem mechanischem Streben vergeudet zu werden, und er nahm sich vor, was immer auch daraus werden würde, seine Absichten mit letzter Konsequenz zu verfolgen. Seine Familie erwartete, daß er sofort dem Pfad einträglicher Respektabilität folgen und die Situation retten würde, doch er konnte der Familie nicht Genüge tun. Er dankte ihr für die gute Absicht: sie hatte ihn allererst mit Egoismus erfüllt; und er freute sich, daß sein Leben derart um den eigenen Mittelpunkt kreiste. Er spürte jedoch, daß es Tätigkeiten gab, die aufzuschieben gefährlich wäre.

Maurice fügte sich dem Verbot gift- und gallespeiend und mußte von seinem Bruder von offenem Ungehorsam zurückgehalten werden. Stephen selbst ertrug es leicht, denn die Einsamkeit war eine große Befreiung für ihn, und wegen menschlicher Kanäle konnte er schlimmstenfalls auf ein paar College-Kameraden zurückkommen. Er bereitete jetzt fleißig seinen Vortrag für die Literarisch-Historische Gesellschaft vor und traf alle nur möglichen Vorkehrungen, ihm ein Maximum an

Sprengkraft zu sichern. Ihm schien, die Studenten brauchten nur das Wort, um sie zur Freiheit zu entflammen, oder sein Posaunenstoß brächte wenigstens eine gewisse Minderheit der Auserwählten auf seine Seite. McCann war der Auditor der Gesellschaft, und da ihm ungeheuer daran lag, sich über die Richtung von Stephens Vortrag zu informieren, verließen die beiden oft um zehn Uhr die Bibliothek und gingen diskutierend in Richtung der Behausung des Auditors. McCann genoß den Ruf eines furchtlosen, freimütigen jungen Mannes, aber Stephen fand es schwer, ihn zu irgendwelchen festen, bindenden Aussagen über Dinge zu bringen, die als gefährliches Fahrwasser galten. McCann sprach freizügig über Feminismus und rationales Leben: er glaubte, daß die Geschlechter gemeinsam erzogen werden sollten, um sie früh an ihren wechselseitigen Einfluß zu gewöhnen, und er glaubte, daß Frauen die gleichen Gelegenheiten gegeben werden sollten wie dem sogenannten stärkeren Geschlecht, und er glaubte, daß Frauen das Recht hätten, mit Männern in jedem Bereich gesellschaftlicher oder intellektueller Betätigung zu konkurrieren. Er vertrat ferner die Ansicht, ein Mann solle sich jeglicher Stimulantien enthalten, er habe eine moralische Verpflichtung, der Nachwelt einen gesunden Geist in einem gesunden Körper zu übermitteln, und er solle sich in Sachen Kleidung durch keinerlei Konventionen etwas aufdiktieren lassen. Stephen machte sich einen Spaß daraus, diese Theorien mit flinken Kugeln zu durchsieben.

– Du möchtest ihnen kein Gebiet des Lebens verschließen?

– Allerdings nicht.

– Möchtest du, daß Militär, Polizei und Feuerwehr sich künftig auch aus ihnen rekrutieren?

– Es gibt gewisse gesellschaftliche Obliegenheiten, für die Frauen physisch nicht geeignet sind.

– Ich glaube dir.

– Gleichzeitig sollten ihnen alle zivilen Berufe, für die sie eine Eignung mitbringen, zugänglich sein.

– Ärzte und Anwälte?

– Allerdings.

– Und wie stehts mit dem dritten gelehrten Beruf?
– Wie meinst du das?
– Glaubst du, sie würden gute Beichtiger abgeben?
– Du bist dreist. Die Kirche erlaubt es Frauen nicht, Priester zu werden.
– Ah, die Kirche!
Immer wenn das Gespräch an diesen Punkt kam, weigerte sich McCann, es weiterzuführen. Die Diskussionen endeten gewöhnlich in einer Sackgasse:
– Aber du machst Bergsteigtouren auf der Jagd nach frischer Luft?
– Ja.
– Und badest im Sommer?
– Ja.
– Und gewiß wirken Bergluft und Salzwasser als Stimulantien!
– Natürliche Stimulantien, ja.
– Und was nennst du unnatürliche Stimulantien?
– Berauschende Getränke.
– Aber die werden doch aus natürlichen pflanzlichen Substanzen hergestellt, oder nicht?
– Vielleicht, aber in einem unnatürlichen Verfahren.
– Dann siehst du in einem Brauer also einen bedeutenden Thaumaturgen?
– Berauschende Getränke werden erzeugt, um künstlich geschaffene Bedürfnisse zu befriedigen. Der Mensch in normaler Verfassung hat für sein Leben solche Requisiten nicht nötig.
– Gib mir ein Beispiel für einen Menschen ›in normaler Verfassung‹, wie du das nennst.
– Ein Mensch, der ein gesundes, natürliches Leben führt.
– Du?
– Ja.
– Repräsentierst du also die normale Menschheit?
– Ja.
– Dann ist die normale Menschheit also kurzsichtig und tontaub?

– Tontaub?
– Ja: ich halte dich für tontaub.
– Ich höre gerne Musik.
– Welche Musik?
– Alle Musik.
– Aber du kannst kein Lied von einem anderen unterscheiden.
– Doch: manche Lieder erkenne ich wieder.
– Zum Beispiel?
– Ich erkenne ›God save the Queen‹.
– Vielleicht weil alle Leute aufstehen und ihre Hüte abnehmen.
– Nun, ich gebe zu, daß mein Gehör etwas mangelhaft ist.
– Und deine Augen?
– Die auch.
– Wie repräsentierst du dann also die normale Menschheit?
– Durch meine Lebensweise.
– Deine Bedürfnisse und die Weise, in der du sie befriedigst, meinst du das?
– Genau.
– Und welches sind deine Bedürfnisse?
– Luft und Nahrung.
– Hast du irgendwelche Nebenbedürfnisse?
– Wissenserwerb.
– Und die Tröstungen der Religion brauchst du auch?
– Vielleicht ... gelegentlich.
– Und Frauen ... gelegentlich?
– Niemals!
Dies letzte Wort wurde mit einem moralischen Schnappen der Kinnbacken und in derart geschäftsmäßigem Ton geäußert, daß Stephen einen lauten Lachkrampf bekam. Was das Faktum selber betraf, so neigte Stephen dazu, wenn er in dieser Hinsicht auch sehr argwöhnisch war, an McCanns Keuschheit zu glauben, und wie sehr er sie verachtete, stellte er lieber sie sich vor als das konträre Phänomen. Er zitterte fast beim Gedanken an diese horizontlose Verbissenheit, die sich nur im Krebsgang fortbewegte.

McCanns hartnäckiges Eintreten für ein rechtschaffenes Leben und seine Verdammung der Ausschweifung als einer Sünde wider die Zukunft ärgerten und verletzten Stephen. Sie ärgerten ihn, weil sie so stark nach *pater familias* schmeckten, und verletzten ihn, weil er in der Hinsicht für untauglich befunden zu werden schien. In McCanns Mund hielt er das für ungerecht und unnatürlich, und er suchte sich Schützenhilfe bei einer Sentenz Bacons. Die Sorge um die Nachkommenschaft, zitierte er, ist am größten bei denen, die keine Nachkommenschaft haben: und schließlich, sagte er, könne er nicht verstehen, welches Recht die Zukunft hätte, ihn an irgendwelchen leidenschaftlichen Bestrebungen in der Gegenwart zu hindern.

– Das ist nicht die Lehre Ibsens, sagte McCann.

– Lehre! rief Stephen.

– Die Moral der *Gespenster* ist genau das Gegenteil von dem, was du sagst.

– Bah! Du hältst ein Stück für ein wissenschaftliches Dokument.

– Die *Gespenster* lehren uns Selbstversagung.

– O Gott! sagte Stephen in Agonie.

– Das ist meine Behausung, sagte McCann und blieb am Tor stehen. Ich muß hinein.

– Du hast Ibsen und Enos Fruchtsalz auf immer in meinem Geist verbunden, sagte Stephen.

– Daedalus, sagte der Auditor spröd, du bist ein anständiger Kerl, aber die Würde des Altruismus und das Verantwortlichsein eines jeden Einzelnen mußt du erst noch lernen.

Stephen hatte beschlossen, sich an Madden zu wenden, um herauszukriegen, wo man Miss Clery finden könne. Er ging dabei umsichtig zu Werke. Madden und er waren oft zusammen, doch ihre Gespräche waren selten ernst, und obwohl der bäuerliche Verstand des einen sehr nachhaltig von dem Metropolitanismus des anderen beeindruckt wurde, standen beide jungen Männer in einem Verhältnis herzlicher Vertraulichkeit. Madden, der früher schon vergebens versucht hatte, Stephen mit nationalistischem Fieber zu infizieren, war über diesen Vorstoß seines Freundes überrascht. Er war entzückt über die Aussicht, einen solchen Proselyten zu machen, und begann beredt an sein Gerechtigkeitsgefühl zu appellieren. Stephen gestattete seinem kritischen Vermögen eine Ruhepause. Die so gewünschte Gemeinschaft, für deren Verwirklichung Madden seinen persönlichen Einsatz zu engagieren hoffte, schien ihm alles andere als ideal, und die Befreiung, die Madden befriedigt hätte, hätte ihn keineswegs befriedigt. Der Römer, nicht der Sassenach, war für ihn der Tyrann der Inselbewohner: und so tief hatte die Tyrannei sich in alle Seelen eingefressen, daß die Intelligenz, die erst so überheblich überwältigt worden war, nun die Überheblichkeit begierig als Freund hinzustellen trachtete. Die Parole hieß Glaube und Vaterland, ein geheiligtes Wort in jener Welt raffiniert entflammbarer Enthusiasmen. Mit buchstabentreuem Gehorsam und jährlichen Abgaben baten die Iren inständig um die Ehre, die ihnen geflissentlich vorenthalten wurde, um Nationen gegeben zu werden, die in der Vergangenheit, wie in der Gegenwart, niemals das Knie gebeugt hatten, es sei denn in trotziger Gebärde. Wohingegen die Masse der Prediger ihnen versicherte, daß hohe Ehren unterwegs seien, und sie ermunterte, nie die Hoffnung aufzugeben. Die Letzten sollten die Ersten sein, entsprechend dem christlichen Sentiment, und wer sich selbst erniedrigt, der wird erhöht, und zum Lohn für mehrere Jahrhunderte obskurer Glaubenstreue hatte seine Heiligkeit der Papst einen verspäteten Kardinal gestiftet, einer Insel, die für ihn, vielleicht, nur der Nachgedanke Europas war.

Madden war bereit, vieles hiervon als wahr gelten zu lassen, doch er ließ Stephen wissen, die neue Bewegung wäre politisch. Wäre der geringste Unglaube auf die Standarte gehißt, würde das Volk nicht zu ihr strömen, und aus diesem Grund wollten die Initiatoren soweit wie möglich Hand in Hand mit den Priestern arbeiten. Stephen wand ein, dies Hand-in-Hand-Arbeiten mit den Priestern habe ein ums andre Mal die Chancen der Revolution zerstört. Madden gab das zu:

aber jetzt wenigstens wären die Priester auf seiten des Volkes.

– Siehst du denn nicht, sagte Stephen, daß sie das Studium des Irischen fördern, damit ihre Schäfchen um so sicherer geschützt sind vor den Wölfen des Unglaubens; daß sie hier eine Gelegenheit sehen, das Volk in eine Vergangenheit buchstabentreuen, unbedingten Glaubens zu pferchen?

– Aber unser Bauer gewinnt doch wirklich nichts, wenn er englische Literatur liest.

– Blödsinn!

– Moderne wenigstens. Du tobst doch selbst immer ...

– Englisch ist der Mittler für den Kontinent.

– Wir wollen ein irisches Irland.

– Mir scheint, es ist dir egal, welche Banalität einer von sich gibt, solang ers nur auf irisch tut.

– Ich stimme nicht vollständig mit deinen modernen Vorstellungen überein. Wir wollen von dieser englischen Kultur nichts abhaben.

– Aber die Kultur, von der du sprichst, ist nicht englisch – sie ist arisch. Die modernen Vorstellungen sind nicht englisch; sie stehen in der Kontinuität der arischen Kultur.

– Du willst, daß unsre Bauern den ungeschlachten Materialismus der Bauern aus Yorkshire nachäffen?

– Man meint fast, das Land wäre von Cherubim bewohnt. Verdammich, wenn ich sowas wie einen Unterschied zwischen Bauern sehe: für mich sind sie einander so gleich wie eine Erbsenschote der andern. Der Mann aus Yorkshire ist vielleicht besser genährt.

– Natürlich verachtest du den Bauern, weil du in der Stadt lebst.

– Ich verachte sein Amt nicht im mindesten.

– Aber du verachtest ihn – er ist dir nicht klug genug.

– Weißt du, Madden, das ist Unsinn. Zunächst einmal ist er verschlagen wie ein Fuchs – versuch ihm mal eine falsche Münze anzudrehen, dann wirst du sehen. Aber seine Schläue ist nur niedriger Natur. Ich glaube wirklich nicht, daß der irische

Bauer einen besonders bewunderungswürdigen Typus der Kultur vertritt.

– Das ist typisch für dich! Natürlich schaust du auf ihn herab, weil er nicht auf dem laufenden ist und ein einfaches Leben führt.

– Ja, ein Leben im stumpfsinnigen Trott – Abzählen von Pfennigen, wöchentliches Über-die-Stränge-Schlagen und wöchentliche Frömmigkeit – ein Leben aus Verschlagenheit und Angst zwischen dem Schatten der Pfarrkirche und dem der Anstalt!

– Das Leben einer großen Stadt wie London erscheint dir besser?

– Die Intelligenz einer englischen Stadt bewegt sich vielleicht auf keinem sehr hohen Niveau, aber wenigstens ist sie höher als der geistige Sumpf des irischen Bauern.

– Und wie stehen die beiden da als moralische Wesen?

– Na?

– Die Iren sind wegen wenigstens einer Tugend in der ganzen Welt bekannt.

– Oho! Ich weiß, was jetzt kommt!

– Aber es ist doch Tatsache – sie sind keusch.

– Selbstverständlich.

– Dir machts Spaß, dein eigenes Volk, wos nur geht, runterzuputzen, aber du kannst sie nicht beschuldigen ...

– Also gut: teilweise hast du recht. Ich weiß durchaus, daß meine Landsleute noch nicht die fortschrittliche Maschinerie der Pariser Hurerei erreicht haben, weil ...

– Weil ...?

– Nun, weil sies im Handbetrieb machen können, darum!

– Guter Gott, du willst doch damit nicht sagen, du meinst ...

– Mein Guter, ich weiß, was ich sage, stimmt, und du weißt das auch. Frag Pater Pat und frag Dr. Soundso und frag Dr. Sowieso. Ich war in der Schule und du warst in der Schule – und das genügt doch wohl.

– O Daedalus!

Diese Anschuldigung brachte ihr Gespräch zum Schweigen. Dann sagte Madden:

– Nun, wenn das deine Vorstellungen sind, sehe ich nicht, warum du zu mir kommst und davon redest, du wolltest Irisch lernen.
– Ich würde es gern lernen – als Sprache, log Stephen. Wenigstens möchte ich gern erst mal selber sehn.
– Du gibst also immerhin zu, daß du ein Ire bist und keiner von der roten Garnison.
– Aber natürlich.
– Und glaubst du nicht, daß jeder Ire, der wert ist, einer genannt zu werden, seine Muttersprache beherrschen sollte?
– Ich weiß es wirklich nicht.
– Und glaubst du nicht, daß wir als ein Volk ein Recht haben, frei zu sein?
– Ach stell mir doch nicht solche Fragen, Madden. Für dich sind diese Podiumsphrasen vielleicht sinnvoll, für mich nicht.
– Aber du mußt doch irgendwelche politischen Ansichten haben, Mensch!
– Ich bin dabei, zu ihnen zu kommen. Ich bin Künstler, begreifst du das nicht? Glaubst du, daß ich einer bin?
– O ja, ich weiß es doch.
– Also gut, wie zum Teufel kannst du von mir erwarten, daß ich mit allem auf einmal fertig werde? Gib mir Zeit.
So wurde beschlossen, Stephen solle einen Irischkurs nehmen. Er kaufte sich die von der Gälischen Liga veröffentlichten Lehrbücher von O'Growney, weigerte sich aber, der Liga beizutreten oder das Abzeichen in seinem Knopfloch zu tragen. Was er wissen wollte, hatte er herausgekriegt, nämlich die Klasse, in der Miss Clery war. Seine Leute zu Hause schienen seiner neuen Grille nicht feind zu sein. Mr. Casey brachte ihm ein paar südirische Lieder bei und sagte, wenn er Stephen zutrank, stets »Sinn Fein« statt »Prosit«. Mrs. Daedalus war vermutlich beglückt, denn sie dachte, daß es der Oberaufsicht von Priestern und der Gesellschaft harmloser Enthusiasten vielleicht gelingen könnte, ihren Sohn in der richtigen Richtung zu beeinflussen: sie hatte allmählich um ihn Angst. Maurice sagte nichts und stellte keine Fragen. Er verstand nicht,

weshalb sein Bruder sich mit den Patrioten verband, und er glaubte nicht, daß das Studium des Irischen Stephen in irgendeiner Weise nützen könnte: aber er war still und wartete ab. Mr. Daedalus sagte, er habe nichts dagegen, daß sein Sohn die Sprache lerne, solange ihn das nicht von seiner eigentlichen Arbeit abhalte.

Eines Nachmittags brachte Maurice aus der Schule die Nachricht mit, daß die Exerzitien in drei Tagen begännen. Diese so unvermittelte Nachricht zeigte Stephen den eigenen Standort. Er konnte kaum glauben, daß sich in einem Jahr sein Gesichtspunkt so vollständig geändert hatte. Erst vor zwölf Monaten hatte er flehentlich um Vergebung geschrien und endlose Bußen gelobt. Er konnte kaum glauben, daß kein anderer als er es war, der sich so wildwütig an die einzigen Vermittlungen des Heils geklammert hatte, die die Kirche ihren schuldigen Kindern verstattet. Er verwunderte sich über das Entsetzen, das ihn damals besessen hatte. Eines Nachmittags während der Exerzitien fragte er seinen Bruder, welche Art Predigten der Priester hielte. Die beiden schauten zusammen ins Fenster eines Papiergeschäfts, und ein Bild des Heiligen Antonius im Fenster hatte die Frage verursacht. Maurice lächelte breit, als er antwortete:

– Heute die Hölle.

– Und was für eine Predigt war es?

– Die übliche Geschichte. Morgens Höllengestank und abends Schmerz des Verlusts.

Stephen lachte und betrachtete den breitschultrigen Jungen neben sich. Maurice berichtete Tatsachen mit einer trockenen satirischen Stimme, und sein wolkiger Teint änderte die Farbe nicht, wenn er lachte. Stephen mußte dabei an die Bilder in ›Silas Verney‹ denken. Seine düstere Feierlichkeit, das sorgfältige Reinigen seiner so abgetragenen Kleider und die frühreife Desillusionierung in seiner Art, all dies erschien wie die menschliche Gewandung eines aus Holland verpflanzten geistlichen oder philosophischen Problems. Stephen wußte nicht, in welchem Stadium das Problem sich befand, und hielt es für klüger, es sich seinen eigenen Weg zur Lösung finden zu lassen.

– Weißt du, was der Priester uns noch gesagt hat? fragte Maurice nach einer Pause.

– Was?

– Er sagte, wir dürften keine Kameraden haben.

– Kameraden?

– Wir dürften abends nicht mit irgendwelchen bestimmten Kameraden spazierengehen. Wenn wir spazierengehen wollten, sagte er, dann müßte eine ganze Gruppe von uns zusammen gehen.

Stephen blieb auf der Straße stehen und schlug die Handflächen gegeneinander.

– Was ist los mit dir? sagte Maurice.

– Ich weiß, was mit denen los ist, sagte Stephen. Die haben Angst.

– Natürlich haben die Angst, sagte Maurice feierlich.

– Ach übrigens – du hast natürlich die Exerzitien mitgemacht?

– O ja. Ich trete morgen vor den Altar.

– Tust du das wirklich?

– Sag die Wahrheit, Stephen. Wenn Mutter dir sonntags das Geld für die kurze Zwölfuhrmesse in der Marlborough Street gibt, gehst du dann wirklich in die Kirche?

Stephen lief leicht an.

– Warum fragst du das?

– Sag die Wahrheit.

– Nein ... ich geh nicht.

– Und wohin gehst du?

– Ach irgendwo hin ... in der Stadt rum.

– Das hab ich mir gedacht.

– Du bist ein schlaues Bürschchen, sagte Stephen lauernd. Darf ich fragen, ob du selbst zur Messe gehst?

– O ja, sagte Maurice.

Sie gingen kurze Zeit schweigend weiter. Dann sagte Maurice:

– Ich habe ein schlechtes Gehör.
Stephen sagte nichts dazu.
– Und ich muß glaube ich auch ein bißchen stupid sein.
– Wieso?
In seinem Herzen spürte Stephen, daß er seinen Bruder verdammte. In diesem Fall mußte er widersprechen, daß Freiheit von strikten religiösen Einflüssen wünschbar wäre. Ihm schien, daß einer, der über die Verfassung seiner Seele derart prosaisch kontemplieren konnte, die Freiheit nicht wert war und nur für die strengsten Fesseln der Kirche taugte.
– Also heute hat uns der Priester eine wahre Geschichte erzählt. Sie ging über den Tod eines Säufers. Der Priester kam ihn besuchen und redete mit ihm und forderte ihn auf zu sagen, es täte ihm leid, und zu versprechen, das Trinken sein zu lassen. Der Mann spürte, er müßte in wenigen Augenblicken sterben, aber er setzte sich im Bett auf, sagte der Priester, und zog eine schwarze Flasche aus dem Bettzeug heraus ...
– Und?
– Er sagte »Vater, und wenn das die letzte wär, die ich auf dieser Welt trinken dürft, ich müßt sie trinken.«
– Und?
– Na und er trank die Flasche leer. Im selben Augenblick fiel der Mann tot um, sagte der Priester und senkte die Stimme. »Dieser Mann sank tot in seinem Bett um, tot wie ein Stein. Er starb und fuhr ...« Er sprach so leise, daß ich nichts hören konnte, aber ich wollte wissen, wohin der Mann fuhr, und deshalb lehnte ich mich nach vorne und stieß mit der Nase mit Wucht gegen die Vorderbank. Während ich sie mir rieb, knieten die andern um zu beten, und so hab ich nicht gehört, wo er hingefahren ist. Bin ich nicht stupide?
Stephen explodierte vor Gelächter. Er lachte so laut, daß die Passanten sich nach ihm umdrehten und selber, durch die Anziehungskraft, lächeln mußten. Er stemmte die Hände in die Seiten und die Tränen stürzten ihm fast aus den Augen. Jeder Blick, den er in das feierliche olivenfarbene Gesicht von Mau-

rice warf, rief einen neuen Ausbruch hervor. Er konnte in den Intervallen nichts sagen als – »Ich würde sonst was gegeben haben, das zu sehen – ›Vater, und wenn das die letzte wär‹ ... und du mit offenem Mund. Ich würde sonst was gegeben haben, das zu sehen.«

Der Irischkurs fand jeden Mittwochabend in einem Hinterzimmer im zweiten Stock eines Hauses in der O'Connell Street statt. Die Klasse bestand aus sechs jungen Männern und drei jungen Frauen. Der Lehrer war ein junger Mann mit Brille, sehr kränklich aussehendem Gesicht und sehr verzogenem Mund. Er sprach mit hoher Stimme und in schneidendem nördlichem Akzent. Er versäumte nie eine Gelegenheit, gegen den Seoninismus zu sticheln und gegen diejenigen, die ihre Muttersprache nicht lernen wollten. Er sagte, Beurla wäre die Sprache des Kommerzes und Irisch die Sprache der Seele, und er hatte zwei Bonmots, die seine Klasse immer wieder zum Lachen brachten. Das eine war der ›Allmächtige Dollar‹ und das andere der ›Hochgeistige Sachse‹. Jeder hielt Mr. Hughes für einen großen Enthusiasten, und einige meinten, er habe eine große Rednerkarriere vor sich. An Freitagabenden, bei der öffentlichen Versammlung der Liga, sprach er oft, aber da er nicht genügend Irisch konnte, entschuldigte er sich stets zu Beginn seiner Rede, daß er in der Sprache des ›Hochgeistigen Sachsen‹ zu seinem Publikum sprechen müsse. Am Schluß jeder Rede zitierte er einen poetischen Text. Er spottete sehr über Trinity College und die Irish Parliamentary Party. Er könne in Männern keine Patrioten sehen, die der Königin von England einen Treueid geleistet hätten, und er könne in einer Institution keine nationale Universität sehen, die die religiösen Überzeugungen der Mehrheit des irischen Volkes nicht teilte. Seine Reden wurden stets laut applaudiert, und Stephen hörte einige aus dem Publikum sagen, er werde bestimmt als Anwalt großen Erfolg haben. Als er nachfragte, erfuhr Stephen, daß Hughes, der der Sohn eines nationalistischen Anwalts in Armagh war, an den King's Inns Jus studierte.

Der Irischkurs, den Stephen besuchte, fand in einem sehr karg möblierten Raum statt, den ein Gaslicht beleuchtete, das eine zerbrochene Kugel hatte. Über dem Kaminsims hing das Bild eines Priesters mit Bart, der, wie Stephen erfuhr, Pater O'Growney war. Es war ein Anfängerkurs, und wegen der Stupidität von zwei der jungen Männer kam man nur mühsam vorwärts. Die anderen im Kurs lernten rasch und arbeiteten sehr hart. Stephen fand die Aussprache der Gutturale sehr beschwerlich, aber er tat was er konnte. Die Klasse war sehr ernsthaft und patriotisch. Das einzige Mal, daß Stephen sie zum Leichtsinn geneigt fand, war in der Stunde, als das Wort ›gradh‹ eingeführt wurde. Die drei jungen Frauen lachten und die beiden stupiden jungen Männer lachten, da sie an dem irischen Wort für ›Liebe‹ oder vielleicht an der Vorstellung selber etwas sehr komisch fanden. Aber Mr. Hughes und die anderen drei jungen Männer und Stephen blieben feierlich ernst. Als der Koller wegen des Wortes vorüber war, wurde Stephens Aufmerksamkeit von dem jüngeren der stupiden jungen Männer angezogen, der immer noch hochrot angelaufen war. Die Röte hielt sich derart lang, daß Stephen nervös zu werden begann. Der junge Mann wurde verwirrter und verwirrter, und das schlimmste war, daß diese ganze Verwirrung nur von der eigenen Person ausgelöst wurde, denn keiner in der Klasse außer Stephen schien von ihm Notiz genommen zu haben. Er blieb in dem Zustand bis zum Ende der Stunde, wagte kein einziges Mal, die Augen vom Buch aufzuheben, und als er einmal genötigt war, sein Taschentuch zu benutzen, tat er es verstohlen mit der linken Hand.

Die Versammlungen an Freitagabenden waren öffentlich und erfreuten sich weitgehend priesterlicher Gewogenheit. Die Veranstalter brachten Lageberichte aus den einzelnen Distrikten, und die Priester hielten Mahnreden. Zwei junge Männer wurden dann gebeten, irische Lieder zu singen, und wenn es Zeit zum Aufbruch für die ganze Gesellschaft war, standen alle auf und sangen das Kampflied. Die jungen Frauen begannen dann zu plappern, während ihre Kavaliere ihnen in die Jacken halfen. Ein untersetzter Bürger mit schwarzem

Bart, der stets einen Schlapphut und einen hellgrünen Schal trug, war bei diesen Versammlungen ein ständiger Gast. Wenn die Gesellschaft sich auflöste, sah man ihn gewöhnlich umringt von einem Kreis junger Männer, die neben seiner Körperfülle eher klapperdürr wirkten. Er hatte die Stimme eines Ochsen und man hörte ihn auf große Entfernung kritisieren, brandmarken und spotten. Sein Kreis war das Zentrum der Separatisten, und darin herrschte der Geist der Unversöhnlichkeit. Der Kreis hatte sein Hauptquartier in Cooneys Tabakladen, wo die Mitglieder jeden Nachmittag im ›Divan‹ saßen, laut irisch redeten und Tonpfeifen rauchten. Diesem Kreis berichtete Madden, der Mannschaftskapitän eines Hurley-Spielerklubs war, über die muskulare Kondition der ihm unterstellten jungen Unversöhnlichen, und der Herausgeber des Wochenjournals der unversöhnlichen Partei berichtete über jegliches Zeichen von Philokeltismus, das er in den Pariser Zeitungen entdeckt hatte.

Von dem ganzen Verein wurde Freiheit für das erstrebenswerteste gehalten; die Mitglieder waren wildentschlossene Demokraten. Die Freiheit, die sie erstrebten, war vorwiegend eine Freiheit der Kleidung und des Vokabulars: und Stephen konnte kaum verstehen, wie eine derart erbärmliche Vogelscheuche von Freiheit ernsthafte Menschen anbetungsvoll auf die Knie bringen konnte. Wie er im Hause der Daniels Leute gesehen hatte, die wichtig spielten, so sah er hier Leute, die frei spielten. Er sah, daß viele politische Absurditäten einem Mangel an vernünftigem Sinn für Vergleichbares in den Männern der Öffentlichkeit entstammten. Die Redner dieser patriotischen Partei schämten sich nicht, die Präzedenzfälle Schweiz und Frankreich zu zitieren. Die geistigen Zentren der Bewegung wurden so mangelhaft unterrichtet, daß die Analogien, die sie als genau und zwingend anführten, in Wirklichkeit auf Glück beruhten und auf sehr ungenauem Wissen sich gründeten. Den Schrei eines einzelnen Franzosen (A bas l'Angleterre!) bei einem keltischen Treffen in Paris würden diese Enthusiasten zum Thema eines Leitartikels machen, in

dem sie auf die unmittelbar vor der Tür stehende Unterstützung Irlands durch die französische Regierung hinwiesen. Ein leuchtendes Beispiel für Irland ließ sich im Fall Ungarns sehen, ein Beispiel, wie diese Patrioten es sich vorstellten, für eine lang leidende Minorität, die auf Grund ihrer Volkszugehörigkeit und der Gerechtigkeit jeden Anspruch auf separate Freiheit hatte und sich eben auch schließlich durchsetzte. Diesem Erfolg nacheifernd, befehdeten sich Trupps junger Gälen mörderisch im Phoenix Park mit dreschenden Hurley-Schlägern, dreifach bewehrt in ihrem gerechten Streit, da ihnen die Revolution vom Gesalbten gesegnet worden war, und dieselben Trupps flammten auf vor Empörung bei der unwillkommenen Anwesenheit irgendeines jungen Skeptikers, dem die potentiell möglichen Erhebungen der Magyaren gegen die lateinischen und slawischen und teutonischen, ihnen zahlenmäßig überlegenen, Völker, die mit ihnen politisch verbunden sind, bekannt waren, wie auch die Potenz eines einzigen Infanterieregiments, wenn es galt, eine Stadt von zwanzigtausend Einwohnern in Schach zu halten.
Stephen sagte eines Tages zu Madden:
– Ich nehme an, daß diese Hurley-Matches und Wandertouren Vorbereitungen für das große Ereignis sind.
– Es geht im Augenblick in Irland mehr vor sich als du merkst.
– Aber welchen Sinn haben Camanns?
– Nun, weißt du, wir wollen die körperliche Konstitution des Landes verbessern.
Stephen dachte einen Augenblick nach und dann sagte er:
– Mir kommts so vor, als ob die englische Regierung in der Hinsicht sehr viel für euch tut.
– Darf ich fragen, wieso?
– Die englische Regierung verfrachtet euch jeden Sommer schubweise in die verschiedenen Militärlager, bildet euch im Gebrauch moderner Waffen aus, drillt euch, nährt euch und bezahlt euch und schickt euch dann wieder nach Hause, wenn die Manöver zu Ende sind.

– Und?
– Wär das für eure jungen Männer nicht besser als das Hurley-Training im Park?
– Willst du damit sagen, die jungen gälischen Ligaisten sollen den Rotrock tragen und der Königin einen Treueeid leisten und ihren Shilling auch noch nehmen?
– Sieh dir doch deinen Freund an, Hughes.
– Was ist mit dem?
– Eines schönen Tages wird er Anwalt sein, gar Kronanwalt, vielleicht Richter – und doch spottet er über die Parliamentary Party, weil die Leute einen Treueeid leisten.
– Gesetz ist Gesetz, in der ganzen Welt – es muß jemand geben, der es handhabt, besonders hier, wo die Menschen keine Freunde an den Gerichten haben.
– Und Kugeln sind Kugeln. Ich kann dir nicht ganz folgen in deiner Unterscheidung zwischen Handhabung der englischen Gesetze und Handhabung englischer Kugeln: in beiden Gewerben gibts den selben Treueeid.
– Jedenfalls ist es besser, wenn einer ein Lebensziel hat, das die Kultur für human hält. Lieber ein Anwalt als ein Rotrock.
– Du hältst das Soldatengewerbe für schimpflich. Warum habt ihr dann die Sarsfield Clubs, Hugh O'Neill Clubs, Red Hugh Clubs?
– Ja, der Kampf für die Freiheit ist eine Ausnahme. Aber es ist etwas völlig anderes, bei seinem eigenen Tyrannen gemeinen Dienst zu nehmen, sich zu seinem Sklaven zu machen.
– Und sag mir, wie viele deiner gälischen Ligaisten studieren denn für die Second Division und warten auf Aufnahme in den Staatsdienst?
– Das ist was anderes. Sie sind nur Staatsbeamte: sie sind keine...
– Verdamm doch dein ›Staat‹! Sie sind der Regierung durch Eid verpflichtet und werden von der Regierung bezahlt.
– Na gut, natürlich, wenn du das so sehn willst...
– Und wie viele Verwandte der gälischen Ligaisten sind bei

der Polizei und den Konstablern? Selbst ich kenne fast zehn von deinen Freunden, die Söhne von Polizei-Inspektoren sind.
– Es ist unfair, einen Menschen deshalb anzuklagen, weil sein Vater das-und-das gewesen ist. Ein Sohn und ein Vater haben oft verschiedene Vorstellungen.
– Aber die Iren brüsten sich gern damit, daß sie den Überlieferungen treu sind, die sie in der Jugend empfangen haben. Wie ergeben ihr Kerle alle der Mutter Kirche seid! Warum wollt ihr der Tradition des Helms nicht ebenso ergeben sein wie der der Tonsur?
– Wir bleiben der Kirche treu, weil sie unsere nationale Kirche ist, die Kirche, für die unser Volk gelitten hat und wieder leiden würde. Die Polizei ist etwas anderes. Wir sehen darin Fremde, Verräter, Unterdrücker des Volkes.
– Der alte Bauer draußen auf dem Land scheint nicht deiner Meinung zu sein, wenn er seine schmierigen Scheine nachzählt und sagt: »Ich steck Tom unter die Priester und Mickey unter die Polizei.«
– Den Satz hast du wohl in einem Stück über den Bilderbuch-Iren gehört. Es ist eine Verleumdung unserer Landsleute.
– Nein, nein, das ist irische Bauernweisheit: er gleicht den Priester gegen den Polizisten aus und das ergibt ein hübsches Gleichgewicht, denn die sitzen beide im Speck. Ein kompensatorisches System!
– Kein West-Brite könnte schlechter von seinen Landsleuten sprechen. Du kolportierst bloß die alten schalen Verleumdungen – vom irischen Trunkenbold, vom Iren mit dem Paviansgesicht, wie wir sie im *Punch* sehen.
– Was ich sage, sehe ich um mich herum. Die Kneipwirte und die Pfandleiher, die vom Elend der Menschen leben, geben einen Teil ihres zusammengeschacherten Geldes dafür aus, die Söhne oder Töchter in die Religion zu stecken, damit sie für sie beten. Einer eurer Professoren an der Medical School, der euch Hygiene oder forensische Medizin oder sonst was – weiß Gott was – lehrt, ist gleichzeitig Besitzer einer ganzen Straße

voll von Bordellen, keine Meile weit von hier, wo wir stehen.
– Wer hat dir das gesagt?
– Ein kleines Rotkehlchen.
– Es ist eine Lüge!
– Ja, es ist eine contradictio in terminis, was ich eine systematische Kompensation nenne.
Stephens Gespräche mit den Patrioten waren nicht alle von dieser strengen Natur. Jeden Freitagabend traf er Miss Clery, oder, da er inzwischen zu ihrem Vornamen zurückgekehrt war, Emma. Sie wohnte in der Nähe von Portobello, und an Abenden, an denen die Versammlung früh zu Ende war, ging sie zu Fuß nach Hause. Oft blieb sie noch lange stehen und plapperte mit einem zu kurz geratenen jungen Priester, einem Pater Moran, der einen sauberen Kopf voller schwarzer Löckchen und ausdrucksvolle schwarze Augen hatte. Dieser junge Priester spielte Klavier und sang sentimentale Lieder und war aus vielerlei Gründen ein besonderer Liebling der Damen. Stephen beobachtete Emma und Pater Moran oft. Pater Moran, der Tenor sang, hatte Stephen einmal Komplimente gemacht, daß er viele Leute rühmend von seiner Stimme habe reden hören und daß er hoffe, gelegentlich einmal das Vergnügen zu haben, sie selbst zu hören. Stephen hatte dem Priester dasselbe gesagt und hinzugesetzt, Miss Clery habe ihm Großes von *seiner* Stimme erzählt. Darüber hatte der Priester gelächelt und Stephen schelmisch angesehen. »Man darf nicht allen Komplimenten glauben, die die Damen über uns in Umlauf setzen«, hatte er gesagt. »Die Damen neigen ein wenig zum – wie soll ich sagen – Flunkern, fürchte ich.« Und hier hatte der Priester sich mit zwei weißen ebenmäßigen Zähnchen auf die rosige Unterlippe gebissen und mit seinen ausdrucksvollen Augen gelächelt und überhaupt so vergnüglich, weichherzig und ordinär ausgesehen, daß Stephen eine Lust verspürte, ihm bewundernd auf den Rücken zu schlagen. Stephen hatte noch ein paar Minuten weiter mit ihm gesprochen, und als das Gespräch endlich irische Fragen berührt hatte, war

der Priester sehr ernst geworden und hatte sehr fromm gesagt, »Ach ja, Gott segne das Werk!« Pater Moran war kein Liebhaber des alten monotonen Psalmodierens, wie er Stephen sagte. Natürlich, sagte er, sei es sehr grandiose Musik, ein sehr strenger musikalischer Stil. Aber er vertrete die Meinung, man dürfe die Kirche nicht zu sehr verdüstern, und sagte mit charmantem Lächeln, der Geist der Kirche sei auch gar nicht düster. Er sagte, man könne von den Menschen nicht erwarten, daß sie auf strenge Musik ansprächen, und die Menschen brauchten menschlichere religiöse Musik als die gregorianische, und er schloß, indem er Stephen den Rat gab, »Die heilige Stadt« von Adams zu lernen.

– Das ist ein Lied sage ich Ihnen, schön, wunderbar melodiös und dennoch – religiös. Es ist religiös empfunden, hat eine ergreifende Melodie, Kraft – ja Seele.

Wenn Stephen diesen jungen Priester und Emma zusammen beobachtete, steigerte er sich gewöhnlich in einen Zustand unruhiger Wut hinein. Es war nicht so sehr, daß er persönlich litt, als daß das Schauspiel ihm für die irische Untüchtigkeit typisch zu sein schien. Oft spürte er, wie es ihm in den Fingern juckte. Pater Morans Augen waren so klar und sänftiglich, Emma stellte sich seinem Blick mit einer derartigen Ausbalanciertheit in kühnem achtlosem Stolz des Fleisches, daß es Stephen innerlich trieb, die beiden sich in die Arme stürzen zu lassen und den Saal zu schockieren, wenngleich er wußte, welchen Schmerz diese unpersönliche Generosität ihm verursachen würde. Emma gestattete ihm mehrere Male, sie nach Hause zu begleiten, schien sich aber nicht ihm bestimmt zu haben. Der Jüngling war darüber pikiert, denn am allermeisten haßte er es, mit anderen verglichen zu werden, und wäre ihr Körper nicht gewesen, der voll so vieler Wonnen zu sein schien, so hätte er es vorgezogen, schmählich stehen gelassen zu werden. Ihre laute forcierte Art schockierte ihn zuerst, bis sein Geist über die Stupidität des ihren gründlich die Oberhand gewonnen hatte. Sie kritisierte die Miss Daniel sehr scharf, in der Annahme, sehr zu Stephens Unbehagen, ihrer beider Meinungen entsprächen sich. Sie kokettierte mit der Bildung und fragte Stephen, ob er den Präsidenten seines College nicht dazu überreden könne, Frauen zuzulassen. Stephen empfahl ihr, sich an McCann zu wenden, der ja der Anwalt der Frauen sei. Sie lachte darüber und sagte mit echtem Entsetzen, »Nein wirklich, ist der nicht ein fürchterlich aussehender Künstler?« Typisch weiblich behandelte sie alles, was junge Männer gehalten sind ernst zu nehmen, machte aber bei Stephen und der gälischen Renaissance eine höfliche Ausnahme. Sie fragte ihn, ob er nicht einen Vortrag hielte, und wovon der handele. Sie würde alles darum geben, ihn zu hören: sie selber habe das Theater ungeheuer gern und eine Zigeunerin habe ihr einmal aus der Hand gelesen, sie werde Schauspielerin werden. Sie war schon dreimal in der Pantomime gewesen und fragte Stephen, was ihm in der Pantomime am besten gefalle. Stephen sagte, ihm gefalle ein guter Clown, aber sie sagte, sie hätte Ballette lieber. Dann wollte sie wissen, ob er oft tanzen ginge, und bestürmte ihn, in einen irischen Tanzkurs zu kommen, an dem auch sie teilnehme. Ihre Augen hatten begonnen, den Ausdruck Pater Morans zu imitieren – einen Ausdruck zarter Bedeutungsschwere, wenn das Gespräch am niedrigsten Pegel der Banalität angelangt war. Oft, wenn er neben ihr ging, fragte sich Stephen, wie sie ihre Zeit verbracht hätte, seit er sie das letztemal sah, und gratulierte sich, daß er zu einem ihrer schönsten Augenblicke von ihr einen Eindruck empfangen hatte. In seinem Herzen beklagte er ihre Veränderung, denn nichts hätte ihm jetzt mehr behagt als ein Abenteuer mit ihr, doch er spürte, daß selbst dieser warme reiche Leib kaum ihre peinigende Schnippischkeit und Middle-Class-Mentalität für ihn kompensieren könnte. Im Kern ihrer Haltung ihm gegenüber vermeinte er eine Spur trotziger Feindseligkeit zu erkennen und glaubte, er kenne deren Grund. Er hatte den Augenblick in seine Erinnerung geschoben, die Gestalt und die Landschaft in seine Schatzkammer, und hatte, magisch sie alle drei bindend und scheidend, ein paar Seiten armseliger Lyrik herausgeschlagen. Eines verregneten Abends, als die

Straßen zu schlecht waren, um zu Fuß zu gehen, nahm sie am Pillar die Tram nach Rathmines, und wie sie ihm vom Trittbrett herab die Hand hinhielt, ihm für seine Freundlichkeit zu danken und eine gute Nacht zu wünschen, schien jene Episode ihrer Kindheit beider Sinne in ein und demselben Moment zu magnetisieren. Die veränderten Umstände hatten ihre Positionen verkehrt und ihr die Oberhand gegeben. Er nahm zärtlich ihre Hand, streichelte zärtlich nacheinander die drei Linien auf dem Rücken ihres Glacéhandschuhs und zählte ihre Knöchel, streichelte dabei zärtlich auch seine eigene Vergangenheit, der gegenüber dieser inkonsequente Hasser des Ererbten stets nachsichtig war. Sie lächelten einander an; und im Kern ihrer Liebenswürdigkeit erkannte er wieder die Spur Feindseligkeit und hatte den Verdacht, daß ihr Ehrenkodex sie nötigte, auf der Zurückhaltung des Mannes zu bestehen und ihn wegen ebender Zurückhaltung zu verachten.

XVIII

Stephens Vortrag war für den zweiten Samstag im März vorgesehen. Zwischen Weihnachten und diesem Termin hatte er darum reichlich Zeit, sich vorbereitender Abstinenzen zu befleißigen. Seine vierzig Tage gingen hin in ziellosen einsamen Spaziergängen, während welcher er sich seine Sätze zurechtschmiedete. Auf diese Weise hatte er seinen ganzen Essay vom ersten bis zum letzten Wort im Kopf, bevor er auch nur ein Stückchen niedergeschrieben hatte. Beim Ausdenken oder Konstruieren der Form des Essays fühlte er sich durch die sitzende Stellung sehr behindert. Sein Körper störte ihn und er verfiel auf den Ausweg, ihn durch gemächliches Promenieren zur Ruhe zu bringen. Manchmal während seiner Spaziergänge verlor er den Gedankengang, und wann immer die Leere in seinem Geist unausfüllbar zu sein schien, zwang er ihm Ordnung durch inbrünstige Stoßseufzer auf. Seine Morgenspaziergänge waren kritisch, seine Abendspaziergänge imaginativ, und was am Abend plausibel erschienen war, wurde stets beim Licht des Tags rigoros überprüft. Diese Wanderungen in der Wüste wurden von verschiedenen Seiten kolportiert, und Mr. Daedalus fragte einmal seinen Sohn, was zum Teufel ihn denn bis nach Dolphin's Barn geführt hätte. Stephen sagte, er habe einen aus dem College ein Stück begleitet, worauf Mr. Daedalus bemerkte, der Kerl aus dem College hätte gleich bis in die Grafschaft Meath marschieren sollen, wenns nach ihm ginge. Keinem Bekannten, der während dieser Spaziergänge aufkreuzte, war es gestattet, durch gemeinplätzige Konversation die Meditationen des jungen Mannes zu stören – eine Tatsache, der sie im voraus durch einen achtungsvollen Gruß Rechnung zu tragen schienen. Stephen war darum eines Abends, als er an der Schule der Christian Brothers in der North Richmond Street vorüberging, sehr überrascht, wie sein Arm von hinten gepackt wurde und er eine Stimme etwas blökend sagen hörte:

– Hallo, Daedalus, alter Junge, bist dus?
Stephen drehte sich um und sah einen großen jungen Mann mit vielen Pickeln im Gesicht, ganz in schweres Schwarz gekleidet. Er starrte ihn einige Augenblicke an und versuchte sich an das Gesicht zu erinnern.
– Kennst du mich nicht mehr? Ich hab dich sofort erkannt.
– Ach ja, jetzt schon, sagte Stephen. Aber du hast dich verändert.
– Findest du?
– Ich hätte dich nicht erkannt ... Trägst du ... Trauer?
Wells lachte.
– Beim Zeus, das ist ein guter. Anscheinend kennst du deine Kirche nicht mehr, auch wenn sie vor dir steht.
– Was? Du willst doch nicht etwa sagen ...?
– Tatsache, alter Junge. Ich bin im Augenblick in Clonliffe. Bin heute auf Urlaub in Balbriggan gewesen: dem Chef gehts sehr schlecht. Armer Teufel!
– Ach ja!
– Du bist jetzt drüben im Green, hat mir Boland gesagt. Kennst du den? Er sagt, ihr wärt zusammen am Belvedere gewesen.
– Ist der auch da? Ja, ich kenne ihn.
– Er hat eine hohe Meinung von dir. Er sagt, du wärst jetzt ein Literat.
Stephen lächelte und wußte nicht, welches Thema er nun anschneiden sollte. Er fragte sich, wie weit dieser brüllende Student ihn zu begleiten beabsichtigte.
– Geh doch ein Stückchen mit mir, ja? Ich komm grad vom Zug in der Amiens Street. Ich will jetzt zum Essen.
– Selbstverständlich.
Und so gingen sie nebeneinander.
– Na und wie ists dir so ergangen? Hast dich gut amüsiert, nehm ich an? In Bray unten?
– Ach das übliche, sagte Stephen.
– Kenn ich: kenn ich. Den Mädchen auf der Esplanad nachsteigen, was? Ist alles Unfug, alter Junge, alles Unfug! Wird man leid.

– Du offenbar schon.
– Allerdings: auch Zeit... Je wieder einen von den Kerlen aus Clongowes getroffen?
– Keinen einzigen.
– Ja, so gehts. Wir verlieren uns alle aus den Augen, wenn wir raus sind. Erinnerst du dich an Roth?
– Ja.
– Ist jetzt drüben in Australien – Buschklepper oder sowas. Du wirfst dich vermutlich auf die Literatur.
– Ich weiß wirklich nicht, worauf ich mich werfe.
– Kenn ich: kenn ich. Bißchen auf der schiefen Bahn, was? War ich auch mal.
– Na ja, nicht genau ... begann Stephen.
– Nein, natürlich nicht! sagte Wells rasch mit lautem Lachen. Als sie die Jones's Road hinuntergingen, sahen sie eine protzige Anzeige in starken Farben für ein Melodrama. Wells fragte Stephen, ob er *Trilby* gelesen habe.
– Hast du nicht? Tolles Buch, kann ich dir sagen; Stil wär nach deinem Geschmack, glaub ich. Natürlich ein bißchen ... saftig.
– Wieso?
– Na ja, weißt du ... Paris, weißt du ... Künstler.
– Ach so ein Buch ist das.
– Ist weiter nichts dabei, soweit ich sehe. Aber es gibt welche, die es für ein bißchen unmoralisch halten.
– Ihr habts nicht in der Bibliothek in Clonliffe?
– Kaum ... Wenn ich nur aus dem Stall raus wäre!
– Denkst du daran, wieder auszutreten?
– Nächstes Jahr – vielleicht dies Jahr – geh ich nach Paris wegen meiner Theologie.
– Das wirst du wohl kaum bereuen.
– Das kannst du glauben. Miststall, der Laden hier. Das Essen ist nicht so schlecht, aber so öd, weißt du.
– Gibts hier zur Zeit viele Studenten?
– O ja ... Ich verkehr nicht viel mit ihnen, weißt du ... Ein ganzer Haufen.

– In absehbarer Zeit bist du dann wohl Gemeindepfarrer.
– Das hoffe ich. Du mußt mich dann mal besuchen.
– Sehr gern.
– Wenn du selbst ein großer Schriftsteller bist – als Verfasser eines zweiten *Trilby* oder sowas in der Art... Willst du nicht reinkommen?
– Darf man denn?
– Na ich bin da ... komm nur ruhig mit rein.
Die beiden jungen Männer betraten das Terrain des College und gingen die gebogte Wagenauffahrt entlang. Es war ein klammer Abend und recht dunkel. In dem undeutlichen Licht sah man ein paar von den Aktiveren mit Eifer Handball auf einer kleinen Spielbahn spielen, und im Wechsel mit ihren lebhaften Schreien klatschte der nasse Ball an die Betonmauer der Bahn. Größtenteils aber spazierten die Studenten in kleinen Grüppchen übers Terrain, einige hatten ihre Birette weit hinter in den Nacken geschoben und andere hielten ihre Soutanen gerefft wie Frauen ihre Röcke, wenn sie eine schlammige Straße überqueren.
– Kann man gehen mit wem man will? fragte Stephen.
– Kameraden sind verboten. Man muß sich der ersten Gruppe anschließen, die man trifft.
– Warum bist du nicht in den Jesuitenorden eingetreten?
– Steht nicht dafür, mein Junge. Sechzehn Jahre Noviziat und keine Aussicht, sich je wo niederzulassen. Heute hier, morgen da.
Als Stephen den großen eckigen Mauerblock betrachtete, der durchs schwache Tageslicht drohend vor ihnen aufragte, betrat er wieder in Gedanken das Seminaristenleben, das er so viele Jahre lang geführt hatte und dessen engen Tätigkeitsbereich er nun schlagartig mit dem Geist eines scharfsichtigen wohlwollenden Fremden begriff. Sofort erkannte er den martialischen Geist der irischen Kirche am Stil dieser ekklesiastischen Kaserne wieder. Er schaute vergebens in den Gesichtern und Gestalten, die an ihm vorübergingen, nach einem Zeichen moralischer Erhebung aus: alle waren eingeschüchtert, ohne

demütig, angepaßt, ohne bescheiden in ihrem Gebaren zu sein. Einige der Studenten grüßten Wells, bekamen aber nur knappen Dank für ihre Höflichkeit. Wells wollte Stephen begreiflich machen, daß er seine Mitstudenten verachtete und daß es nicht sein Fehler war, wenn sie ihn für eine wichtige Person hielten. Am Fuß der Steinstufen wandte er sich zu Stephen:

– Ich muß einen Augenblick den Dekan sprechen. Leider ist es heut abend zu spät, daß ich dich in dem ganzen Laden hier rumführe.

– Macht gar nichts. Ein andermal.

– Wart doch auf mich. Lauf derweil ein bißchen zur Kapelle zu. Es dauert keine Minute.

Er nickte Stephen ein vorläufiges Lebewohl zu und sprang die Stufen hinauf. Stephen ging auf die Kapelle zu weiter und trat nachdenklich einen weißen flachen Stein auf dem grauen Kiesweg vor sich her. Ihn konnten Wells' Worte nicht so leicht täuschen, daß er den jungen Mann nun etwa für verderbt gehalten hätte. Er wußte, daß Wells seine Pose übertrieben hatte, um das Bewußtsein der Abtötung und Demütigung darüber zu verbergen, daß er jemanden traf, der der Welt, dem Fleisch und dem Teufel nicht entsagt hatte, und er vermutete, daß bei irgendeiner Tendenz zu Schwankungen in der Seele des freimütigen jungen Studenten die eiserne Hand kirchlicher Disziplin fest dazwischengreifen würde, um das Gleichgewicht wiederherzustellen. Gleichzeitig war Stephen einigermaßen empört, daß jemand von ihm erwarten könnte, seelische Schwierigkeiten einem solchen Beichtiger anzuvertrauen oder mit frommen Empfindungen Sakrament oder Segen aus den Händen der jungen Studenten zu empfangen, die er auf dem Terrain promenieren sah. Es war kein persönlicher Stolz, der ihn hindern würde, sondern die Erkenntnis von der Unvereinbarkeit zweier Naturen, die eine in der repressiven Durchsetzung eines Credos geübt, die andere mit einem Gesicht begabt, dessen Winkel sich niemals der Wahrnehmung von Halluzinationen adjustieren könnte, und mit einer Intelligenz, die ins Gelächter ebenso verliebt war wie in den Streit.

Der Abendnebel hatte sich zu langsamem feinem Regen verdichtet und Stephen blieb am Ende eines schmalen Wegs neben ein paar Lorbeerbüschen stehen und beobachtete, wie sich an der Spitze eines Blattes ein kleines Regenpünktchen bildete und glitzerte und zögerte und schließlich absprang in die aufgeweichte Erde drunten. Er fragte sich, ob es auch in Westmeath regnete. Er erinnerte sich, daß er das Vieh gesehen hatte, wie es geduldig in den Hecken zusammenstand und im Regen dünstete. Ein Grüppchen Studenten ging an der anderen Seite der Lorbeerbüsche vorüber: sie unterhielten sich miteinander:

– Aber hast du Mrs. Bergin gesehn?

– O ja ... mit einer schwarz-weißen Boa.

– Und die beiden Miss Kennedy waren auch da.

– Wo?

– Direkt hinter dem Thron des Erzbischofs.

– O ja – eine von ihnen hab ich auch gesehn. Hat sie nicht einen grauen Hut mit einem Vogel drauf aufgehabt?

– Das war sie! Sie ist doch eine sehr feine Dame, nicht?

Das Grüppchen ging den Weg weiter. Nach wenigen Minuten kam ein anderes Grüppchen hinter den Büschen vorbei. Ein Student redete und die anderen hörten zu.

– Ja und außerdem Astronom: deshalb hat der das Observatorium drüben neben dem Palast bauen lassen. Ich hab mal einen Priester sagen hören, die drei größten Männer in Europa wären Gladstone, Bismarck (der große deutsche Staatsmann) und unser eigener Erzbischof – wegen ihrer Vielseitigkeit. Er hat ihn von Maynooth her gekannt. Er hat gesagt, in Maynooth ...

Die Worte des Sprechers verloren sich im Knirschen der schweren Stiefel auf dem Schotter. Der Regen wurde dichter und stärker und die umherziehenden Studentengrüppchen lenkten ihre Schritte alle dem College zu. Stephen wartete weiter auf seinem Posten und sah schließlich Wells den Weg rasch herunterkommen: er hatte seine Ausgehkleidung gegen eine Soutane vertauscht. Er war voller Entschuldigungen und nicht ganz so vertraulich in seiner Art. Stephen wollte, daß er mit den andern hineinginge, doch er bestand darauf, seinen Besucher ans Tor zu begleiten. Sie nahmen eine Abkürzung die Mauer entlang und standen bald vor dem Pförtnerhaus. Die Seitentür war geschlossen, und Wells rief laut zur Pförtnerin hinein, sie aufzuschließen und den Herrn hinauszulassen. Dann gab er Stephen die Hand und bat ihn inständig, wiederzukommen. Die Pförtnerin schloß die Seitentür auf und Wells schaute ein, zwei Sekunden beinah neidisch hinaus. Dann sagte er:

– Also Wiedersehn, alter Junge. Muß jetzt rein. Sehr schön, dich wiederzusehn – überhaupt jeden von dem alten Haufen in Clongowes. Laß dirs gutgehn: ich muß rein. Auf Wiedersehn.

Wie er so seine Soutane reffte und linkisch die Auffahrt hochlief, sah er aus wie ein sonderbarer, beinah krimineller Flüchtling in der trüben Dämmerung. Stephens Augen folgten der rennenden Gestalt einen Augenblick: und wie er durch die Tür auf die von Lampen erleuchtete Straße trat, lächelte er über das Mitleid, das sich in ihm regte.[1]

Er lächelte, weil ihm das als ein so unvermuteter Reifezustand in ihm selbst erschien – dies Mitleid – oder besser diese mitleidige Regung, denn er hatte es ja nicht mehr als bloß gehegt. Doch es war die eigentliche Leistung seines Essays, daß er ihm ein so reifes Vergnügen wie die Empfindung von Mitleid für einen anderen möglich gemacht hatte. Stephen war in vielen Dingen tiefschürfend: sein Essay war nicht im mindesten die Exhibition artiger Fertigkeiten. Er war im Gegenteil der sehr ernst gemeinte Versuch, die eigene Position für sich selber zu definieren. Er konnte sich nicht davon überzeugen, daß etwas Vernünftiges dabei herausschaute, wenn er sein Thema gefällig umschriebe oder es von irgendeinem impressionistischen Standpunkt aus abhandelte. Andererseits war er überzeugt, daß niemand der Generation, in die hinein er geboren war,

1 Hier läßt die Original-Buchausgabe Kapitel XVIII schließen. Siehe Nachbemerkung zu diesem Band.

besser diente als einer, der ihr, seis in seiner Kunst, seis in seinem Leben, das Präsent der Gewißheit machte. Das Programm der Patrioten erfüllte ihn mit sehr plausiblen Zweifeln; die einzelnen Punkte konnten mit geistiger Zustimmung seinerseits nicht rechnen. Er wußte außerdem, daß Einverständnis für ihn die Unterwerfung von allem und jedem unter deren Interessen bedeutete und daß er dadurch genötigt wäre, die Quellen der Spekulation an ihrem Ursprung schon zu vergiften. Er verweigerte sich darum jeder solchen Aufgabe, deren Erfolg er erst durch Eidesbeteuerungen an seine Patria zu präjudizieren gehabt hätte, und diese Verweigerung führte zu einer Theorie der Kunst, die streng und liberal zugleich war. Seine Ästhetik war hauptsächlich angewandter Thomas von Aquin, und die setzte er sinnfällig auseinander mit dem naiven Gestus, Neues zu entdecken. Er tat dies teils, um seinen eigenen Geschmack an änigmatischen Rollen zu befriedigen, und teils aus einer echten Neigung für so gut wie alles Scholastische bis auf die Prämissen. Er verkündete eingangs, Kunst wäre das dem Menschen eigene Arrangement sensibler oder intelligibler Materie, auf einen ästhetischen Zweck hin ausgerichtet, und machte ferner geltend, all solches dem Menschen eigene Arrangement zerteile sich notwendig in drei distinkte und natürliche Bezirke, den lyrischen, den epischen und den dramatischen. Lyrisch ist die Kunst, sagte er, in der der Künstler sein Bild in unmittelbarer Beziehung zu sich selbst entwickelt; episch ist die Kunst, in der der Künstler sein Bild in mittelbarer Beziehung zu sich selbst und zu anderen entwickelt; und dramatisch ist die Kunst, in der der Künstler sein Bild in unmittelbaren Beziehungen zu anderen entwickelt. Die verschiedenen Formen der Kunst wie Musik, Bildhauerei, Literatur, zeigen diese Unterteilung nicht mit derselben Klarheit, und daraus schloß er, daß jene Formen der Kunst, die die Unterteilung am klarsten zeigten, die vorzüglichsten Formen genannt werden müßten: und er war nicht sonderlich verwirrt, daß er selber nicht entscheiden konnte, ob ein Porträt ein Werk der epischen Kunst wäre oder nicht oder ob ein Architekt je nach Willen ein lyrischer, epischer oder dramatischer Dichter sein könnte. Nachdem er durch dieses simple Schema die literarische Kunstform als die vorzüglichste ausgewiesen hatte, war der nächste Schritt, sie im Lichte seiner Theorie zu prüfen oder, wie er es formulierte, die notwendig bestehenden Beziehungen zu entwickeln zwischen dem literarischen Bild, dem Kunstwerk selber und jener Energie, die es imaginiert und geformt, jenem Zentrum des bewußten, re-agierenden, besonderen Lebens, dem Künstler.

Den Künstler stellte er sich in der Position eines Mittlers zwischen der Welt seiner Erfahrung und der Welt seiner Träume vor – eines Mittlers, der folglich mit zweierlei Fähigkeiten begabt war, einer selektiven und einer reproduktiven. Die zwei Seiten dieser Fähigkeit zur Deckung zu bringen, war das Geheimnis des künstlerischen Erfolgs: der Künstler, der die feingesponnene Seele des Bildes aus dem Netzwerk der sie bestimmenden Zusammenhänge am exaktesten herauslösen und sie in künstlerischen Zusammenhängen wiederverkörpern konnte, die als die für sie in ihrem neuen Amt exaktesten gewählt waren, der war der höchste Künstler. Diese perfekte Koinzidenz des künstlerischen Doppelvermögens nannte Stephen Dichtung, und er stellte sich die Domäne der Kunst als etwas Konisches vor. ›Literatur‹ kam ihm jetzt wie ein Terminus der Verachtung vor, und er benutzte ihn, um den weiten mittleren Bereich zu bezeichnen, der zwischen Spitze und Basis liegt, zwischen der Dichtung und dem Chaos des in Vergessenheit gesunkenen Geschriebenen. Dessen Verdienst lag in der Abschilderung von Äußerlichem; das Reich seiner Fürsten war das Reich der Sitten und Gebräuche von Gesellschaften – ein weitläuftiges Reich. Doch die Gesellschaft selber, so dachte er sich, ist ein komplexes Gebilde, in dem es bestimmte verzwickte und überlagerte Gesetze gibt, und darum rief er als das Reich des Dichters das Reich dieser unwandelbaren Gesetze aus. Eine derartige Theorie hätte ihren Erfinder leicht zur Hinnahme geistiger Anarchie in der Literatur führen können, hätte er nicht gleichzeitig auf dem klassischen Stil insistiert. Ein klassischer Stil, sagte er, ist der Syllogismus der Kunst, der einzig legitime Fortgang von einer Welt in eine andere. Klassizismus ist nicht die Manier eines bestimmten Zeitalters oder eines bestimmten Landes: er ist eine konstante Gemütsverfassung des Künstlers. Es ist ein Naturell, das zur Sicherheit und Befriedigung und Geduld tendiert. Das romantische Naturell, das so oft und so folgenreich mißdeutet wurde, und zwar nicht weniger von den eigenen Vertretern als von anderen, ist ein unsicheres, unbefriedigtes, ungeduldiges Naturell, das für seine Ideale keine geeignete Stätte hienieden sieht und sich darum dafür entscheidet, sie in Gestalt fühlloser Figuren zu schauen. Als Ergebnis dieser Entscheidung kommt es zur Mißachtung bestimmter Grenzen. Seine Figuren werden in wilde Abenteuer gewirbelt, da ihnen die Schwerkraft fester Körper fehlt, und der Geist, der sie konzipierte, endet damit, daß er sie enterbt. Das klassische Naturell andererseits, stets der Grenzen sich bewußt, entscheidet sich lieber dafür, sich über diese vorhandenen Dinge zu beugen und sie so zu bearbeiten und zu formen, daß die rasche Intelligenz über sie hinausgehen kann, bis zu ihrer Bedeutung, die noch unausgesprochen ist. Mittels dieser Methode bricht der gesunde und heitere Geist hervor und erreicht unzerstörbare Vollendung, unterstützt von der Natur durch ihre Gunst und ihren Dank. Denn so lang dieser Ort in der Natur uns gegeben ist, ist es nur recht, daß die Kunst der Gabe keine Gewalt antue.

Zwischen diesen beiden widerstreitenden Schulen war die Stadt der Künste wunderbar friedlos geworden. Viele Betrachter hatten in dem Streit nur einen Streit um Namen gesehen, eine Schlacht, in der der Standort der Banner nie auch nur eine Minute vorausgesagt werden konnte. Nimmt man dazu die tödliche Fehde – die klassische Schule bekämpft den ihr wesentlichen Materialismus, die romantische Schule müht sich ab, Kohärenz zu wahren –, so sieht man, aus welch unsanftem Gebaren die Kritik genötigt ist, die Manifestation jeder Leistung zu destillieren. Kritiker ist der, der auf Grund der Zeichen, die der Künstler setzt, dem Naturell nahezukommen

versteht, das das Werk geschaffen hat, und der sieht, was in ihm wohlgetan ist und was es bedeutet. Ihm entdeckt sich ein Lied Shakespeares, das so frei und lebendig erscheint, so fernab jeglicher bewußter Absicht wie Regen, der in einem Garten niedergeht, oder wie die Lichter des Abends, als die rhythmische Rede einer anders nicht, oder mindestens nicht so vollendet, mitteilbaren Empfindung. Doch dem Naturell, das Kunst schuf, sich zu nähern ist ein Akt der Ehrerbietung, dem eine Absage an vielerlei Konventionen vorausgehen muß, denn gewißlich wird jener innerste Bereich sein Geheimnis dem nicht erschließen, der in Profanes verstrickt ist.
Obenan unter jene Profanierungen setzte Stephen das antike Prinzip, daß es der Zweck der Kunst sei, zu belehren, zu erbauen und zu erfreuen. »Ich bin außerstande, auch nur eine Spur dieser puritanischen Konzeption der ästhetischen Absicht in der Definition zu finden, die der Aquinate von der Schönheit gegeben hat«, schrieb er, »und auch sonst an keiner Stelle, wo er sich über das Schöne geäußert hat. Die Merkmale, die er der Schönheit zuschreibt, sind faktisch so abstrakt und allgemein, daß es selbst dem überzeugtesten Parteigänger gänzlich unmöglich ist, mit Hilfe der aquinatischen Theorie auch nur ein einziges Kunstwerk zu attackieren, das wir besitzen, ganz gleich von welchem Künstler es stammt.« Diese Erkenntnis des Schönen auf Grund der abstraktesten Beziehungen, die an einem Gegenstand, auf den der Begriff anwendbar ist, sich zeigen, war weit davon entfernt, dem Gebot des *Noli Tangere* Schützenhilfe zu leisten, sondern nichts anderes als die logische Folge aus der Aufhebung aller Verbote für den Künstler. Die Grenzen der Schicklichkeit bieten sich dem modernen Theoretiker ein wenig zu automatisch an, und ihre Wirkung auf den profanen Geist ist die, daß sie sehr nichtiger Jurisdiktion Vorschub leisten. Denn man kann der Öffentlichkeit nicht stark genug einhämmern, daß die Tradition der Kunst in den Händen der Künstler liegt und daß, selbst wenn sie es sich nicht zur unwandelbaren Regel machen, die Grenzen der Schicklichkeit zu übertreten, die Öffentlichkeit kein Recht hat, daraus

zu schließen, daß sie nicht rechtens die volle Freiheit hätten, es zu tun, wenn sie es wollten. Es ist ebenso absurd, schrieb der feuerköpfige Revolutionär, wenn eine Kritik, die selber auf Homilien basiert, die vom Künstler zur *Offenbarung* des Schönen auserwählten Wege verbietet, wie wenn ein Polizeirichter es verböte, daß die Summe zweier Seiten eines Dreiecks größer wäre als die dritte Seite.

Kurzum, die Wahrheit ist nicht, daß der Künstler von Haushaltsvorständen eine Lizenz braucht, die es ihm gestattet, in der oder jener Weise vorzugehen, sondern daß jedes Zeitalter sich seine Sanktionen bei den eigenen Dichtern und Philosophen suchen muß. Der Dichter ist das innerste Zentrum des Lebens seines Zeitalters, zu dem er in einer Beziehung steht, die vitaler nicht sein könnte. Er allein ist begabt, das ihn umgebende Leben zu absorbieren und es unter Planetenklängen wieder von sich zu feuern. Wenn die Himmel das poetische Phänomen signalisieren, rief dieser himmelstürmende Essayist, ist es Zeit, daß die Kritiker ihre Berechnungen im Einklang hiermit verifizieren. Es ist Zeit, daß sie eingestehen, daß die Imagination hier die Wahrheit des Seins der sichtbaren Welt zuinnerst erschaut hat und daß die Schönheit, der Glanz der Wahrheit, geboren ward. Dem Zeitalter, und vergrabe es sich auch fadentief unter Formeln und Maschinerie, tun diese Wirklichkeiten not, die allein Leben spenden und erhalten, und es hat von jenen auserwählten Zentren der Vivifikation die Kraft zu leben, die Sicherheit fürs Leben zu gewärtigen, die ihm einzig aus ihnen erwachsen können. Derart handelt der Menschengeist kontinuierlich affirmativ.

Abgesehen von der beredten und arroganten Peroration war Stephens Essay eine sorgfältige Darstellung einer sorgfältig durchdachten ästhetischen Theorie. Als er ihn beendet hatte, fand er es nötig, den Titel »Drama und Leben« in »Kunst und Leben« abzuändern, denn er hatte sich so sehr mit der Verankerung der Grundlagen abgegeben, daß ihm nicht mehr genug Raum blieb, das ganze Gebäude darauf zu errichten. Dies sonderbar unpopuläre Manifest wurde von den beiden Brüdern Satz für Satz und Wort für Wort durchgegangen und schließlich für makellos in jedem Punkt befunden. Es wurde dann sorgsam beiseite gelegt, bis daß die Zeit seines öffentlichen Erscheinens käme. Außer Maurice hatten zwei andere Wohlgesonnene vorab einen Einblick; es waren Stephens Mutter und sein Freund Madden. Madden hatte nicht direkt darum gebeten, aber am Ende eines Gesprächs, in dem Stephen seinen Besuch im Clonliffe College sarkastisch geschildert hatte, hatte er sich so obenhin gefragt, welche Geistesverfassung wohl solche Ehrfurchtslosigkeit hervorbringen könne, und Stephen hatte ihm auf der Stelle das Manuskript angeboten, mit den Worten: »Das ist mein erster Sprengsatz.« Am folgenden Abend hatte Madden das Manuskript zurückgegeben und den Stil höchlich gelobt. Manches wäre für ihn zu tiefgründig gewesen, sagte er, aber er könnte sehen, daß es sehr schön geschrieben wäre.

– Weißt du, Stevie, sagte er (Madden hatte einen Bruder Stephen und verwandte manchmal diese vertrauliche Anrede), du hast mir immer gesagt, ich wär ein *buachail* vom Land, aber ich kann euch mystische Gesellen einfach nicht verstehen.

– Mystisch? sagte Stephen.

– Das mit den Planeten und Sternen, weißt du. Ein paar aus der Liga gehören zu dem mystischen Klub hier. Die täten dich sofort verstehn.

– Aber an dem, was ich gesagt habe, ist doch nichts Mystisches. Ich habe sorgfältig aufgeschrieben ...

– Ja, das kann ich schon sehen. Es ist sehr schön geschrieben. Aber ich bin sicher, daß es für deine Zuhörer zu hoch ist.

– Du willst mir doch nicht etwa sagen, Madden, daß du das für eine blumige Rede hältst!

– Ich weiß, daß dus genau durchdacht hast. Aber du bist doch ein Dichter, oder?

– Ich habe ... Gedichte geschrieben ... wenn du das meinst.

– Weißt du, daß Hughes auch ein Dichter ist?

– Hughes!

– Ja. Er schreibt für unsre Zeitung, weißt du. Möchtest du Gedichte von ihm sehn?
– Wieso – hast du welche dabei?
– Ich hab zufällig eins in meiner Tasche. Im *Sword* von dieser Woche ist auch eins. Hier ist es: lies.
Stephen nahm die Zeitung und las ein Versgebilde mit dem Titel *Mo Náire Tù* (Meine Schande bist du). Das Ding bestand aus vier Stanzen und jede Stanze endete mit der irischen Wendung – *Mo Náire Tù,* wobei das letzte Wort sich natürlich auf ein englisches Wort in der entsprechenden Zeile reimte. Das Ding begann:

Was! Soll der Gälen rauschende Zunge
Weichen dem sächsischen Jargon!

und strickte in Zeilen erhitzten Patriotismus' sich fort, um Hohn über den Iren auszugießen, der die uralte Sprache seines Heimatlandes nicht lernen mochte. Stephen fiel gar nichts an den Zeilen auf, abgesehen von der Häufigkeit kontrahierter Formen wie »e'en«, »ne'er« und »thro'« für »even«, »never« und »through«, und er reichte Madden die Zeitung zurück, ohne auch nur eine Bemerkung über das Gedicht zu machen.
– Dir gefällt das sicher nicht, weils zu irisch ist, aber sicher gefällt dir das hier, weils in der mystischen, idealistischen Schreibe ist, in der ihr Dichter euch aalt. Nur darfst du niemand sagen, daß ichs dir gezeigt hab ...
– Nein, nein.
Madden nahm aus seiner Innentasche einen zweimal gefalteten Bogen großen Papiers, worauf ein Gedicht geschrieben war, das aus vier Stanzen zu acht Zeilen bestand und den Titel hatte »Mein Ideal«. Jede Stanze begann mit den Worten »Bist real du?« Das Gedicht erzählte von des Dichters Pein in einem ›Tal des Wehs‹ und von dem ›Herzbeben‹, das diese Pein ihm verursachte. Es erzählte von ›erschöpften Nächten‹ und ›angstdurchlitt'nen Tagen‹ und von einem ›unstillbar'n Verlangen‹ nach einer Vollkommenheit jenseits der, ›die ird'sches Dasein geben kann‹. Nach diesem trauervollen Idealismus bot die

letzte Stanze dem Dichter in seinem Weh eine gewisse tröstliche, hypothetische Alternative: sie begann gewissermaßen hoffnungsvoll:

Bist real du, Ideal du?
Sag, warum erscheinst du nie,
Wenn mich Zwielicht sanft umdämmert,
Mit dem Kind auf eurem Knie?

Die Wirkung dieser Erscheinung auf Stephen war eine anhaltende, fleckige Zornröte. Die geschmacklosen Zeilen, der nichtige Wechsel des Numerus, das alberne Angewackel des Hughes'schen »Ideals«, beschwert von einem unerklärlichen Säugling, das alles verursachte ihm Todespein im sensitiven Bereich. Wieder reichte er das Gedicht ohne ein Wort des Lobes oder Tadels zurück, doch er befand, daß sein Besuch des Hughes'schen Kurses nicht länger möglich wäre, und war närrisch genug, es zu bedauern, dem Drang nach Sympathie von seiten eines Freundes stattgegeben zu haben.

Wenn eine Forderung nach geistiger Sympathie unbeantwortet bleibt, ist derjenige ein zu strikter Zuchtmeister, der sich dafür tadelt, einem Holzkopf die Gelegenheit geboten zu haben, an den wärmeren Regungen eines höher organisierten Lebens zu partizipieren. So sah Stephen in seinem Ausleihen von Manuskripten komplizierte Flaggensignalübungen mit Sätzen. Er hielt seine Mutter nicht für holzköpfig, aber das Ergebnis seiner zweiten Enttäuschung bei der Suche nach Anerkennung war, daß er nun den Tadel anderen – nicht sich selber – aufbürden konnte: er hatte in der Hinsicht bereits genügend Verantwortungen, ererbte und erworbene. Seine Mutter hatte nicht darum gebeten, das Manuskript zu sehen: sie hatte die Kleider auf dem Küchentisch weitergebügelt, ohne die geistige Erregung in ihrem Sohn auch nur im geringsten zu spüren. Er hatte auf drei oder vier Küchenstühlen gesessen, nacheinander, und die Beine ergebnislos von allen freien Ecken des Tisches baumeln lassen. Endlich, unfähig die Erregung länger zu meistern, fragte er sie unumwunden, ob sie sich seinen Essay anhören wolle.

– O ja, Stephen, – wenns dich nicht stört, daß ich bügel ...
– Nein, überhaupt nicht.
Stephen las ihr den Essay langsam und eindringlich vor, und als er fertig war, sagte sie, es wäre sehr schön geschrieben, aber einigem habe sie nicht folgen können, und ob es ihm was ausmache, ihr das noch einmal vorzulesen und zu erklären. Er las das Ganze noch einmal vor und erging sich des längeren in einer Darlegung seiner Theorien, verziert mit vielen plumpen doch schlagenden Anspielungen, mit deren Hilfe er sie eingänglicher zu machen hoffte. Seine Mutter, der vermutlich nie der Verdacht gekommen war, daß »Schönheit« etwas anderes sein könne als eine Konvention des Salons oder ein natürlicher Vorläufer der Ehe oder des Ehelebens, war überrascht über die außerordentliche Ehre, die ihr Sohn ihr beimaß. Schönheit war im Verständnis einer solchen Frau oft ein Synonym für sittenlosen Lebenswandel, und wahrscheinlich war sie aus diesem Grund erleichtert, als sie fand, daß die Exzesse dieses neuen Kults unter der Oberaufsicht einer anerkannten heiligen Autorität standen. Da jedoch die jüngsten Angewohnheiten des Essayisten eher beunruhigend wirkten, beschloß sie, eine diskrete mütterliche Besorgtheit mit einem Interesse zu verbinden, welches, ohne der Künstelei geziehen werden zu können, zunächst als Kompliment gemeint war. Während sie ein Taschentuch fein zusammenlegte, sagte sie:
– Was schreibt denn Ibsen, Stephen?
– Stücke.
– Ich hab seinen Namen noch nie gehört. Lebt der im Augenblick noch?
– Ja. Aber, weißt du, in Irland weiß man nicht viel von dem, was draußen in Europa vor sich geht.
– Er muß ja ein großer Schriftsteller sein, nach dem, was du über ihn sagst.
– Willst du Stücke von ihm lesen, Mutter? Ich habe welche.
– Ja. Ich würde gern das beste lesen. Was ist das beste?
– Ich weiß nicht ... Aber willst du wirklich Ibsen lesen?
– Wirklich, ja.

– Damit du siehst, ob ich gefährliche Schriftsteller lese – ist das der Grund?
– Nein, Stephen, antwortete seine Mutter mit einem tapferen Winkelzug. Ich glaube, du bist jetzt alt genug, daß du weißt, was richtig und was falsch ist, ohne daß ich dir vorschreiben muß, was du lesen sollst.
– Das finde ich auch ... Ich bin aber trotzdem überrascht, daß du nach Ibsen fragst. Ich hätte mir nicht vorgestellt, daß dich diese Dinge auch nur im geringsten interessieren.
Mrs. Daedalus schob ihr Eisen sanft über einen weißen Unterrock, im Takt mit dem Strom ihrer Erinnerung.
– Na ja, natürlich rede ich nicht darüber, aber so unempfänglich bin ich nicht ... Bevor ich deinen Vater geheiratet hab, hab ich viel gelesen. Ich hab mich für die verschiedensten Theaterstücke interessiert.
– Aber seit ihr verheiratet seid, hat keiner von euch auch nur ein einziges Buch gekauft!
– Ja, weißt du, Stephen, dein Vater ist nicht so wie du: er interessiert sich nicht für solches Zeug ... Als er jung war, hat er mir erzählt, hat er seine ganze Zeit draußen auf der Jagd verbracht oder ist gerudert auf der Lee. Für Sport hat er sich stark gemacht.
– Ich kann mir vorstellen, wofür der sich stark gemacht hat, sagte Stephen respektlos. Ich weiß doch, der schert sich keine Bohne um das, was ich denke oder schreibe.
– Er will, daß du deinen Weg machst, daß du im Leben weiterkommst, sagte seine Mutter verteidigend. *Den* Ehrgeiz hat er. Du solltest ihm daraus keinen Vorwurf machen.
– Nein, nein, nein. Aber vielleicht deckt sich mein Ehrgeiz nicht mit seinem. Vor der Art Leben wird mir oft speiübel: ich finde sie häßlich und feig.
– Natürlich ist das Leben nicht, wie ichs mir immer vorgestellt hab, wie ich ein junges Mädchen war. Darum möchte ich gern einen großen Schriftsteller lesen, um zu sehen, was der für ein Lebensideal hat – es ist doch richtig, wenn ich »Ideal« sage?
– Ja, aber ...

– Weil manchmal – nicht, daß ich dem Schicksal grolle, das Gott der Allmächtige mir bestimmt hat, und ich habe ein mehr oder weniger glückliches Leben mit deinem Vater – aber manchmal habe ich das Gefühl, ich möchte dieses wirkliche Leben verlassen und in ein anderes eingehn – eine Zeitlang.
– Aber das ist falsch: das ist der große Fehler, den jeder macht. Kunst ist keine Flucht aus dem Leben!
– Nein?
– Du hast offensichtlich nicht zugehört oder das, was ich gesagt habe, nicht verstanden. Kunst ist keine Flucht aus dem Leben. Sie ist das genaue Gegenteil. Kunst ist, im Gegensatz dazu, der zentralste Ausdruck des Lebens. Ein Künstler ist nicht einer, der vor dem Publikum mit einem mechanischen Himmel herumgaukelt. Das tut der Priester. Der Künstler affirmiert aus der Fülle seines eigenen Lebens heraus, er erschafft . . . Verstehst du?
Und so fort. Ein oder zwei Tage später gab Stephen seiner Mutter ein paar Stücke zu lesen. Sie las sie mit großem Interesse und fand Nora Helmer eine charmante Person. Dr. Stockmann bewunderte sie, aber ihre Bewunderung wurde natürlich dadurch gebremst, daß ihr Sohn heiter-blasphemisch diesen untersetzten Bürger einen ›Jesus im Gehrock‹ nannte. Aber das Stück, das sie über alle anderen stellte, war die *Wildente*. Darüber sprach sie gern und aus eigenem Antrieb: es hatte sie tief bewegt. Stephen, um einem Sturmangriff der Heißspornigkeit und Parteigängerei zu entgehen, ermutigte sie zu keinem offenen Rekordieren ihrer Gefühle.
– Hoffentlich erwähnst du jetzt nicht noch Little Nell im *Alten Kuriositätenladen*.
– Natürlich mag ich auch Dickens, aber natürlich kann ich einen großen Unterschied zwischen Little Nell und diesem armen kleinen Ding sehen – wie hieß sie doch noch? . . .
– Hedvig Ekdal?
– Hedvig, ja . . . Es ist so traurig: es ist schrecklich, wenn mans nur liest . . . Ich bin ganz deiner Meinung, daß Ibsen ein wundervoller Schriftsteller ist.

– Wirklich?
– Ja, wirklich. Seine Stücke haben mir einen tiefen Eindruck gemacht.
– Hältst du ihn für unmoralisch?
– Natürlich, weißt du, Stephen, er handelt von Dingen ... von denen ich selbst sehr wenig verstehe ... Dingen ...
– Dinge, über die man lieber nicht sprechen sollte, meinst du?
– Na ja, so hat man doch früher gedacht, aber ich weiß nicht, ob das richtig war. Ich weiß nicht, ob es für die Menschen gut ist, wenn sie ganz und gar nichts wissen.
– Warum also nicht offen drüber sprechen?
– Es könnte manchen Menschen schaden – ungebildeten Menschen ohne Gleichgewicht. Die Menschen sind in ihrem Wesen so verschieden. Du vielleicht ...
– Laß mich nur aus dem Spiel ... Hältst du diese Stücke für keine geeignete Lektüre?
– Doch, ich finde die Stücke wirklich großartig.
– Und nicht unmoralisch?
– Ich glaube, Ibsen ... versteht vom menschlichen Wesen außergewöhnlich viel ... Und ich glaube, das menschliche Wesen ist manchmal etwas sehr Außergewöhnliches.
Stephen mußte sich mit dieser abgenützten Verallgemeinerung bescheiden, da er dahinter ein echtes Gefühl erkannte. Seine Mutter hatte sich sogar so weitgehend evangelisiert, daß sie die Missionarspflichten bei den Heiden über sich nahm; das heißt, sie offerierte einige Stücke ihrem Gatten zur Lektüre. Er hörte sich ihre Lobsprüche mit leicht perplexer Miene an, ohne ihren Gesichtsausdruck zu beobachten, das Augenglas in ein erstauntes Auge geschraubt und den Mund in naiver Überraschung starr. Er war stets an Neuheiten interessiert, kindlich interessiert und rezeptiv, und dieser neue Name und die Erscheinungen, die er in seinem Haus gezeitigt hatte, waren für ihn Neuheiten. Er machte keinen Versuch, die neue Entwicklung seiner Frau herabzuwürdigen, doch er nahm übel, daß sie dorthin ohne seine Hilfe gelangt war und daß sie hierdurch imstand sein sollte, als Mittlerin zwischen ihm und

seinem Sohn zu fungieren. Als unpassend verdammte er zwar doch diskreditierte nicht seines Sohnes eigensinnige Ausflüge in fremde Literaturen, und obschon eine ähnliche Neigung an ihm nicht zu entdecken war, war er doch bereit, die frömmste aller heroischen Taten zu begehen, nämlich spät im Leben den eigenen Sympathiebereich aus Achtung vor der Anwaltschaft eines Jüngeren auszuweiten. Dem Brauch bestimmter altmodischer Menschen folgend, die nie verstehen können, weshalb ihre Patronage oder ihr Urteil Schriftsteller in Wut bringen, wählte er sich sein Stück nach dem Titel aus. Eine Metapher ist ein Laster, das den stumpfen Geist wegen seiner Angemessenheit anzieht und den zu ernsthaften Geist wegen seiner Fälschung und Gefährlichkeit abstößt, so daß sich immerhin etwas, vielleicht nichts sehr Umfängliches, aber dennoch wenigstens ein konzedierendes Wort für jene Gesellschaftsklasse sagen läßt, die in der Literatur, wie in allem anderen, mit ihren vier Beinen immer auf dem Boden bleibt. Mr. Daedalus argwöhnte jedenfalls, *Ein Puppenheim* könne nur eine Trivialität nach Art des *Little Lord Fauntleroy* sein, und da er nie auch nur im geheimen Mitglied jener internationalen Vereinigung gewesen war, die psychische Phänomene sammelt und examiniert, kam er zu dem Schluß, *Gespenster* wäre wahrscheinlich irgend so eine uninteressante Geschichte über ein Spukhaus. Er wählte den *Bund der Jugend*, in dem er Reminiszenzen gleichgesinnter Bramarbasse zu finden hoffte, und nachdem er sich durch zwei Akte Provinzintrige gequält hatte, steckte er das Unternehmen als zu langwierig und erschöpfend auf. Er hatte, ausgehend von der befremdeten Haltung und den halb achtungsvollen Halbausgesprochenheiten von Presseleuten, wenn der Name fiel, eine gewisse Extravaganz erwartet, vielleicht eine anomale Inbrunst des Nordens, und obwohl der Namenszug unter Ibsens Photographie ihn stets von neuem staunen ließ, denn die aufrechte Linie des »b« zog sich so sonderbar neben dem Anfangsbuchstaben hin, als wolle sie den Geist inmitten alles Ungewissen ein paar vergessen machende Augenblicke verhalten lassen, so war doch der abschließende Eindruck, den die Gestalt, zu der der Namenszug gehörte, eine Gestalt, die er mit dem Büro eines Anwalts oder Börsenmaklers in der Dame Street in Verbindung brachte, auf ihn machte, ein Eindruck der Erleichterung vermischt mit Enttäuschung, wobei die Erleichterung um seines Sohnes willen pflichtschuldigst die Oberhand gewann über seine eigene, nicht eben große, aber ehrliche Enttäuschung. So daß von keinem Elternteil Stephens der Respektabilität des Unterfangens die volle Anerkennung angedieh.

Eine Woche vor dem für den Vortrag angesetzten Termin deponierte Stephen ein kleines Päckchen säuberlich geschriebener Buchstaben in die Hände des Auditors. McCann schmatzte mit den Lippen und verstaute das Manuskript in der Innentasche seines Rocks:

– Ich les das heut abend und treff dich morgen hier wieder um die gleiche Zeit. Ich weiß, glaub ich, schon jetzt alles, was drin steht.

Am nächsten Nachmittag berichtete McCann: – Also, deinen Vortrag hab ich gelesen.

– Und?

– Brillant geschrieben – ein bißchen starker Tobak, scheint mir. Ich hab ihn aber heut morgen dem Präsidenten zur Lektüre gegeben.

– Wozu?

– Alle Vorträge müssen ihm zuerst zur Billigung vorgelegt werden, weißt du.

– Willst du damit sagen, sagte Stephen verächtlich, daß der Präsident meinen Vortrag billigen muß, bevor ich ihn vor eurer Gesellschaft halten darf?

– Ja. Er ist der Zensor.

– Was für eine unschätzbare Gesellschaft!

– Warum denn nicht?

– Das ist doch Kinderkram, Mensch. Ihr erinnert mich an Kinder im Kindergarten.

– Nichts zu machen. Wir müssen nehmen, was wir kriegen können.

– Warum macht ihr nicht gleich den Laden dicht?
– Na, es ist doch eine nützliche Sache. Die jungen Männer werden im Reden vor der Öffentlichkeit geschult – für den Gerichtssaal oder die politische Tribüne.
– Mr. Daniel könnte dasselbe für seine Scharaden behaupten.
– Das könnte er allerdings.
– So inspiziert dieser euer Zensor also meinen Essay?
– Nun – er ist liberal ...
– Aha.
Während die beiden jungen Männer dieses Gespräch auf den Stufen der Bibliothek führten, trat Whelan, der Orator des College, zu ihnen. Dieser sanfte, rundliche junge Mann, der der Sekretär der Gesellschaft war, studierte Jus. Seine Augen schauten Stephen jetzt mit mildem, neidischem Entsetzen an, und er vergaß sein gesamtes attisches Gepäck:
– Dein Essay ist tabu, Daedalus.
– Wer hat das gesagt?
– The Very Reverend Dr. Dillon.
Auf diese Nachricht folgte Schweigen, während welchem Whelan sich langsam die Unterlippe mit Spucke von seiner Zunge feuchtete und McCann mit den Achseln zu zucken sich anschickte.
– Wo ist der verdammte alte Narr? sagte der Essayist dann rasch.
Whelan wurde rot und zeigte mit dem Daumen über seine Schulter. Stephen war in einem Moment schon halb übers Geviert. McCann rief hinter ihm her:
– Wo gehst du hin?
Stephen blieb stehen, aber da er merkte, daß er zu zornig war, um sich auf seine Stimme verlassen zu können, zeigte er lediglich in Richtung auf das College und ging schnell weiter.
Nach seiner ganzen Mühe, dem Erdenken, Durchdenken seines Essays und dem Komponieren seiner Perioden, wollte dieser alte Philister ihn also verbieten! Sein Unmut sammelte sich zu einem Gefühl taktischer Verachtung, als er das Green durchquerte. Die Uhr in der Halle des College zeigte halb

vier, als Stephen den tatterigen Portier anredete. Er mußte es zweimal sagen, das zweite Mal mit ganz deutlicher, zerdehnter Aussprache, denn der Portier war recht stupid und taub:
– Kann – ich – den – Prä – si – den – ten – sprechen?
Der Präsident war nicht in seinem Zimmer: er las im Garten sein Brevier. Stephen ging hinaus in den Garten und hinunter zur Spielbahn. Eine kleine Gestalt, in einen weiten spanisch aussehenden schwarzen Umhang gehüllt, zeigte ihm den Rükken am hinteren Ende des Gehwegs. Die Gestalt ging langsam weiter bis zum Ende des Wegs, blieb dort einige Augenblicke stehen, drehte sich dann herum und zeigte ihm über den Rand eines Breviers einen sauberen runden Kopf mit grauen Löckchen und ein sehr runzliges Gesicht von unbeschreibbarer Farbe: die obere Hälfte war kittfarben und die untere Hälfte war schiefergrau durchsetzt. Der Präsident kam langsam den Gehweg herab in seinem weitläuftigen Umhang und bewegte geräuschlos die grauen Lippen, während er sein Brevier las. Am Ende des Wegs blieb er wieder stehen und sah Stephen prüfend an. Stephen zog die Mütze und sagte, »Guten Abend, Sir.« Der Präsident antwortete mit dem Lächeln, das ein hübsches Mädchen zeigt, wenn man ihm ein Kompliment macht, das es verwirrt – einem ›gewinnenden‹ Lächeln:
– Was kann ich für Sie tun? fragte er mit volltönender tiefer, auf ihre Wirkung berechneter Stimme.
– Ich höre, sagte Stephen, daß sie mich wegen meines Essays sprechen wollen – des Essays, den ich für den Debattier-Klub geschrieben habe.
– Ah, Sie sind Mr. Daedalus, sagte der Präsident ernsthafter, aber immer noch liebenswürdig.
– Vielleicht störe ich . . .
– Nein, ich habe mein Brevier beendet, sagte der Präsident.
Er begann langsam den Weg hinunterzugehen, in einem Schritt, der eine Aufforderung zur Begleitung implizierte. Stephen blieb darum an seiner Seite.
– Ich bewundere den Stil Ihres Vortrags, sagte er fest, höchlich, doch ich billige Ihre Theorien ganz und gar nicht. Leider

kann ich nicht gestatten, daß Sie Ihren Vortrag vor der Gesellschaft halten.
Sie gingen weiter bis zum Ende des Wegs ohne zu sprechen. Dann sagte Stephen:
– Warum, Sir?
– Ich kann Sie nicht ermutigen, den Samen solcher Theorien unter den jungen Männern in diesem College auszustreuen.
– Sie glauben, daß meine Theorie der Kunst falsch ist?
– Sie ist ganz gewiß nicht die Theorie der Kunst, die in diesem College anerkannt wird.
– Das gebe ich zu, sagte Stephen.
– Im Gegenteil, sie stellt den Inbegriff der modernen Unrast und der modernen Freidenkerei dar. Die Autoren, die Sie als Beispiele zitieren, die Sie zu bewundern scheinen ...
– Der Aquinate?
– Nicht der Aquinate; von ihm spreche ich gleich noch. Aber Ibsen, Maeterlinck ... diese atheistischen Schriftsteller ...
– Sie mögen nicht ...
– Ich bin überrascht, daß ein Student dieses College auch nur irgend etwas an derlei Schreibern bewundern kann, Schreibern, die den Namen Dichter usurpieren, die sich offen zu ihren atheistischen Doktrinen bekennen und die Köpfe ihrer Leser mit all dem Unrat der modernen Gesellschaft erfüllen. Das ist nicht Kunst.
– Selbst wenn ich Ihnen den Zerfall, von dem Sie sprechen, zugebe, so sehe ich doch nichts Illegitimes in einer Untersuchung des Zerfalls.
– Ja, sie mag legitim sein – für den Wissenschaftler, für den Reformer ...
– Und warum nicht für den Dichter? Dante untersucht und geißelt doch wohl auch die Gesellschaft.
– Ja, ja, sagte der Präsident explanatorisch, doch in moralischer Absicht: Dante war ein großer Dichter.
– Ibsen ist auch ein großer Dichter.
– Sie können Dante und Ibsen nicht vergleichen.
– Das tue ich auch nicht.

– Dante, der erhabene Bannerträger der Schönheit, der größte italienische Dichter, und Ibsen, vor allen anderen Schriftstellern derjenige, ich meine Ibsen und Zola, diejenigen, die ihre Kunst nur schänden wollen, die zu einem verderbten Geschmack aufreizen ...

– Jetzt vergleichen *Sie* sie!

– Nein, Sie können sie nicht vergleichen. Der eine hat ein hohes moralisches Ziel – er veredelt das Menschentum: der andere schändet es.

– Das Fehlen eines spezifischen Kodex moralischer Konventionen schändet nach meiner Ansicht den Dichter nicht.

– Ja, wenn er das Faulste selbst untersuchte, sagte der Präsident mit einem Anflug von Toleranz, die er in petto hatte, wäre das etwas anderes, wenn er das untersuchte und dann den Menschen den Weg zur Läuterung wiese.

– Das ist was für die Heilsarmee, sagte Stephen.

– Meinen Sie ...

– Ich meine, daß Ibsens Darstellung der modernen Gesellschaft ebenso echt ironisch ist wie Newmans Darstellung der Ethik und des Glaubens des englischen Protestantismus.

– Das mag sein, sagte der Präsident, beschwichtigt durch diese Kombination.

– Und ebenso frei von jeglicher missionarischen Absicht.

Der Präsident schwieg.

– Es ist eine Frage des Naturells. Newman konnte es sich zwanzig Jahre lang versagen, seine *Apologia* zu schreiben.

– Aber als er dann gegen ihn ausholte! sagte der Präsident gickelnd und ließ den Satz nachdrücklich unvollendet in der Luft hängen. Armer Kingsley!

– Es ist alles eine Frage des Naturells – die Einstellung zur Gesellschaft, ob man Dichter ist oder Kritiker.

– O ja.

– Ibsen hat das Naturell eines Erzengels.

– Das mag sein: aber ich habe immer geglaubt, er wäre ein wildwütiger Realist wie Zola und predigte irgend so eine neue Doktrin.

– Da haben Sie sich geirrt, Sir.
– Das ist die allgemeine Meinung.
– Eine irrige.
– Soviel ich weiß, hat er irgendeine Doktrin – eine sozialistische Doktrin, freies Leben, und eine künstlerische Doktrin, zügellose poetische Freiheit – und zwar derart extrem, daß das Publikum seine Stücke nicht auf der Bühne duldet und daß man seinen Namen in gemischter Gesellschaft nicht einmal nur nennen darf.
– Wo haben Sie das gesehen?
– Na, überall ... in den Zeitungen.
– Das ist ein schwerwiegendes Argument, sagte Stephen tadelnd.
Der Präsident, weit davon entfernt, diese vermessene Feststellung übelzunehmen, schien sich vor ihrer Wahrheit zu beugen: keiner könne eine schlechtere Meinung von dem halbgebildeten Journalismus der gegenwärtigen Zeiten haben als er und er ließe sich gewißlich von keiner Zeitung ein kritisches Urteil diktieren. Gleichzeitig aber bestünde doch eine so einmütige Meinung über Ibsen allenthalben, daß er sich vorstelle ...
– Darf ich fragen, ob Sie viel von Ibsens Schriften gelesen haben? fragte Stephen.
– Nein eigentlich ... ich muß sagen, daß ich ...
– Darf ich fragen, ob Sie auch nur eine einzige Zeile gelesen haben?
– Nein eigentlich ... ich muß zugeben ...
– Und sicher halten Sie es auch nicht für richtig, über einen Schriftsteller das Urteil zu sprechen, von dessen Schriften Sie keine einzige Zeile gelesen haben?
– Nein, das muß ich zugeben.
Stephen zögerte nach diesem ersten Erfolg. Der Präsident nahm den Faden wieder auf:
– Die Begeisterung, die Sie für diesen Schriftsteller haben, finde ich sehr interessant. Ich habe noch nicht die Gelegenheit gehabt, Ibsen selbst zu lesen, doch ich weiß, daß er großes Ansehen genießt. Was Sie über ihn sagen, das muß ich geste-

hen, ändert meine Meinung über ihn beträchtlich. Irgendwann einmal werde ich vielleicht ...

– Ich kann Ihnen ein paar Stücke von ihm leihen, wenn Sie wollen, Sir, sagte Stephen unklug-schlicht.

– Ach ja?

Beide schwiegen einen Moment: dann –

– Sie werden sehen, daß er ein großer Dichter und ein großer Künstler ist, sagte Stephen.

– Es würde mich sehr interessieren, sagte der Präsident in liebenswürdiger Absicht, selber etwas von ihm zu lesen. Wirklich sehr.

Stephen verspürte den Impuls, zu sagen »Entschuldigen Sie mich fünf Minuten, damit ich ein Telegramm nach Christiania schicke«, doch er unterdrückte den Impuls. Während des Gesprächs hatte er mehr als einmal Anlaß gehabt, dem zudringlichen Teufel in seinem Inneren, der Appetit auf das Farcenhafte hatte, Fesseln anzulegen. Der Präsident begann jetzt, die liberale Seite seines Charakters zur Schau zu stellen, wenn auch mit priesterlicher Vorsicht.

– Ja, es würde mich ungemein interessieren. Ihre Ansichten sind etwas sonderbar. Haben Sie vor, den Essay zu veröffentlichen?

– Veröffentlichen!

– Es wäre mir nicht eben lieb, wenn jemand die Ideen in Ihrem Essay mit der Lehre unseres College identifizierte. Man übergab uns das College zu treuen Händen.

– Aber man erwartet doch von Ihnen nicht, daß Sie für alles verantwortlich sind, das ein Student in Ihrem College denkt oder sagt.

– Nein, natürlich nicht ... aber Leute, die Ihren Essay lesen und wissen, daß Sie aus unserem College kommen, könnten meinen, daß wir hier solche Ideen verbreiten.

– Ein Student an diesem College kann aber doch gewiß einem bestimmten Fachinteresse nachgehen, wenn er das will.

– Genau das ist es, was wir stets in unseren Studenten zu fördern suchen, aber Ihr Fachinteresse, scheint mir, führt Sie zur

Übernahme sehr revolutionärer ... sehr revolutionärer Theorien.

– Wenn ich morgen ein sehr revolutionäres Pamphlet zur Bekämpfung der Kartoffelfäule veröffentlichte, würden Sie sich dann für verantwortlich halten für meine Theorie?

– Nein, nein, natürlich nicht ... aber schließlich ist dies hier auch keine Landwirtschaftsschule.

– Und auch keine Schule für Dramaturgie, antwortete Stephen.

– Ihr Argument ist nicht so schlagend wie es scheint, sagte der Präsident nach einer kurzen Pause. Ich bin jedoch froh, daß Ihre Einstellung zu Ihrem Thema eine so wahrhaft ernste ist. Gleichzeitig müssen Sie zugeben, daß diese Ihre Theorie – triebe man sie zu ihrer logischen Konsequenz – den Dichter von allen Moralgesetzen entbinden würde. Ich stelle ferner fest, daß Sie in Ihrem Essay in satirischer Absicht auf das anspielen, was Sie die ›antike‹ Theorie nennen – die Theorie nämlich, wonach das Drama besondere ethische Ziele hat, wonach es belehren, erbauen und erfreuen soll. Vermutlich wollen Sie auf l'art pour l'art hinaus.

– Ich habe lediglich die Definition, die der Aquinate vom Schönen gegeben hat, zu ihrer logischen Konsequenz getrieben.

– Der Aquinate?

– *Pulcra sunt quae visa placent.* Er scheint im Schönen das zu sehen, was den ästhetischen Appetit befriedigt, und nichts weiter – das, dessen bloße Wahrnehmung wohlgefällig ist ...

– Aber er meint das Erhabene – das, was den Menschen hinanzieht.

– Seine Bemerkung paßt auf einen Teller Zwiebeln, wie ihn ein holländischer Maler darstellt.

– Nein, nein; das, was der Seele im Zustand der heiligmachenden Gnade wohlgefällig ist, der Seele auf der Suche nach ihrem geistigen Bonum.

– Die aquinatische Definition des Guten ist eine unsichere Operationsbasis: sie ist sehr weit. Mir kommt er fast ironisch vor in seiner Behandlung der »Appetite«.

Der Präsident kratzte sich ein wenig zweiflerisch den Kopf –

– Natürlich ist der Aquinate ein außerordentlicher Geist, murmelte er, der größte Doktor der Kirche: doch er bedarf immenser Interpretation. Es gibt Stellen im Aquinaten, die kein Priester im Traum sich einfallen ließe, von der Kanzel zu verkünden.

– Aber was ist, wenn ich, als Künstler, mich weigere, die Vorsichtsmaßregeln zu akzeptieren, die man für jene für nötig hält, die sich noch in einem Zustand ursprünglicher Stupidität befinden?

– Ich glaube Ihnen, daß Sie es ernst meinen, doch ich will Ihnen – als Älterer und als ein Mann, der auf einige Erfahrung zurückblicken kann – etwas sagen: der Kult der Schönheit ist schwierig. Der Ästhetizismus beginnt oft gut, um dann in den schändlichsten Greueln zu enden, von denen ...

– *Ad pulcritudinem tria requiruntur.*

– Er ist tückisch, schleicht sich in den Geist ein, nach und nach ...

– *Integritas, consonantia, claritas.* Mir scheint eher strahlender Glanz zu sein in dieser Theorie anstatt Gefahr. Die Vernunftnatur nimmt das sofort wahr.

– Der heilige Thomas natürlich ...

– Der Aquinate steht gewiß auf seiten des fähigen Künstlers. Ich sehe nicht, daß er irgendwo von Belehrung oder Erbauung spricht.

– Den Ibsenismus mit dem Aquinaten zu untermauern kommt mir einigermaßen paradox vor. Junge Menschen ersetzen oft die Überzeugung durch ein brillantes Paradoxon.

– Meine Überzeugung hat mich nirgendswohin geführt: meine Theorie erklärt sich selbst.

– Ah, Sie sind doch ein Paradoxist, sagte der Präsident und lächelte vor sanfter Befriedigung. Das sehe ich ... Und es gibt noch etwas – mehr vielleicht eine Frage des Geschmacks als etwas anderes – was mich denken läßt, daß Ihre Theorie doch juvenil ist. Sie scheinen die Bedeutung des klassischen Dramas nicht zu verstehen ... Natürlich mag Ibsen auf seine Weise auch ein bewundernswerter Schriftsteller sein ...

– Aber erlauben Sie, Sir, sagte Stephen. Mein ganzer Respekt gilt dem klassischen Naturell in der Kunst. Sie werden sich doch gewiß erinnern, daß ich sagte ...

– So weit ich mich erinnern kann, sagte der Präsident und hob zum bleichen Himmel ein schwächlich lächelndes Gesicht, auf dem Erinnerung bestrebt war, leere Liebenswürdigkeit zu dokumentieren, so weit ich mich erinnern kann, haben Sie das griechische Drama – das klassische Naturell – höchst summarisch abgehandelt, mit einer Art juveniler ... Impertinenz, darf ich vielleicht sagen?

– Aber das griechische Drama ist heroisch, monströs. Äschylus ist kein klassischer Schriftsteller!

– Ich habe ja gesagt, Sie sind ein Paradoxist, Mr. Daedalus. Sie wollen Jahrhunderte der Literaturkritik durch einen brillanten Redetrick umstürzen, durch ein Paradoxon.

– Ich verwende das Wort ›klassisch‹ in einem bestimmten Sinn, in einer ganz bestimmten Bedeutung, das ist alles.

– Aber Sie können eine Terminologie doch nicht verwenden wie Sie wollen.

– Ich habe die Termini nicht geändert. Ich habe sie erklärt. Mit ›klassisch‹ meine ich die langsame abgezirkelte Geduld der Kunst der Bescheidung. Das Heroische, das Fabulöse, nenne ich romantisch. Menander vielleicht, ich weiß nicht ...

– Alle Welt sieht in Äschylus einen klassischen Dramatiker von höchstem Rang.

– Ja, die Welt der Professoren, die er ins Brot setzt ...

– Kompetente Kritiker, sagte der Präsident streng, zuhöchst gebildete Männer. Und sogar das Publikum schätzt ihn hoch. Ich habe gelesen, ich glaube, in irgend ... in einer Zeitung wars glaube ich ... daß Irving, der große Schauspieler, Henry Irving ein Stück von ihm in London aufgeführt hat und daß das Londoner Publikum scharenweise hingeströmt ist.

– Aus Neugier. Das Londoner Publikum strömt scharenweise zu allem Neuen und zu jeder Kuriosität. Wenn Irving ein hartgekochtes Ei imitierte, würde es auch scharenweise hinströmen.

Der Präsident nahm diese Absurdität mit unerschütterlicher Würde hin, und als er am Ende des Wegs angelangt war, blieb er einige Augenblicke stehen, bevor er den Weg zum Haus einschlug.

– Ich sage Ihnen nicht viel Erfolg für Ihre Anwaltschaft in diesem Lande voraus, sagte er generalisierend. Unser Volk hat seinen Glauben, und es ist glücklich. Es ist seiner Kirche treu, und die Kirche ist ihm genug. Selbst für die profane Welt sind diese modernen pessimistischen Schriftsteller ein bißchen zu ... zu viel.

Stephen, dessen Geist verächtlich zwischen Clonliffe College und Mullingar galoppierte, versuchte sich auf irgendeinen unzweideutigen Pakt einzustellen. Der Präsident hatte mit Geschick das Gespräch in den Bereich der Plauderei gesteuert.

– Ja, wir sind glücklich. Selbst die Engländer beginnen langsam die Narretei dieser morbiden Tragödien zu sehen, dieser elenden, unglücklichen, ungesunden Tragödien. Ich habe neulich gelesen, daß irgendein Dramatiker den letzten Akt seines Stückes ändern mußte, weil es in der Katastrophe endete, – mit einem garstigen Mord oder Selbstmord oder Tod.

– Warum kann man nicht gleich aus dem Tod ein Kapitalverbrechen machen? sagte Stephen. Die Menschen sind ja so ängstlich. Es wäre so viel einfacher, den Stier bei den Hörnern zu packen – und abzuservieren.

Als sie die Halle des College erreicht hatten, blieb der Präsident am Fuß der Treppe stehen, bevor er in sein Zimmer hinaufstieg. Stephen wartete schweigend:

– Sehen Sie jetzt auch mal die Sonnenseite der Dinge, Mr. Daedalus. Die Kunst muß zu allererst eine gesunde sein.

Der Präsident reffte seine Soutane für den Aufstieg mit einer langsamen hermaphroditischen Geste:

– Ich muß sagen, Sie haben Ihre Theorie sehr gut verteidigt ... wirklich sehr gut. Ich stimme ihr natürlich nicht zu, doch ich sehe durchaus, daß Sie sie sorgfältig durchdacht haben. Sie haben sie doch sorgfältig durchdacht?

– Ja, allerdings.

– Sie ist sehr interessant – ein bißchen paradox manchmal und ein bißchen juvenil – aber ich fand sie sehr interessant. Ich bin auch sicher, wenn Ihre Studien Sie weitergebracht haben, werden Sie sie so verbessern können, daß sie sich besser – den anerkannten Tatsachen anpaßt; ich bin sicher, Sie werden sie dann besser anwenden können – wenn Ihr Geist erst einmal eine ... regelmäßige ... Schulung hinter sich gebracht hat und Sie einen breiteren, weiteren Begriff haben vom ... Vergleichen ...

XIX

Die zweideutige Art, in der der Präsident das Gespräch abschloß, hatte einige Zweifel in Stephen hinterlassen; er konnte sich nicht darüber klar werden, ob der Rückzug nach oben einen Abbruch der freundlichen Beziehungen bedeutete oder ein taktisches Eingeständnis der Unfähigkeit. Da jedoch kein eindeutiges Verbot ausgesprochen worden war, beschloß er, gelassen seinen Weg weiterzugehen, bis er auf ein wirkliches Hindernis träfe. Als er McCann wiedersah, lächelte er und wartete darauf, ausgefragt zu werden. Sein Bericht über das Gespräch machte die Runde in den Klassen der Undergraduates, und es amüsierte ihn sehr, den verdutzten Ausdruck in vielen Augenpaaren zu beobachten, die, aus ihrem offenen gedemütigten Erstaunen zu schließen, in ihm Kennzeichen eines moralischen Nelson zu entdecken schienen. Maurice hörte sich den Bericht seines Bruders über die Schlacht mit der anerkannten Autorität an, gab aber keinen Kommentar. Stephen, in Ermangelung der Dienste eines anderen, begann selber den Vorfall umfänglich zu annotieren und nutzte dazu jede nur von Ferne sich anbietende Phase des Gesprächs. Er verbrauchte viel imaginativen Brennstoff auf dieser amüsanten Jagd nach dem Mutmaßlichen, und seine rapiden wechselvollen Streifzüge entfachten in ihm eine Flamme der Unzufriedenheit mit Maurices Indolenz:

– Hörst du mir überhaupt zu? Weißt du, worüber ich rede?

– Ja, daß es klar geht... Du kannst deinen Vortrag halten, nicht?

– Ja, natürlich... Aber was ist los mit dir? Langweilts dich? Denkst du an was anderes?

– Na ... nun ja.

– Woran?

– Ich hab herausgefunden, warum ich mich heut abend so anders fühle. Na, was meinst du?

– Ich weiß es nicht. Sags schon.

– Ich hab beim Gehen mein Gewicht auf den Ballen des linken Fußes gelegt. Normalerweise leg ichs auf den Ballen des rechten Fußes.

Stephen schaute von der Seite in das feierliche Gesicht des Sprechers, um zu sehen, ob er in ihm Zeichen von Ironie entdecken könnte, doch da nichts als unerschütterliche Selbstanalyse darin zu lesen stand, sagte er:

– Ach ja? Das ist ja verdammt interessant.

An dem Samstagabend, der für den Vortrag anberaumt worden war, fand sich Stephen mit dem Gesicht zu den Bänken des Physiksaals. Während der Sekretär das Protokoll verlas, hatte er Zeit, seines Vaters Augenglas zu entdecken, das hoch oben beim Fenster glitzerte, und die stämmige Gestalt von Mr. Casey erahnte er mehr als daß er sie sah dicht neben diesem observatorischen Zentrum. Seinen Bruder konnte er nicht sehen, doch in den ersten Bänken bemerkte er Pater Butt und McCann und zwei andere Priester. Vorsitzender war Mr. Keane, der Professor für englischen Aufsatz. Als die Formalien vorüber waren, bat der Vorsitzende den Essayisten, seinen Vortrag zu halten, und Stephen stand auf. Er wartete, bis eine Höflichkeitsfloskel diskreten Beifalls verklungen war und bis McCanns energische Hände viermal mit Nachhall als abschließendes Willkommenssolo geklatscht hatten. Dann verlas er seinen Essay. Er las ruhig und deutlich und hüllte jede Kühnheit des Gedankens oder des Ausdrucks in einen Mantel leiser harmloser Melodie. Er las geruhsam bis ans Ende: seine Vorlesung wurde nicht ein einziges Mal durch Beifall unterbrochen: und als er die letzten Sätze in einem Ton metallischer Klarheit verlesen hatte, setzte er sich.

Der erste konkrete Gedanke, der sich in dem raschen Gefühl der Verwirrung bildete, war die glasklare Überzeugung, daß er seinen Essay nie hätte schreiben sollen. Während er düster mit sich zu Rate ging, ob er ihnen das Manuskript an den Kopf schleudern und nach Hause marschieren oder ob er bleiben sollte wo er war, das Gesicht gegen das Licht von den Kerzen auf dem Tisch des Vorsitzenden mit den Händen schirmend,

merkte er, daß die Diskussion über seinen Vortrag begonnen hatte: diese Entdeckung überraschte ihn. Whelan, der Orator des College, gab gerade dem Dank Ausdruck und wiegte den Kopf im Takt zu den blumigen Sätzen. Stephen fragte sich, ob sonst noch jemand die infantilen Bewegungen um den Mund des Orators bemerkte. Er wünschte, Whelan würde mit den Kinnbacken schnappen, um das Vorhandensein fester Zähne kenntlich zu machen; der bloße Ton der Rede erinnerte ihn an das Geräusch, das Sarah, die Krankenschwester, immer machte, wenn sie Isabels Milch-und-Brot-Brei in dem blauen Napf manschte, in dem seine Mutter jetzt Stärke anrührte. Doch gleich darauf tadelte er sich wegen dieser Art von Kritik und versuchte, den Worten des Orators zuzuhören. Whelan war voll ausladender Bewunderung: er habe (sagte er) während des Vortrags von Mr. Daedalus das Gefühl gehabt, er lausche dem Gespräch von Engeln, ohne deren Sprache zu kennen. Nur mit einiger Schüchternheit wage er eine Kritik vorzubringen, doch sei es offensichtlich, daß Mr. Daedalus die Schönheit des attischen Theaters nicht verstehe. Er bedeutete, daß Äschylus ein unvergänglicher Name sei, und sagte voraus, das Drama der Griechen werde viele Kulturen überleben. Stephen bemerkte, daß Whelan zweimal ›yisterday‹ statt ›yesterday‹ sagte, Pater Butt nachahmend, der aus Südengland stammte, und stellte Spekulationen darüber an, ob es ein Dominikaner- oder ein Jesuitenprediger war, dem der Orator seinen Schlußsatz verdankte. »Die griechische Kunst«, sagte Whelan, »gehört nicht einer Zeit, sondern allen Zeiten. Sie steht für sich, allein. Sie ist imperial, imperatorisch und imperativisch.«
McCann schloß sich dem Dank an, dem so beredt durch Mr. Whelan Ausdruck verliehen worden sei, und wünschte, seinen Tribut dem eloquenten Tribut, den Mr. Whelan dem Vortragenden des Abends gezollt habe, hinzuzufügen. Es gäbe in dem Vortrag von Mr. Daedalus vielleicht vieles, mit dem er nicht übereinstimmen könne, doch wäre er kein so blinder Parteigänger der Antike um der Antike willen, wie Mr. Whe-

lan es zu sein scheine. Moderne Ideen müßten ihren Ausdruck finden: die moderne Welt habe dringenden Problemen ins Auge zu sehen: und er halte dafür, daß jeder Schriftsteller, der treffend die Aufmerksamkeit auf diese Probleme lenken könne, eines jeden ernsthaften Menschen Bedenken durchaus wert sei. Er halte dafür, daß er im Sinne aller Anwesenden spreche, wenn er sage, Mr. Daedalus habe durch seinen offenen und ernsthaften Vortrag heute abend der Gesellschaft einen Dienst getan.

Das eigentliche Fest des Abends begann, als diese beiden Eröffnungsreden vorüber waren. Stephen war dem Sperrfeuer von sechs oder sieben feindlichen Rednern ausgesetzt. Einer, ein junger Mann namens Magee, sagte, er wäre überrascht, daß ein Vortrag, der in einem dem Geiste der Religion so feindlichen Geiste konzipiert sei – er wisse nicht, ob Mr. Daedalus die ganze Tragweite der von ihm entwickelten Theorie begreife –, in ihrer Gesellschaft Zustimmung fände. Wer anders als die Kirche habe das Künstlertum gehegt und gepflegt? Verdanke nicht das Drama seine Geburt sogar der Religion? Das sei wahrlich eine erbärmliche Theorie, die es versuche, die öden Dramen sündiger Intrigen herauszuputzen und die unsterblichen Meisterwerke zu verunglimpfen. Mr. Magee sagte, er wisse über Ibsen nicht soviel wie Mr. Daedalus – er wolle auch gar nichts über ihn wissen –, aber er wisse, daß eins seiner Stücke von den hygienischen Zuständen eines Badeorts handele. Wenn das Drama sei, sehe er nicht, weshalb nicht ein Dubliner Shakespeare ein unsterbliches Werk fabrizieren könne, das die neue Zentralkläranlage der Dublin Corporation zum Thema habe. Diese Rede war das Signal zu einer allgemeinen Attacke. Der Essay wurde ein Geklirr sinnleerer Wörter genannt, eine geschickte Darstellung verwerflicher Prinzipien in der Gewandung künstlerischer Theorien, eine Reproduktion der dekadenten literarischen Ansichten der abgelebten europäischen Kapitalen. Den Essayisten hatte man im Verdacht, Teile seines Essays schlicht als Verhohnepiepelung gedacht zu haben: jeder wisse, daß *Macbeth* berühmt sein werde, wenn die unbekannten Autoren, die Mr. Daedalus so hoch schätze, längst tot und vergessen wären. Die alte Kunst habe das Schöne und das Erhabene auf ihre Paniere geschrieben: die moderne Kunst mochte andere Themen wählen: doch jene, die sich ihren Geist noch nicht hätten verseuchen lassen von den atheistischen Giften, wüßten, wie sie zu wählen hätten. Die Aggressivität erreichte ihren Höhepunkt, als Hughes sich erhob. Er erklärte in brausendem nördlichem Akzent, das moralische Wohl des irischen Volkes werde durch solche Theorien bedroht. Ausländischen Unflat brauche man hier nicht. Mr. Daedalus möge natürlich lesen, wen er wolle, aber das irische Volk habe seine eigene glorreiche Literatur, in der es stets frische Ideale fände, sie anzuspornen zu neuem patriotischem Streben. Mr. Daedalus sei ein Renegat aus den nationalistischen Reihen: er bekenne sich zum Kosmopolitanismus. Doch wer jedem Lande zugehöre, gehöre keinem wirklich zu – erst müsse man eine Nation haben, dann könne man auch eine Kunst haben. Mr. Daedalus möge tun, was er wolle, vor dem Altar der Kunst (mit Großbuchstaben) niederknien und verzückt von obskuren Autoren schwärmen. Und wenn auch der Name eines großen Doktors der Kirche gleißnerisch verwendet werde, so sei doch Irland auf der Hut vor der tückischen Theorie, daß Kunst von Moral abgetrennt werden könne. Wenn sie Kunst schon haben müßten, solle es moralische Kunst sein, Kunst die erbaue, und, vor allem andern, nationale Kunst,

Eitel Irisch von den Iren,
Sächsisch nicht noch Italienisch.

Als es dann am Vorsitzenden war, zu resümieren und der Versammlung den Antrag zu stellen, entstand die übliche Pause. In dieser Pause erhob sich Pater Butt und bat, ein paar Worte sagen zu dürfen. Die Bänke applaudierten aufgeregt und richteten sich darauf ein, nun eine Aburteilung *ex cathedra* zu hören. Pater Butt entschuldigte sich unter Zurufen »Nein, nein«, daß er die Versammlung zu so vorgerückter Stunde noch aufhalte, aber er meine, er müsse doch ein Wort für den schwer geschmähten Essayisten einlegen. Er wolle den *advocatus diaboli* spielen, und er spüre das Unbehagliche seines Amtes um so mehr, als einer der Redner, nicht zu Unrecht, die Sprache, in die Mr. Daedalus' Essay gekleidet gewesen sei, eine Engelssprache genannt habe. Mr. Daedalus habe einen sehr bemerkenswerten Vortrag gehalten, einen Vortrag, der das Haus gefüllt und sie alle durch die von ihm provozierte lebhafte Diskussion unterhalten habe. Natürlich könne in künstlerischen Dingen nicht jeder der gleichen Meinung sein. Mr. Daedalus sehe eingestandenermaßen in dem Konflikt zwischen Romantischem und Klassischem die Bedingung aller weitergreifenden Leistung, und sie hätten gewiß heute Abend den Beweis gehabt, daß ein Konflikt zwischen antagonistischen Theorien imstande sei, derart distinkte Leistungen zu vollbringen wie, einerseits, den Essay selber, ein beachtliches Werk, und, andererseits, die denkwürdige Attacke, die Mr. Hughes, als Führer der Opposition, geritten habe. Er meine, der eine oder andere Redner sei mit dem Vortragenden unverdient streng ins Gericht gegangen, doch er sei überzeugt, der Vortragende sei Manns genug, sich in den strittigen Fragen selber zu verteidigen. Was die Theorie selbst betraf, so gestand Pater Butt, daß es für ihn ein neues Gefühl wäre, Thomas von Aquin als Autorität in Fragen der ästhetischen Philosophie zitiert zu hören. Die ästhetische Philosophie sei ein moderner Wissenschaftszweig, und wenn sie überhaupt etwas sei, so sei sie praktisch bezogen. Der Aquinate habe vom Schönen nur flüchtig gehandelt, doch stets von einem theoretischen Standpunkt aus. Um seine Äußerungen praktisch interpretieren zu können, brauche man eine breitere Kenntnis seiner gesamten Theologie, als Mr. Daedalus sie haben könne. Gleichzeitig würde er nicht soweit gehen, zu sagen, Mr. Daedalus habe den Aquinaten direkt, absichtlich oder unabsichtlich, mißinterpretiert. Doch genau wie eine Tat, die *per se* gut sein möge, auf Grund der Umstände zu einer schlechten ausschlagen könne, so könne ein im eigentlichen Sinne schöner Gegenstand durch andere Motive verdorben werden.

Mr. Daedalus habe es beliebt, über Schönheit im eigentlichen Sinne zu reflektieren und diese anderen Beweggründe zu vernachlässigen. Doch die Schönheit habe auch ihre praktische Seite. Mr. Daedalus sei ein leidenschaftlicher Bewunderer des Künstlerischen, und derlei Menschen seien nicht immer die praktischsten auf der Welt. Pater Butt erinnerte dann die Versammlung an die Geschichte von König Alfred und der alten Frau, die Kuchen backte – von dem Theoretiker nämlich und dem praktischen Menschen, und schloß damit, daß er der Hoffnung Ausdruck gab, der Vortragende werde es König Alfred gleichtun und nicht zu streng mit den praktischen Menschen sein, die ihn kritisiert hätten.

Der Vorsitzende beglückwünschte in seinem Schlußwort den Vortragenden zu seinem Stil, sagte aber, er habe offensichtlich vergessen, daß Kunst notwendig Selektion verlange. Er meine, die Diskussion über den Vortrag sei sehr lehrreich gewesen und gewiß wäre jedermann Pater Butt dankbar für seine klare, prägnante Kritik. Mit Mr. Daedalus sei man etwas streng ins Gericht gegangen, doch er glaube, daß er (der Vorsitzende), in Anbetracht der vielen vorzüglichen Stellen des Vortrags, mit Fug beantragen dürfe, einstimmig dafür zu sein, daß Mr. Daedalus für seinen bewundernswerten und lehrreichen Vortrag der tiefempfundene Dank dieser Gesellschaft gebühre und hiermit ausgesprochen werde! Der Antrag ging einstimmig, doch ohne Begeisterung, durch.

Stephen stand auf und verbeugte sich. Es war der Brauch, daß der Vortragende des Abends sich diese Gelegenheit zunutze machte, um seinen Kritikern zu antworten, aber Stephen begnügte sich damit, den Dank zu quittieren. Einige riefen ihm zu, doch etwas zu sagen, doch als der Vorsitzende vergeblich ein paar Augenblicke gewartet hatte, kam die Sitzung sehr rasch zu ihrem Ende. In fünf Minuten war der Physiksaal leer. Unten in der Halle schlüpften die jungen Männer in ihre Mäntel und steckten sich Zigaretten an. Stephen schaute nach seinem Vater und Maurice aus, da er sie aber nirgends sehen konnte, machte er sich allein auf den Heimweg. An der Ecke

des Green holte er eine Gruppe von vier jungen Männern ein, Madden, Cranly, einen jungen Medizinstudenten namens Temple und einen Kanzlisten vom Custom-House. Madden packte Stephen am Arm, zog ihn beiseite und sagte tröstend:
– Na, alter Junge, ich hab dir doch gleich gesagt, die Kerle würdens nicht verstehn. Ich hab gewußt, daß es für die zu gut war.
Stephen war durch diese freundschaftliche Geste gerührt, aber er schüttelte den Kopf, als wolle er lieber das Thema wechseln. Außerdem wußte er, daß Madden weiß Gott sehr wenig von dem Vortrag begriff und, was er begriffen hatte, mißbilligte. Als Stephen die vier jungen Männer einholte, trotteten sie sehr langsam daher und besprachen einen geplanten Ausflug nach Wicklow am Ostermontag. Stephen ging neben Madden am Rand des Trottoirs und so rückte die Gruppe in einer Geraden über die ganze Breite des Trottoirs vor. Cranly ging eingehängt zwischen Madden und dem Kanzlisten aus dem Custom-House. Stephen hörte obenhin zu. Cranly sprach (wie üblich, wenn er mit anderen müßigen Herrchen wandelte) in einer Sprache, deren Basis Latein und deren Superstruktur aus Irisch, Französisch und Deutsch zusammengesetzt war:
– *Atque ad duas horas in Wicklowio venit.*
– *Damnum longum tempus utitur,* sagte der Kanzlist aus dem Custom-House.
– *Quando* ... nein, ich meine ... *quo in* ... *bateau* ... *ironsnous?* fragte Temple.
– *Quo in batello?* sagte Cranly, *in »Regina Maris«.*
Und so, nach kurzem Hin und Her, beschlossen die jungen Männer, einen Ausflug nach Wicklow auf der *Sea-Queen* zu machen. Für Stephen war es eine große Erleichterung, diesem Gespräch zuzuhören: in ein paar Minuten spürte er den Stachel seines Mißgeschicks nicht mehr so stechend. Cranly nahm Stephen endlich zur Kenntnis, der am Rand des Fußwegs ging und sagte:
– *Ecce orator qui malus editus est.*
– *Non sum,* sagte Stephen.

– *Credo ut estis*, sagte Cranly.
– *Minime.*
– *Credo ut vos excrementalis mendax estis quia facies vestra monstrat ut vos malus editus estis.*

Madden, der diese Sprache nicht gut sprach, steuerte die Gruppe wieder ins Englische zurück. Dem Kanzlisten aus dem Custom-House lag es offenbar auf der Seele, seiner Bewunderung für Stephens Stil Ausdruck zu geben. Er war ein großer stämmiger junger Mann mit speckigem Gesicht und hatte einen Schirm bei sich. Er war einige Jahre älter als seine Kameraden, hatte aber beschlossen, Moralphilosophie zu studieren. Er war der ständige Begleiter Cranlys, und dessen Beredtheit war es, die ihn bewogen hatte, die Abendkurse am College zu besuchen. Cranly brachte viel Zeit damit zu, junge Männer davon zu überzeugen, daß sie sich ein anderes Lebensziel suchen müßten. Der Kanzlist aus dem Custom-House hieß O'Neill. Er war ein sehr leutseliger Mensch, lachte stets asthmatisch über Cranlys ernsthafte Blödeleien, interessierte sich aber für jede Gelegenheit, durch die er glaubte, sich weiterbilden zu können. Er besuchte den Debattierklub und die Versammlungen der College-Sodalität, weil er auf diese Weise mit dem Universitätsleben ›in Berührung‹ kam. Er war ein maßvoller junger Mann, ließ sich aber ruhig von Cranly wegen Mädchen ›uzen‹. Stephen versuchte die Gruppe von Bemerkungen über seinen Essay abzubringen, aber O'Neill sah hier eine Gelegenheit, die er sich zunutze machen könnte. Er stellte Stephen Fragen der Art, wie sie sich in den Bekenntnissen geweihten Tagebüchern junger Damen finden, und Stephen dachte, sein geistiges Himmelreich müsse einem Zuckerbäckerladen sehr ähnlich sehen. Temple war ein ungeschlachter zigeunerhaft aussehender Jüngling mit watschelndem Gang und ebenso watschelnder Redeweise. Er kam aus dem Westen Irlands und galt als sehr revolutionär. Nachdem O'Neill einige Zeit auf Cranly eingeredet hatte, der ihm höflicher als Stephen geantwortet hatte, konnte Temple, nach ein paar fehlgegangenen Versuchen, einen Satz einquetschen:

– Ich finde ... warn scheißig guter Vortrag.
Cranly wandte dem Sprecher ein leeres Gesicht zu, aber Temple fuhr fort:
– Da ham se was zu knacken gehabt.
– *Habesne bibitum?* fragte Cranly.
– Tschuldige, Sir, sagte Temple über die anderen hinweg zu Stephen, glaubst du an Jesus ... Ich glaube nicht an Jesus, fügte er hinzu.
Stephen lachte schallend über den Ton dieser Verlautbarung, und auch dann noch, als Temple durch eine Art Apologie zu watscheln begann:
– Türlich weiß ich nicht ... ob du an Jesus glaubst. Ich glaube an den Menschen ... Wenn du an Jesus glaubst ... türlich ... sollt ich sowas nicht sagen, erstemal daß wir uns sehn ... Denkst du das jetzt?
O'Neill verharrte in feierlichem Schweigen, bis Temples Rede sich in undeutliches Gemurmel verflüchtigt hatte; dann sagte er, als brächte er ein total neues Thema aufs Tapet:
– Ich fand Ihren Vortrag hochinteressant, und die Diskussionsbeiträge auch ... Was halten Sie von Hughes?
Stephen antwortete nicht.
– Scheißiger Hanswurst, sagte Temple.
– Sein Beitrag war ausgesprochen geschmacklos, fand ich, sagte O'Neill voll Sympathie.
– *Bellam boccam habet*, sagte Cranly.
– Ja, ich finde auch, er ist zu weit gegangen, sagte Madden, aber seht ihr, sein Enthusiasmus geht mit ihm durch.
– *Patrioticus est.*
– Ja, er ist ein patriotischer Stuß, sagte O'Neill und lachte wiehernd. Aber ich fand Pater Butts Beitrag sehr gut, sehr klar und philosophisch.
– Hast du das auch gefunden? rief Temple Stephen von der Mitte des Gehwegs aus zu ... Tschuldigung ... ich wollte nur wissen, was er von Pater Butts Beitrag gehalten hat, erklärte er gleichzeitig den drei anderen ... Hast du gefunden ... daß der auch ein scheißiger Hanswurst gewesen ist?

Stephen mußte über diese für ihn neue Form der Anrede lachen, obwohl Pater Butts Beitrag ihn alles andere als milde gestimmt hatte.
– Das war doch dasselbe, was er uns jeden Tag serviert, sagte Madden. Ihr kennt doch den Stil.
– Sein Beitrag hat mich geärgert, sagte Stephen spitz.
– Ach wieso? sagte Temple eifrig. Wieso hat er dich geärgert?
Stephen zog eine Grimasse statt zu antworten:
– Scheißige Hanswurstiade von nem Beitrag, sagte Temple ... Ich bin Rationalist. Ich glaub an überhaupt keine Religion.
– Ich glaube, zum Teil war seine Rede freundlich gemeint, sagte Cranly langsam nach einer Pause und wandte sein Gesicht Stephen ganz zu. Stephen erwiderte seinen Blick und schaute unverwandt in ein Paar klarer dunkler Augen, und in dem Augenblick, als ihre Augen sich trafen, fühlte er Hoffnung. Es lag nichts Ermutigendes in dem Satz und er bezweifelte seine Richtigkeit sehr: doch er wußte, daß Hoffnung ihn angerührt hatte. Er ging neben den vier jungen Männern sinnierend weiter. Cranly blieb vor dem Fenster eines kleinen Hökerladens in einer der schäbigen Straßen, durch die sie liefen, stehen und blickte starr auf eine alte gelb gewordene Nummer des *Daily Graphic*, die schräg an der Scheibe hing. Das Bild stellte eine Winterszene dar. Niemand sagte etwas, und wie das Schweigen unwiderruflich zu werden drohte, fragte Madden ihn, was er da anschaue. Cranly schaute den Frager an und dann wieder das schmutzige Bild, dem er gemessen zunickte:
– Was ist ... was ist? fragte Temple, der ein paar kalte Schweinsfüße im nächsten Fenster angeschaut hatte.
Cranly wandte sein leeres Gesicht dem neuen Frager zu und sagte auf das Bild zeigend:
– *Feuc an eis super stradam ... in Liverpoolio.*
Stephens Familienzirkel vergrößerte sich nun durch Isabels Rückkehr aus dem Konvent. Sie hatte seit einiger Zeit gekränkelt, und die Nonnen hatten häusliche Pflege empfohlen. Sie kam ein paar Tage nach dem berüchtigten Vortragstag nach

Hause. Stephen stand an dem kleinen Vorderfenster, das den Blick auf die Flußmündung freigab, als er seine Eltern mit einem dünnen bleichen Mädchen zwischen sich von der Tram kommen sah. Stephens Vater gefiel die Aussicht auf eine neue Hausbewohnerin nicht, besonders, da es sich um eine Tochter handelte, die er wenig mochte. Er ärgerte sich, daß seine Tochter die ihr in dem Konvent gebotene Gelegenheit nicht nutzte, aber sein Pflichtgefühl war echt, wenn auch sporadisch, und er hätte es seiner Frau keinesfalls gestattet, das Mädchen ohne seine Hilfe heimzuholen. Die Vorstellung, daß seine Tochter, statt ihm eine Hilfe zu sein, eine Behinderung wäre, und der Verdacht, daß die Last der Verantwortung, die er auf den Schultern seines ältesten Sohnes fromm deponiert hatte, diesen jungen Mann zu verdrießen begann, trübte seine Zukunftsvision. Er hatte vielleicht einen Sinn für Kontraste, der ihn Fleiß und Nüchternheit in seinem Sprößling erwarten ließ, aber sagen läßt sich nicht, daß er irgendeine materielle Regeneration verlangte. Es war genau diese ungreifbare hervorstechende Eigenschaft, für die sein Sohn in den Klauen der Verhältnisse einstehen sollte, deretwegen Stephen ihn bedingt begnadigte. Doch dies feine Drähtchen der Union zwischen Vater und Sohn war durch die Walzen des täglichen Lebens zerschlissen worden und knüpfte wegen seiner Dünne und der allmählichen Einrostung, die den oberen Teil zu zerfressen begann, immer seltenere und schwächere Verbindungen.
Stephens Vater hatte durchaus die Fähigkeit, sich etwas einzureden, von dem er wußte, daß es nicht wahr war. Er wußte, daß sein Ruin das Werk seiner eigenen Hände gewesen war, doch er redete sich ein, daß es das Werk anderer war. Er hatte seines Sohnes Abneigung gegen Verantwortung ohne seines Sohnes Courage. Er war einer jener unlogischen Neunmalklugen, die sich von keiner Evidenz den ersten Eindruck wegargumentieren lassen. Seine Frau war ihren Pflichten ihm gegenüber mit bestürzender Buchstäblichkeit nachgekommen, und doch hatte sie nie das Ärgernis ihres Blutes auszulöschen vermocht. Solches Sich-nicht-verstehen-Können, das in den höhe-

ren Gesellschaftsschichten für natürlich gilt, wird in der Bürgerklasse irrtümlicherweise gar nicht erst wahrgenommen und entlädt sich darum häufig in Fehden unersättlichen, kleinlichen Hasses. Mr. Daedalus haßte den Mädchennamen seiner Frau mit mittelalterlicher Intensität: er stank ihm in die Nase. Seine Allianz mit ihm war die einzige Sünde, deren er sich, mit der ganzen Ehrlichkeit seiner Feigheit, schuldig sprach. Nun, da er in die letzten Dezennien seines Lebens in dem schmerzlichen Bewußtsein trat, ersprießliche Güter vermindert und unersprießliche Angewohnheiten aufgehäuft zu haben, tröstete und rächte er sich mit so ausladenden und so oft wiederholten Tiraden, daß er in Gefahr stand, Monomane zu werden. Der nächtliche Herd war der heilige Zeuge dieser Rache, die begrübelt, gemurrt, gebrummt und herausgeflucht wurde. Die mildernden Umstände, die er ursprünglich seiner Frau gegenüber gelten ließ, waren ihm bald aus dem Sinn gekommen, und sie begann ihn durch ihren pflichteifrigen Symbolismus zu irritieren. Die große Enttäuschung seines Lebens wurde durch einen geringeren und doch empfindlicheren Verlust betont – den Verlust ersehnten Ruhms. Auf Grund eines bestimmten Einkommens und bestimmter gesellschaftlicher Gaben war Mr. Daedalus es gewohnt, sich als das Zentrum einer kleinen Welt zu sehen, den Liebling einer kleinen Gesellschaft. Diese Stellung versuchte er auch weiter zu behaupten, und zwar auf Kosten einer sorglosen Großzügigkeit, unter der sein Haushalt geistig wie praktisch zu leiden hatte. Er stellte sich vor, daß sich seine häuslichen Angelegenheiten, derweil er diese betörende Stellung zu halten versuchte, durch die Vermittlung eines Sohnes, den zu verstehen er keine Anstrengungen machte, auf irgendeine göttliche Weise schon von selber regeln würden. Wenn er sich dieser Hoffnung hingab, so trübte das gelegentlich seine Liebe zu einem Sohn, den er hierdurch als überlegen anerkannte, doch jetzt, da ihm der Verdacht kam, seine Hoffnung wäre illusorisch, schien eine Trübung jener Liebe unter den Landmarken seines Gefühlslebens unverrückbar und permanent zu werden. Seines Sohnes Begriff

von Aristokratie war mit dem seinen nicht vereinbar, und seines Sohnes Schweigen während der häuslichen Gefechte erschien ihm nicht länger als ein ihm gezolltes Kompliment. Er war sogar wach genug, hier eine versteckte Drohung gegen kastellarische Rechte zu bemerken, und er hätte sich nicht geirrt, wenn er sich vorgestellt hätte, sein Sohn sehe in seiner Anwesenheit bei diesen quälenden und unflätigen Monologen den Tribut, den ein Vater einem eigensinnigen Kind abverlangt, dafür daß er ihm gibt, was die Notdurft erfordert ...
Stephen machte sich über seine Eltern keine allzu ernsten Gedanken. Seiner Meinung nach hatten sie irreführende und unnatürliche Beziehungen zwischen sich und ihm hergestellt, und er hielt ihre Liebe zu ihm für abgegolten durch ein ergebenes Betragen seinerseits und durch den echten guten Willen, ihnen eine ganze Reihe solcher konkreter Dienste zu erweisen, die er in seinem gegenwärtigen Zustand wildentschlossenen Idealismus als Nichtigkeiten empfinden konnte. Die einzigen konkreten Dienste, die er ihnen versagte, waren jene, die er für geistig gefährlich hielt, und es sei ruhig zugegeben, daß diese Ausnahme seine Nächstenliebe praktisch aufhob, denn er hatte eine seelische Unabhängigkeit kultiviert, die sehr wenige Unterwerfungen ertragen konnte. Göttliche Exempla bestärkten ihn hierin. Der Satz, den Prediger in ein Gebot des Gehorsams hochstilisieren, erschien ihm mager, ironisch und nicht überzeugend, und die Geschichte des Lebens Jesu wirkte auf ihn in gar keiner Weise als die Lebensgeschichte eines, der anderen sich unterwarf. Als er noch römischer Katholik im eigentlichen Sinn des Begriffs gewesen war, hatte er die Gestalt Jesu immer als zu entrückt, zu leidenschaftslos empfunden, und nie hatte er von Herzen ein einziges inbrünstiges Gebet an den Erlöser gerichtet: Maria, als einem schwächeren und attraktiveren Gefäß des Heils, hatte er seine geistlichen Angelegenheiten anvertraut. Seine Lösung aus der Disziplin der Kirche nun schien mit einer instinktiven Rückkehr zu deren Gründer zusammenzufallen, und dieser Impuls hätte ihn vielleicht zu einem näheren Bedenken der Verdienste des Protestantismus geführt,

hätte nicht ein anderer natürlicher Impuls in ihm die Neigung geweckt, sogar das in sich selber Widersprüchliche und das Absurde in eine Ordnung zu fügen. Er wußte außerdem nicht, ob der Hochmut des Papismus sich nicht ebenso von Jesus ableite wie die Unwilligkeit, sich über das »Amen: ich sage euch« hinaus eine weitere erklärende Stellungnahme abnötigen zu lassen, aber er war ganz sicher, daß sich hinter den rätselhaften Äußerungen Jesu eine sehr viel genauere Vorstellung verbarg, als hinter der protestantischen Theologie mutmaßlich entdeckt werden konnte:
– Schreib das in dein Tagebuch, sagte er zu dem transkriptiven Maurice. Die protestantische Orthodoxie ist wie der Hund von Lanty McHale: ein Stückchen Weg läuft sie mit jedem mit.
– Mir scheint, der Heilige Paulus hat diesen Hund abgerichtet, sagte Maurice.
Als Stephen einmal zufällig ins College gegangen war, fand er McCann in der Halle stehen, mit einer langen Resolution in der Hand. Ein anderer Teil der Resolution lag auf dem Tisch in der Halle, und beinah alle jungen Männer des College unterschrieben. McCann ließ einen Wortschwall auf eine kleine Gruppe niedergehen, und Stephen stellte fest, daß die Resolution der Tribut der Studenten der Dublin University an den Zaren von Rußland war. Weltweiter Friede: Lösung aller Zwistigkeiten durch Schiedsgericht: allgemeine Abrüstung der Völker: dies waren die Benefizien, für die die Studenten sich bedankten. Auf dem Tisch in der Halle standen zwei Photographien, die eine vom Zaren von Rußland, die andere vom Herausgeber der *Review of Reviews*: beide waren von dem erlauchten Paar unterschrieben. Wie McCann so seitlich zum Licht stand, machte Stephen sich einen Spaß daraus, eine Ähnlichkeit zwischen ihm und dem pazifistischen Imperator festzustellen, dessen Photographie im Profil aufgenommen worden war. Des Zaren Fluidum eines verblödeten Christus reizte ihn zum Spott und er suchte Schützenhilfe bei Cranly, der neben der Tür stand. Cranly trug einen sehr schmutzigen

Strohhut von der Form eines umgedrehten Eimers, in dessen Schutz sein Gesicht zu gelbgrüner Ruhe verklärt war.
– Sieht der nicht wie'n gottserbärmlicher Jaysus aus? sagte Stephen auf das Zarenphoto weisend und die Dubliner Form des Namens als kraftvolles gewöhnliches Substantiv benutzend.
Cranly schaute in McCanns Richtung und erwiderte nickend:
– Ein gottserbärmlicher Jaysus und ein haariger Jaysus.
In diesem Moment bemerkte McCann Stephen und machte Zeichen, daß er im Moment bei ihm wäre:
– Hast du unterschrieben? fragte Cranly.
– Das Ding? Nee – du?
Cranly zögerte und brachte dann ein wohlabgewogenes ›Ja‹ heraus.
– Wofür?
– Wofür?
– Mhm.
– Für ... *Pax.*
Stephen schaute unter den eimerförmigen Hut, konnte aber im Gesicht seines Nachbarn keinen Ausdruck lesen. Seine Augen wanderten hoch zur eingedellten Spitze des Hutes.
– Bei Gott dem Allmächtigen, wozu trägst du eigentlich diesen Hut? So schrecklich heiß ist es doch nicht? fragte er.
Cranly nahm den Hut langsam ab und starrte in seine Tiefen. Nach einer kleinen Pause zeigte er in ihn hinein und sagte:
– *Viginti-uno denarios.*
– Wo? sagte Stephen.
– Ich habn letztn Sommer, sagte Cranly sehr eindrücklich und sehr breit, in Wickla gekaaft.
Er schaute wieder in den Hut und sagte, säuerlich verliebt lächelnd:
– So scheißig schlecht ... fürn Hut ... is er nicht ... Kannste glauben.
Und er setzte ihn sich wieder langsam auf den Kopf und murmelte, wie es seine Art war, vor sich hin *›Viginti-uno denarios‹.*

– *Sicut eimerus est*, sagte Stephen.
Das Thema wurde nicht weiter verfolgt. Cranly zog einen kleinen grauen Ball aus einer seiner Taschen und prüfte ihn sorgfältig, indem er die Oberfläche an vielen Stellen eindrückte. Stephen schaute der Operation zu, als er von McCann angesprochen wurde.
– Ich möchte, daß du die Resolution unterschreibst.
– Worum gehts?
– Es ist eine Resolution, in der wir dem Zaren von Rußland unsere Hochachtung aussprechen für den Mut, den er zeigte, indem er an die Mächte ein Reskript richtete, in welchem er sich für Schiedsgericht an Stelle von Kriegen zur Beilegung nationaler Zwistigkeiten ausspricht.
Stephen schüttelte den Kopf. Temple, der auf der Suche nach Sympathie durch die Halle gestreift war, kam in diesem Augenblick dazu und sagte zu Stephen:
– Glaubst du an den Frieden?
Keiner antwortete ihm.
– Du unterschreibst also nicht? sagte McCann.
Stephen schüttelte wieder den Kopf:
– Warum nicht? sagte McCann scharf.
– Wenn wir schon einen Jesus haben müssen, antwortete Stephen, wollen wir einen legitimen haben.
– Teufel! sagte Temple lachend, das ist gut. Habt ihr das gehört? sagte er zu Cranly und McCann, die er beide für sehr schwerhörig zu halten schien. Habter das gehört? Legitim'n Jesus!
– Ich darf also vermuten, daß du Krieg und Gemetzel billigst, sagte McCann.
– Ich habe die Welt nicht geschaffen, sagte Stephen.
– Teufel! sagte Temple zu Cranly. Ich glaube an die Brüderlichkeit in aller Welt. Tschuldigung, sagte er zu McCann gewandt, glaubst du an die Brüderlichkeit in aller Welt?
McCann beachtete die Frage nicht, sondern redete weiter auf Stephen ein. Er hielt ein Plädoyer für den Frieden, dem Temple einige Augenblicke lang zuhörte, da er aber mit dem Rük-

ken zu Temple sprach, begann dieser revolutionäre junge Mann, der ihn nicht sehr gut verstehen konnte, wieder durch die Halle zu streifen. Stephen debattierte nicht mit McCann, sagte aber in einer passenden Pause:

– Ich habe nicht die Absicht, zu unterschreiben.

McCann sprach nicht weiter und Cranly sagte, Stephens Arm nehmend:

– *Nos manum ballum jocabimus.*

– Gut, sagte McCann prompt, als sei er Abfuhren gewöhnt, wenn du nicht willst, willst du nicht.

Er ging davon, um weitere Unterschriften für den Zaren einzutreiben, während Cranly und Stephen in den Garten hinausgingen. Die Spielbahn war verlassen, und so einigten sie sich auf ein Match zu zwanzig, wobei Cranly Stephen sieben Punkte Vorsprung gab. Stephen hatte in dem Spiel nicht viel Übung, und so stand er erst bei siebzehn, als Cranly ›Letzter Ball‹ rief. Er verlor auch das zweite Spiel. Cranly war ein starker, genauer Spieler, aber nach Stephens Meinung zu schwer in den Füßen, um brillant zu sein. Während sie spielten, kam Madden auf die Bahn und setzte sich auf eine alte Kiste. Er war viel aufgeregter als die beiden Spieler und trat dauernd mit den Hacken gegen die Kiste und schrie »Jetzt, Cranly! Jetzt, Cranly!«, »Halt ihn, Stevie!« Cranly, der im dritten Spiel ausspielen mußte, warf den Ball über die Bahn hinaus in das Lord Iveagh'sche Grundstück, und das Spiel mußte unterbrochen werden, während er auf die Suche nach ihm ging. Stephen hockte sich neben Madden auf die Hacken, und beide schauten sie hoch zu Cranly, der sich am Maschendraht festhielt und von der Mauer herunter einem der Gärtner Zeichen machte:

– Bist du und Cranly schon lang hier?

– Nicht sehr, sagte Stephen.

Madden begann sehr groben Tabak in seine Pfeife zu stopfen:

– Soll ich dir was sagen, Stevie?

– Was?

– Hughes ... mag dich ... überhaupt nicht. Ich hab gehört, wie er mit jemand über dich gesprochen hat.
– ›Jemand‹ ist vag.
– Er mag dich überhaupt nicht.
– Sein Enthusiasmus geht mit ihm durch, sagte Stephen.
Am Samstagabend vor Palmsonntag fand Stephen sich mit Cranly allein. Die beiden lehnten sich übers Geländer der Marmortreppe der Bibliothek und schauten sich müßig die Leute an, die hereinkamen oder hinausgingen. Die großen Fenster vor ihnen waren geöffnet und die milde Luft drang herein:
– Gefallen dir die Gottesdienste der Karwoche? sagte Stephen.
– Ja, sagte Cranly.
– Sie sind wundervoll, sagte Stephen. Tenebrae – es ist so verdammt kindisch, uns mit auf die Bänke geknallten Gebetbüchern ängstigen zu wollen. Ist die Missa Praesanctificatorum nicht merkwürdig – keine Lichter oder Gewänder, der Altar leer, die Tür des Tabernakels weit geöffnet, und die Priester liegen mit dem Angesicht auf den Altarstufen?
– Ja, sagte Cranly.
– Findest du nicht auch, daß der Vorleser, der die Messe beginnt, eine merkwürdige Gestalt ist? Keiner weiß, wo er herkommt: er hat keine Verbindung zur Messe. Er kommt allein heraus und öffnet rechter Hand vom Altar ein Buch, und wenn er die Lesung beendet hat, schließt er das Buch und geht weg, wie er kam. Ist der nicht merkwürdig?
– Ja, sagte Cranly.
– Du weißt, wie seine Lesung anfängt? *Haec dicit Dominus: in tribulatione sua consurgent ad me; venite et revertamur ad Dominum.*
Er intonierte den Beginn der Lesung *mezza voce* und seine Stimme drang die Treppe hinab und kreiste um die runde Halle, und jeder Ton kam voller und weicher zurück ans Ohr.
– Er fleht und plädiert, sagte Stephen. Er ist, was der Kerl

mit dem Kreidegesicht für mich gewesen ist, *advocatus diaboli.* Jesus hat am Karfreitag keinen Freund. Weißt du, was für eine Gestalt ich an Karfreitag vor Augen habe?
– Was für eine?
– Ein häßliches Männlein, das die Sünden der Welt in seinen Leib absorbiert hat. Etwas zwischen Sokrates und einem gnostischen Christus – ein Christus der sogenannten dunklen Jahrhunderte. Das hat ihm seine Erlösungsmission eingebracht: einen krummen häßlichen Körper, mit dem weder Gott noch Mensch Mitleid hat. Jesus steht in einem merkwürdigen Verhältnis zu dem, der sein Vater heißt. Sein Vater kommt mir wie ein Snob vor. Ist dir aufgefallen, daß er von seinem Sohn in der Öffentlichkeit nur ein einziges Mal Notiz nimmt – wenn Jesus in voller Wichs auf dem Berg Tabor steht?
– Ich mag den Gründonnerstag nicht besonders, sagte Cranly.
– Ich auch nicht. Zu viele Mammas und Töchter gehn auf die Kirchen-Pirsch. Die Kirche riecht zu sehr nach Blumen und heißen Kerzen und Frauen. Außerdem bringen mich betende Mädchen aus dem Häuschen.
– Gefällt dir der Karsamstag?
– Der Gottesdienst ist immer zu früh, aber er gefällt mir.
– Mir auch.
– Ja, die Kirche scheint sich die Sache noch mal durch den Kopf gehn gelassen zu haben und zu sagen, »Na ja, da könnt ihr mal sehn, jetzt ist Morgen, und so tot ist er gar nicht gewesen, wie wir erst gedacht haben.« Aus dem Leichnam ist eine Osterkerze geworden, und fünf Weihrauchkörner werden hineingesteckt für seine fünf Wunden. Auch die drei gläubigen Marien, die am Freitag dachten, alles wäre aus, haben jede eine Kerze. Die Glocken läuten, und die Liturgie ist voll von belanglosen Hallelujas. Es ist ziemlich technisch das Ganze, das wird gesegnet und das noch und das, aber es ist so freudig zeremoniös.
– Aber du stellst dir doch nicht etwa vor, daß die verdammten Narren, die da hingehn, diese Handlungen begreifen, oder?

– Tun sie das nicht? sagte Stephen.

– Pah, sagte Cranly.

Ein Freund von Cranly kam die Stufen hoch, während sie sich unterhielten. Er war ein junger Mann, der tagsüber Angestellter in der Guinness-Brauerei war und abends Student der Moralphilosophie an den Abendkursen des College. Es war, natürlich, Cranly, der ihn bewogen hatte, sie zu besuchen. Dieser junge Mann, der Glynn hieß, war nicht imstande, seinen Kopf stillzuhalten, da er an einer ererbten Nervenkrankheit litt, und seine Hände zitterten sehr, wann immer er mit ihnen etwas zu tun versuchte. Er sprach mit nervösen Stockungen, und schien Befriedigung nur im methodischen Stampfen seiner Füße zu finden. Er war ein klein gewachsener junger Mann, mit einem Niggergesicht und dem schwarzen Krauskopf eines Niggers. Er hatte gewöhnlich einen Schirm bei sich, und sein Gespräch bestand zum größten Teil aus einer Übersetzung von Gemeinplätzen in polysyllabische Phrasen. Diese Gewohnheit kultivierte er teilweise, weil sie ihn der Unbequemlichkeit überhob, sich seiner Gehirnwindungen im normalen Tempo zu bedienen, vielleicht aber auch, weil er hierin das seinem Temperament angemessenste Ventil sah.

– Hier ist Professor von-und-zu-Regenschirm-Glynn, sagte Cranly.

– Schönen guten Abend, Herrschaften, sagte Glynn, sich verneigend.

– Schönen ... guten Abend, sagte Cranly leer. Stimmt ... ein schöner Abend ist es.

– Ich sehe, sagte Glynn und schüttelte mißbilligend einen zitternden Zeigefinger, ich sehe, daß du dabei bist, Plattheiten von dir zu geben.

Am Verrätermittwochabend besuchten Cranly und Stephen die Tenebrae-Andacht in der Pro-Cathedral. Sie begaben sich zur Rückseite des Altars und knieten hinter den Studenten von Clonliffe nieder, die die Andacht intonierten. Stephen befand sich Wells genau gegenüber, und er bemerkte die große Veränderung, die ein Chorhemd der Erscheinung dieses jungen Mannes gegeben hatte. Stephen mochte die Andacht, die rasch heruntergeleiert wurde, nicht. Er sagte zu Cranly, die Kirche mit ihren polierten Bänken und Glühlampen erinnere ihn an ein Versicherungsbüro. Cranly schlug vor, sie sollten an Karfreitag die Feier in der Carmelite Church, Whitefriar's Street, besuchen, wo, wie er sagte, die Feier viel gemütlicher wäre. Cranly begleitete Stephen noch ein Stück nach Hause und erklärte detailliert, die großen Hände zu Hilfe nehmend, alle Vorzüge des Wicklower Specks.

– Du bist kein Israelit, sagte Stephen, denn ich sehe, du ißt vom unreinen Tier.

Cranly erwiderte, es wäre Unsinn, das Schwein für unrein zu halten, weil es dreckigen Abfall äße, und gleichzeitig die Auster, die sich hauptsächlich von Exkrementen nährte, zur Delikatesse zu erklären. Er glaube, das Schwein werde sehr verlästert: er sagte, mit Schweinen könnte man einen Haufen Geld verdienen. Er zählte als Beispiel alle Deutschen auf, die sich in Dublin durch Schweinemetzgereien ein kleines Vermögen gemacht hatten.

– Ich hab oft ernstlich daran gedacht, sagte er und blieb stehen, um seiner Bemerkung mehr Nachdruck zu geben, eine Schweinemetzgerei aufzumachen, kannste glauben ... und *Kranliberg* oder irgendeinen andern deutschen Namen über die Tür zu schreiben, kannste glauben ... und ein elendes Vermögen mit Schweinefleisch zu machen.

– Gott sei uns gnädig! sagte Stephen. Was für eine schreckliche Idee!

– Jawohl, sagte Cranly und ging schwerfällig weiter, ein elendes Scheißvermögen tät ich machen.

An Karfreitag, als Stephen ziellos durch die Stadt schlenderte, sah er an einer Wand einen Anschlag, der bekannt gab, daß die Drei-Stunden-Passion von dem Very Reverend W. Dillon S. J. und dem Very Reverend J. Campbell S. J. in der Jesuiten-Kirche, Gardiner Street, gepredigt würde. Stephen fühlte sich sehr allein und ziellos, wie er so eine leere Straße nach der anderen durchzog, und ohne sich dessen genau bewußt zu sein, begann er die Richtung der Gardiner Street einzuschlagen. Es war ein warmer sonnenloser Tag und die Stadt hatte eine Aura heiliger Apathie. Als er an der S. George's Church vorbeikam, sah er, daß es bereits halb drei war – drei Stunden war er also durch die Stadt geschlendert. Er betrat die Kirche in der Gardiner Street, und ohne Reverenz dem Tisch des Laienbruders zu erweisen, der in Erwartung von Silberlingen sich aus seinem betäubten Halbschlaf hochrappelte, ging er weiter bis zum rechten Flügel des Kirchenraums. Den Raum füllte vom Altar bis zu den Türen eine feingekleidete Menge aus. Überall sah er die gleiche geschmeichelte Vorliebe für die Jesuiten, bei denen es der Brauch ist, die Seelen von Tausenden aus dem zweideutig respektablen Mittelstand dadurch an den Orden zu binden, daß sie ihnen ein erlesenes Asyl bieten, einen interessierten, aufmerksamen Beichtstuhl, eine besondere Liebenswürdigkeit in den Umgangsformen, zu welcher ihre geistlichen Abenteuer sie in gar keiner Weise berechtigten. Nicht weit von sich sah Stephen im Schutz einer Säule seinen Vater mit zwei Freunden. Sein Vater hatte sein Augenglas auf den fernen Chor gerichtet, und sein Gesicht trug den Ausdruck beeindruckter Frömmigkeit. Der Chor exekutierte gerade ein an Verzierungen mehr als reiches Rankenwerk, das als ein Ausdruck der Trauer gemeint war. Die Geherei, die Hitze, die Enge, die Dunkelheit des Kirchenraums überkamen Stephen und er schloß, sich ans Querholz der Tür lehnend, halb die Augen und ließ seine Gedanken wandern. Reime begannen sich von selber in seinem Kopf zu bilden.

Verschwommen nahm er wahr, daß eine weiße Figur auf die Kanzel gestiegen war, und er hörte eine Stimme sagen *Consummatum est.* Er erkannte die Stimme und wußte, daß Pater Dillon über das Siebente Wort predigte. Er machte sich nicht die Mühe, dem Sermon zuzuhören, aber alle paar Minuten hörte er eine neue Übersetzung des Wortes über die Gemeinde dahinrollen. »Es ist zu Ende«, »Es ist vollbracht«. Dieser Eindruck weckte ihn aus seinem Tagtraum, und wie die Übersetzungen immer rascher und rascher aufeinander folgten, rührte sich der Spielerinstinkt in ihm. Er wettete mit sich selber darüber, welches Wort der Prediger wählen würde. »Es ist ... vollbracht«, »Es ist ... vollzogen«, »Es ist ... erreicht«. In den wenigen Sekunden, die zwischen dem ersten und dem zweiten Teil des Satzes verstrichen, vollführte Stephen Kraftakte erahnender Behendigkeit. »Es ist ... vollendet«, »Es ist ... erfüllt«, »Es ist ... beschlossen«. Endlich, in einem letzten Rhetorikausbruch, schrie Pater Dillon hinaus, es wäre vorbei, und die Gemeinde begann hinaus in die Straßen zu strömen. Stephen wurde in der Menge mitgeschwemmt, und überall um sich her hörte er das gleiche beifällige Gemurmel und sah den gleichen befriedigten Gesichtsausdruck, diskretes Gemurmel, überwältigten Ausdruck. Die speziellen Schafe der Jesuiten beglückwünschten sich und einander zu einem angenehm verbrachten Karfreitag.

Um seinem Vater zu entgehen, witschte Stephen herum in den Hauptteil der Kirche und wartete in der großen Vorhalle, während die kleinen Leute an ihm vorbeischlurften und -stolperten. Auch hier gabs Beifälligkeit, Befriedigung. Ein junger Arbeiter kam heraus mit seiner Frau und Stephen hörte die Worte, »Der kennt seine Relischjohn, sach ich der«. Zwei Frauen blieben neben dem Weihwasserbecken stehen, und nachdem sie den Boden vergebens mit den Händen gekratzt hatten, bekreuzigten sie sich schlampig mit ihren trockenen Händen. Eine von ihnen seufzte und zog ihren braunen Schal fest:

– Un seine Sprach, sagte die andere Frau.

– Ach hja.

Hier seufzte die andere Frau ihrerseits und zog den Schal fest:

– Nur, sagte sie, der Herr sei ihm gnädich, aber Worten tut er benutzen, die du nich und ich nie nich verstehn.

XX

Zwischen Ostern und Ende Mai wurde Stephen mit Cranly Abend für Abend besser bekannt. Als die Zeit der Sommerexamen näherrückte, galt es als ausgemacht, daß Maurice und Stephen hart arbeiteten. Maurice zog sich jeden Nachmittag nach dem Tee bedächtig auf sein Zimmer zurück, und Stephen begab sich zur Bibliothek, wo man ihn in ernsthafte Arbeit vertieft glaubte. Tatsächlich aber las er wenig oder nichts in der Bibliothek. Er unterhielt sich stundenlang mit Cranly, entweder an einem Tisch oder, wenn sie vom Bibliothekar oder den indignierten Blicken der Studenten verscheucht wurden, oben am Ende der Treppe, im Stehen. Um zehn Uhr, wenn die Bibliothek schloß, gingen die beiden gemeinsam durch die Hauptstraßen heim und tauschten Banalitäten mit den anderen Studenten aus.

Es mochte auf den ersten Blick sonderbar und unwahrscheinlich bedünken, daß diese beiden jungen Männer überhaupt Gemeinsamkeiten haben könnten, abgesehen von einem unstillbaren Verlangen nach Müßiggang. Stephen hatte begonnen, sich ernsthaft als Künstler zu sehen: er machte kein Hehl aus seiner Geringschätzung des Pöbels und seiner Verachtung der Autorität. Cranlys auserwählte Gefährten stellten den Pöbel in einem Stadium partieller Gärung dar, nämlich auf halbem Wege zwischen Faß und Buddel, und Cranly schien seinen Spaß an dem Spektakel dieser Karikatur seiner eigenen Unfertigkeit zu haben. Jedenfalls begegnete er Pöbel und Autorität gleichermaßen mit unterwürfiger Ehrerbietung, und für Stephen hätte es nahe gelegen, in diesem allzu studierten Verhalten ein echtes Anzeichen innerer Korruption zu sehen, hätte er nicht täglich den Beweis gehabt, daß Cranly willens war, seinen eigenen guten Namen als Mitglied der Sodalität und Laiendiener der Kirche überhaupt durch Verbindung mit einem Menschen in Gefahr zu bringen, der als verseucht galt. Cranly indes mochte vielleicht die Patres glauben machen wollen, er verkehre mit dem rebellischen jungen Künstler in der geheimen Absicht, ihn auf den rechten Weg zurückzuführen, und, als wäre er im geheimen von seiner Eignung für eine derartige Aufgabe überzeugt, blies er stets die Doktrinen der Kirche auf und interpretierte sie Seit an Seite mit Stephens Theorien. Bei solcher Konfrontation bedurfte es nur noch eines Tricks des Verteidigers der Orthodoxie, eine mögliche Aussöhnung zwischen Nachbarn in Aussicht zu stellen, und fürder, die Kirche würde durchaus nicht überhastet architektonische Grillen verdammen, ja nicht einmal den Gebrauch heidnischer Embleme und Schnörkel, so lange ihr der Bodenzins vierteljährlich im voraus entrichtet wurde. Diese entgegenkommenden Geschäftsbedingungen, die simpleren Seelen als verdächtige Frömmigkeit erschienen wären, brachten zwei junge Männer kaum aus der Ruhe, denen es beliebte, selbst moralische Phänomene bis in ihre ursprünglichen Antriebszellen zurückzuverfolgen. Die moralische Doktrin des Katholizismus, die so listig mit einer abgewogenen Gewissenslegierung versetzt und durchwoben war, vermochte unter der Leitung eines behenden Geistes wahre Heldentaten der Extension und Kontraktion zu vollführen. Nach tausend solchen Veränderungen der Form entdeckte man plötzlich, daß dieser Gummikörper seine Position verändert hatte und daß ein Punkt, der bis dato außerhalb lag, nun wunderschön mitten drin zu finden war: und all dies unmerklich, während das Auge von dem bloßen Schauspiel der vielen und abervielen Variationen eingesponnen ward, die mit einem gewissen amöbenhaften Instinkt durchgespielt wurden.

Was künstlerisches Interesse betraf, so ließe sich kaum sagen, daß Cranly es überhaupt besaß. Er besaß die ganze bäurische Vorliebe für die prosaischen Dinge der sechs Wochentage und es fehlte ihm, zusätzlich, der heuchlerische Geschmack an den schönen Künsten, den der Bauersmann am siebenten Tag zur Schau zu stellen liebt. In der Bibliothek las er nichts als die illustrierten Wochenschriften. Manchmal nahm er ein großes Buch vom Ausgabetisch und trug es feierlich an seinen Platz, wo er es aufschlug und Titelseite und Vorwort etwa eine Stunde lang studierte. Von der schönen Literatur hatte er, fast buchstäblich gesprochen, keine Kenntnis. Seine Bekanntschaft mit englischer Prosa schien sich auf eine nebulöse Bekanntschaft mit dem Anfang des *Nicholas Nickleby* zu beschränken, und von englischer Lyrik hatte er mit Sicherheit das Gedicht *Advice to a Father* von Wordsworth gelesen. Den Besitz dieser beiden Bildungsgüter gestand er eines Tages Stephen, als der ihn dabei ertappt hatte, wie er mit großer Aufmerksamkeit die Titelseite eines Buches studierte, das *Krankheiten des Rindes* hieß. Er gab keinen Kommentar zu dem, was er gelesen hatte, sondern konstatierte lediglich seine Leistung, nicht ohne Staunen, daß er sie überhaupt vollbracht hatte. Ein versprengtes Heer von Wörtern stand ihm zu Gebote, und so hatte er also die Fähigkeit, sich auszudrücken: aber er sprach breiten Dialekt und machte häufig kindische Fehler. Er hatte eine auftrumpfende Art, sich technischer und fremdsprachlicher Ausdrücke zu bedienen, als wolle er zu verstehen geben, daß sie für ihn normaler Sprachgebrauch wären. Seine Aufnahmefähigkeit war durch keinerlei Ekel limitiert; er nahm alles in sich auf, was ihm in den Weg kam, und rein instinktiv nur konnte Stephen eine spezielle Affinität in einem so wahllosen Gefäß wahrnehmen. Es beliebte ihm, ein philosophisches Argument auf den Mechanismus des Denkvermögens selber zurückzuführen, und in mundanen Dingen tat er desgleichen und beurteilte alles nach seinem Nährwert.

Diesem jungen Mann zuliebe beschloß Stephen, sein Schweigegelübde zu brechen. Cranly seinerseits hätte über allen Wechselfällen des Lebens stehen müssen, wenn eine derart delikat-eindringliche Schmeichelei keine leichte Erschütterung in ihm bewirkt hätte. Stephen sprach aus der Fülle eines aufgehäuften Vokabulars in sein verelendetes Ohr und konfrontierte die dreisten Gemeinplätze der Launen seines Gefährten mit einem komplexen Strahlen des Gedankens. Cranly drängte selten oder nie diesen Monologen seine Gegenwart auf. Er hörte allem zu, schien alles zu verstehen und schien zu glauben, es sei die Pflicht seines mutmaßlichen Charakters, zuzuhören und zu verstehen. Er verweigerte nie sein Ohr. Stephen erheischte es zu passender und unpassender Stunde, wie das Bedürfnis nach intelligenter Sympathie ihn ankam. Sie promenierten zusammen, Arm in Arm, meilenweit durch die Straßen. Sie blieben bei nassem Wetter unter weitläufigen Vorhallen stehen, unterbrachen sich beim Anblick irgendeiner Trivialität, die sie lockte. Sie saßen manchmal auf den hintersten Plätzen einer Music-Hall und einer entrollte dem andern die Tapisserie seiner poetischen Ziele, während die Kapelle den Komiker anjaulte und der Komiker die Kapelle. Cranly gewöhnte sich daran, Empfindungen und Eindrücke im selben Moment, da sie erschienen, geschildert und analysiert zu bekommen. Solche Konzentration auf sich selbst war ihm unbekannt, und er staunte anfangs in der Freude alleinigen Besitzes über Stephens unbefangene Arroganz. Dies Phänomen, das all seine früheren Urteile der Prüfung unterzog und ein neues Lebenssystem an der äußersten Grenze seiner Welt aufscheinen ließ, lag ihm etwas schwer auf der Seele. Es irritierte ihn auch darum, weil er zu gut den großen Prozentsatz christlicher Gefühle kannte, der sich unter der Tünche seines Stoizismus verbarg, als daß er in sich selber ein Talent zu ähnlicher Extravaganz vermutet hätte. Und doch, wenn er den offenherzigen jungen Egoisten seinen Stolz und Zorn zu seinen Füßen wie kostbares Salböl ausgießen hörte und an einer Freigebigkeit teilhatte, die nichts einzubehalten schien, spürte er, obwohl er sich auf solche Bindungen lieber nicht eingelassen hätte, wie er allmählich den Appell mit stiller, perverser Zuneigung beantwortete. Er drapierte sich mit mehr Brutalität, als in seiner Natur lag, und, wie infiziert von der Arroganz seines Gefährten, schien zu erwarten, daß die übliche aggressive Kritik in seinem Fall unterbliebe.

Eine Freizügigkeit, die er sich recht ungehemmt verstattete, war unhöfliche Geistesabwesenheit, die so vollkommen war, daß sie bedeutende Geistestätigkeit suggerierte, sich aber schließlich in irgendeiner plumpen Alltäglichkeit entlud.

Wenn ein Monolog, der von einer Trivialität ausgegangen war, sich ihm ungebührlich auszuweiten schien, nahm er ihn mit einem Schweigen auf, durch das hindurch seine Abneigung gerade noch zu spüren war, und ließ in einer Flaute seinen Hammer brutal auf den armen Ausgangspunkt niedergehen. Zuweilen fand Stephen diese ultraklassische Gewohnheit sehr ungenießbar. An einem Abend wurde der Monolog wieder und wieder unterbrochen. Stephen hatte die Krankheit seiner Schwester erwähnt und ein paar Meilen Theorie zum Thema Tyrannei des Elternhauses abgespult. Cranly unterbrach die Oratio nie wirklich, quetschte aber in einem fort eine Frage nach der andern ein, wann immer er einen Fuß dazwischen kriegen konnte. Er fragte nach Isabels Alter, ihren Symptomen, dem Namen ihres Arztes, ihrer Behandlung, ihrer Diät, ihrem Aussehen, wie ihre Mutter sie pflege, ob man einen Priester geholt habe oder nicht, ob sie je zuvor krank gewesen sei oder nicht. Stephen beantwortete alle diese Fragen, und noch immer war Cranly nicht zufrieden. Er stellte weiter seine Fragen, bis in aller Dezenz der Monolog abgebrochen werden mußte: und Stephen, der sein Betragen überdachte, konnte nicht entscheiden, ob ein solches Verhalten als ein Zeichen tiefen Interesses an einer menschlichen Krankheit zu verstehen wäre oder als ein Zeichen irritierter Unzufriedenheit mit einem unmenschlichen Theoretiker.
Stephen zögerte nicht im geringsten, den Tadel auf sich selbst zu beziehen, sah sich aber bei bestem Willen nicht imstande, seine Berechtigung zuzugeben. Seine Schwester war ihm auf Grund ihrer Erziehung fast eine Fremde geworden. Er hatte seit ihrer gemeinsamen Kindheit kaum hundert Worte mit ihr gesprochen. Und er konnte jetzt nur wie zu einer Fremden mit ihr sprechen. Sie hatte sich ruhig in die Religion ihrer Mutter geschickt; sie hatte alles akzeptiert, was man ihr vorgeschlagen hatte. Wenn sie am Leben blieb, hatte sie genau das richtige Zeug zum katholischen Eheweib mit beschränkter Intelligenz und frommer Fügsamkeit, und wenn sie starb, hatte sie sich vermutlich einen Platz in dem ewigen Himmel

der Christen verdient, von dem ihre beiden Brüder aller Wahrscheinlichkeit nach ausgeschlossen waren. Von dem Unheil in dieser Welt heißt es, es drücke die Schultern des wahren Christen nur leicht, der die Zeit erwarten kann, bis der Schöpfer das Reich der Guten errichtet. Isabels Fall erregte Stephens Zorn und Mitleid, aber er sah sofort, wie hoffnungslos er war und wie vergeblich es wäre, wenn er sich einmischte. Ihr Leben war und wäre immer ein zitternder Gang vor Gott. Der geringste Gedankenaustausch zwischen ihnen wäre entweder Herablassung seinerseits oder der Versuch, sie zu verderben. Kein Bewußtsein davon, daß sie blutsmäßig sich nah waren, störte ihn mit natürlicher, nicht verstandesmäßiger Zuneigung auf. Sie hieß seine Schwester, wie seine Mutter seine Mutter hieß, doch nie hatten sie in ihrer gefühlsmäßigen Einstellung ihm gegenüber für diese Beziehung einen Beweis erbracht, noch er sie in seiner gefühlsmäßigen Einstellung ihnen gegenüber in irgendeiner Weise anerkannt. Die katholischen Eheleute, die katholischen Eltern, dürfen sich nach Belieben natürlich geben, aber dieselbe Gnade wird katholischen Kindern nicht gewährt. Sie haben sich bedingungslos einer Ordnung zu fügen, wenn sie nicht unnatürlich gescholten werden wollen von ebenden Predigern, die versichern, daß die Natur das Besitztum Satans ist. Stephen hatte Regungen von Mitleid für seine Mutter, für seinen Vater, für Isabel, auch für Wells gespürt, aber er glaubte, er habe recht getan, ihnen zu widerstehen: zunächst einmal mußte er sich selber retten, und der Versuch, andere zu retten, stand ihm nicht an, bis nicht das Experiment, das er mit sich selber anstellte, ihn dazu berechtigte. Cranly hatte implikativ schwerwiegende Angriffe gegen ihn formuliert, indem er das Bild Isabels heraufbeschwor, mit ihrem langsam sich verzehrenden Lebenslicht, ihrem langen dunklen Haar und den großen staunenden Augen, aber Stephen bot den Angriffen die Stirn und antwortete in seinem Herzen, es wäre ungerecht, mit tadelndem Finger auf ihn zu zeigen, und vages tatenloses Mitleid solcher, die ein System wechselseitiger serviler Verbindlichkeit jenen gegenüber hochhielten, die sich darauf einließen, wäre nichts als ein Spiel mit Gefühlen, das für den Egoisten ebenso charakteristisch sei wie für den Gefühlsmenschen. Isabel schien Stephen überdies gar nicht in wirklicher Gefahr zu schweben. Er sagte Cranly, sie wüchse wahrscheinlich zu schnell; viele Mädchen hätten in dem Alter eine zarte Gesundheit. Er gestand, daß das Thema ihn ein wenig langweile. Cranly blieb stehen und fixierte ihn starr:

– Mensch, sagte er, das kannst du aber glauben ... Du bist ein ganz außergewöhnlicher ... Mensch.

Eine Woche vor der Prüfung erklärte Cranly Stephen seinen Plan, in fünf Tagen das ganze Pensum nachzuholen. Es war ein sorgfältig ausgeheckter Plan, der sich auf einer intimen Kenntnis der Prüfer und der Prüfungsaufgaben gründete. Cranlys Plan war, von zehn Uhr morgens bis halb drei nachmittags zu lernen, dann von vier bis sechs, und dann von halb acht bis zehn. Stephen lehnte es ab, bei dem Plan mitzumachen, da er meinte, er hätte eine gute Chance mit dem, was er Allgemeinwissen nannte, durchzukommen, aber Cranly sagte, sein Plan wäre todsicher.

– Das sehe ich nicht ganz so, sagte Stephen, wie willst dus schaffen – sagen wir mal in lateinischem Aufsatz – nach einem so kursorischen Überfliegen durchzukommen? Wenn du willst, zeig ich dir ein paar Sachen – nicht daß ich selber so ein hervorragender Stilist wäre.

Cranly überlegte, offenbar ohne das Angebot zur Kenntnis genommen zu haben. Dann beteuerte er breit, daß sein Plan klappen würde:

– Bei meiner Letzten Ölung, ich schwörs, sagte er, ich hau denen ein Ding hin, das so gut ist, kannste glauben – so gut ist wie sies haben wollen. Was wissen die schon von lateinischer Prosa?

– Vermutlich nicht viel, sagte Stephen, aber die lateinische Grammatik dürfte ihnen nicht ganz unbekannt sein.

Cranly überdachte diesen Punkt und fand dann sein Gegenmittel:

– Weißt du was, sagte er, immer wenn mir die Grammatik nicht einfällt, zitier ich ein Stückchen Tacitus.
– In welchem Sinn?
– Es ist doch ganz scheißig egal in welchem Sinn.
– Natürlich, sagte Stephen.
Cranlys Plan klappte so wenig wie er versagte, aus dem sehr einfachen Grund, daß er nicht befolgt wurde. Die Abende vor der Prüfung saßen sie draußen unter dem Portal der Bibliothek. Die beiden jungen Männer schauten hoch in den ruhigen Himmel und überlegten sich, bei welcher Art Leben der geringste Arbeitsaufwand nötig wäre. Cranly schlug Bienen vor: er schien die gesamte Ökonomie des Bienenlebens zu kennen und Bienen gegenüber weniger intolerant zu sein als Menschen. Stephen sagte, es wäre eine feine Sache, wenn Cranly von der Arbeit der Bienen lebte und ihn (Stephen) von der vereinigten Arbeit der Bienen und ihres Züchters leben ließe.

– Vom Dämmer bis zum Abendglanz
Will ich die Sonne, seegespiegelt, sehn
Illuminiern der gelben Bienen Tanz
In Eppichblüten und vergehn.

– »Illuminiern«? sagte Cranly.
– Du kennst doch die Bedeutung von »illuminieren«?
– Von wem stammt das?
– Shelley.
– Illuminieren – tja das ist das Wort, sag ich dir, für Herbst, tiefe Goldtöne.
– Eine vergeistigte Interpretation von Landschaft ist sehr selten. Manche Leute meinen, sie schreiben geistig, wenn sie ihre Szenerie trüb und wolkig halten.
– Das Stückchen, das du grad aufgesagt hast, kommt mir gar nicht geistig vor.
– Mir auch nicht: aber manchmal wendet sich Shelley nicht ans Auge. Er sagt »manch eine Flöte, seeumgeben«. Trifft das dein Auge oder deinen Farbensinn?
– Shelley hat ein Gesicht, das mich an einen Vogel erinnert.

Wie ging das nochmal? »... die Sonne, seeumgeben, sehn / Illuminiern?« ...

– »... die Sonne, seegespiegelt, sehn
Illuminiern der gelben Bienen Tanz
In Eppichblüten ...«

– Was zitierst du da? fragte Glynn, der gerade nach mehrstündigem Studieren aus der Bibliothek kam.

Cranly sah ihn von oben bis unten an, bevor er antwortete:

– Shelley.

– Ach Shelley? Wie ging nochmal das Zitat?

Cranly nickte in Stephens Richtung.

– Wie ging das Zitat? fragte Glynn. Shelley ist ein alter Schwarm von mir.

Stephen wiederholte die Verse und Glynn nickte mehrere Male nervös-beifällig mit dem Kopf.

– Wunderbare Dichtung hat der Shelley gemacht, was? So mystisch.

– Weißte wie man die gelben Bienen da in Wickla nennt? fragte Cranly plötzlich, zu Glynn gewandt.

– Nee. Wie?

– Rotarschbienen.

Cranly lachte laut über seine eigene Bemerkung und knallte mit den Hacken auf die Granitstufen. Glynn, der sich seiner schiefen Position bewußt war, begann an seinem Schirm zu fummeln und nach einem seiner gestanzten Witzworte zu kramen.

– Aber das ist doch nur, sagte er, wenn der Ausdruck erlaubt ist, das ist doch nur sozusagen ...

– »... die Sonne, seeumgeben, sehn
Illuminiern der Rotarschbienen Tanz
In Eppichblüten ...«

– Das ist von hinten wie von vorne genauso scheißig gute Dichtung wie die von Shelley, sagte Cranly zu Glynn. Was meinst du?

– Mir scheint es unleugbar, sagte Glynn und fuchtelte eindringlich mit seinem schwanken Schirm, daß die Bienen in den Blü-

ten sind. Davon läßt sich sagen, daß sie es sozusagen ausgesprochen sind.
Die Prüfung dauerte fünf Tage. Nach den ersten beiden Tagen betrat Cranly nicht einmal mehr der Form halber den Prüfungssaal, doch sah man ihn nach jeder Prüfung draußen vor der Universität alle Fragen sorgfältig mit seinen emsigeren Freunden durchgehen. Er sagte, die Prüfungen wären sehr leicht und jeder, der nur ein bißchen was wisse, könne sie bestehen. Stephen stellte er keine speziellen Fragen, sondern sagte bloß, »Du bist wohl durch«. »Ich nehme es an«, sagte Stephen. Gewöhnlich erwartete McCann die Studenten, die geprüft worden waren. Er tat dies einerseits, weil er es für einen Teil seiner Pflichten hielt, ein Interesse an allem zu bekunden, was das College betraf, und andererseits, weil eine der Töchter von Mr. Daniel unter den Prüflingen war. Stephen, dem nicht sehr viel daran lag, ob er die Prüfung bestand oder ob er durchfiel, machte es großen Spaß, die Eifersüchteleien und nervösen Ängste zu beobachten, die sich unter gleichgültigem Gehaben zu kaschieren versuchten. Studenten, die das ganze Jahr über hart gearbeitet hatten, gerierten sich als Müßiggänger, und Müßige wie Emsige schienen sich gleichermaßen der Prüfung nur mit großem Widerwillen zu unterziehen. Rivalen sprachen nicht miteinander, aus Angst, sich durch Blicke zu verraten, man fragte aber heimlich zufällig vorbeikommende Bekannte nach dem Erfolg des anderen. Ihre Erregung war so echt, daß selbst die Erregung der Geschlechter sie nicht ausstechen konnte. Die Studentinnen waren nicht Gegenstand des üblichen Gekichers und Gewitzels, sondern wurden mit einiger Aversion als gerissene Feinde betrachtet. Einige junge Männer entluden ihre Feindseligkeit und behaupteten gleichzeitig die eigene Überlegenheit, indem sie sagten, es wäre kein Wunder, wenn Frauen gute Figur machten, da sie ja das ganze Jahr hindurch zehn Stunden täglich arbeiten könnten. McCann, der als Mittelsmann fungierte, erzählte ihnen den Klatsch aus dem anderen Lager, und er war es, der die Nachricht verbreitete, daß nicht Landy die Auszeichnung

im Englischen bekäme, weil Miss Reeves einen Zwanzig-Seiten-Aufsatz über *Sinn und Unsinn des Lächerlichen* geschrieben hätte.
Die Prüfung war Dienstag zu Ende. Am Mittwochmorgen schien Stephens Mutter recht bekümmert zu sein. Stephen hatte durch sein Verhalten während der Prüfung seinen Eltern nicht viel Anlaß zu Zufriedenheit gegeben, aber er konnte nicht glauben, daß dies der Grund ihrer Besorgtheit sei: er wartete jedoch, daß die Besorgtheit sich erkläre. Seine Mutter wartete, bis das Zimmer leer war, und sagte dann obenhin:
– Du bist deiner österlichen Pflicht noch nicht nachgekommen, nicht wahr, Stephen?
Stephen sagte nein.
– Es wäre besser, wenn du im Lauf des Tages zur Beichte gehn tätest. Morgen ist Himmelfahrt, und die Kirchen sind ganz bestimmt voll heut abend von Leuten, die ihre österliche Pflicht bis zum letzten Augenblick rausgeschoben haben. Es ist schon merkwürdig, daß die Menschen nicht mehr Schamgefühl im Leibe haben. Weiß der Himmel, sie haben doch Zeit genug von Aschermittwoch, ohne daß sie bis zum Glockenschlag zwölf warten müssen, bis sie zum Priester gehn ... Ich spreche nicht von dir, Stephen. Ich weiß, du hast für deine Prüfung gearbeitet. Aber Leute, die nichts zu tun haben ...
Stephen gab hierauf keine Antwort, sondern kratzte weiter emsig in seiner Eierschale.
– Ich bin meiner österlichen Pflicht bereits nachgekommen – an Gründonnerstag – aber ich trete morgen noch einmal an den Altar. Ich mache eine Novene, und ich möchte, daß du deine Kommunion mir zuliebe in einem bestimmten Sinne begehst.
– In was für einem bestimmten Sinn?
– Ja, Junge, ich mache mir große Sorgen um Isabel ... Ich weiß nicht, was ich denken soll ...
Stephen stieß seinen Löffel zornig durch den Boden der Schale und fragte, ob noch Tee da sei.
– Es ist keiner mehr in der Kanne, aber ich kann rasch noch Wasser kochen.

– Ach, laß nur.
– Das dauert keine Minute.
Stephen ließ sie das Wasser aufsetzen, da er hierdurch Zeit hätte, unter das Gespräch einen Schlußstrich zu ziehen. Er war sehr verärgert, daß seine Mutter versuchte, ihn zur Konformität zu beschwatzen, indem sie die Gesundheit seiner Schwester als Argument vorschob. Er fand, daß ein solcher Versuch ihn entehrte und ihn von allem, was ihn noch an der Preisgabe rücksichtsvoll geübter Frömmigkeit hinderte, befreite. Seine Mutter setzte das Wasser auf und schien weniger bekümmert zu sein, als hätte sie eine unumwundene Absage erwartet. Sie wagte es sogar, den Plauschton frommer Matronen anzuschlagen.
– Ich muß versuchen, daß ich morgen rechtzeitig in der Stadt bin fürs Hochamt in der Marlborough Street. Morgen ist ein großer Festtag in der Kirche.
– Wieso? fragte Stephen lächelnd.
– Die Himmelfahrt unseres Herrn, antwortete seine Mutter feierlich.
– Und warum ist das ein großer Festtag?
– Weils an dem Tag war, daß Er Sich in Seiner Göttlichkeit offenbarte: Er fuhr auf gen Himmel.
Stephen begann Butter auf einen krustigen Brotkanten zu spachteln, während sein Gesicht einen endgültig feindseligen Ausdruck annahm:
– Von wo ist er abgeflogen?
– Vom Ölberg, antwortete seine Mutter und wurde unter den Augen rot.
– Mit dem Kopf zuerst?
– Was meinst du, Stephen?
– Ich meine, er muß ziemlich schwindlig gewesen sein, als er ankam. Warum hat er sich keinen Ballon genommen?
– Stephen, willst du Unsern Herrn verhöhnen? Ich hätte wirklich gedacht, du wärst klüger, als so eine Sprache zu benutzen: es ist genau dasselbe, was die Leute sagen, die nur an das glauben, was sie vor ihrer Nase sehen. Ich bin überrascht.

– Sag mal, Mutter, sagte Stephen zwischen vollen Mündern, willst du mir vielleicht sagen, du glaubst, daß unser Freund von dem Berg abgeflogen ist, wie die Geschichte geht?
– Ja.
– Ich nicht.
– Was sagst du da, Stephen?
– Es ist absurd: es ist ein Reklametrick. Er kommt auf die Welt, Gott weiß wie, marschiert auf dem Wasser, kriecht aus seinem Grab und fliegt ab vom Hill of Howth. Was ist denn das für ein Quark?
– Stephen!
– Ich glaubs nicht: und es wär auch keine Ehre für mich, wenn ichs glaubte. Und es ist keine Ehre für mich, daß ichs nicht glaube. Es ist Quark.
– Die gelehrtesten Doktoren der Kirche glauben es, und das ist für mich gut genug.
– Er kann vierzig Tage lang fasten...
– Vor Gott ist kein Ding unmöglich.
– Im Variété in der Capel Street tritt im Augenblick einer auf, der sagt, er kann Glas und harte Nägel essen. Er annonciert sich als *Menschlichen Vogel Strauß*.
– Stephen, sagte seine Mutter, ich fürchte, du hast deinen Glauben verloren.
– Das fürchte ich auch, sagte Stephen.
Mrs. Daedalus blickte völlig fassungslos drein und setzte sich hilflos auf den nächsten Stuhl. Stephen konzentrierte seine Aufmerksamkeit auf das Wasser, und als es soweit war, machte er sich noch eine Tasse Tee.
– Ich hätte nie gedacht, sagte seine Mutter, daß es soweit kommen würde – daß eins meiner Kinder den Glauben verlieren würde.
– Aber einige Zeit hast dus doch schon gewußt.
– Wie konnte ich das?
– Du hasts gewußt.
– Ich hab den Verdacht gehabt, daß was nicht stimmte, aber ich hätte doch nie gedacht...

– Und doch wolltest du, ich sollte die heilige Kommunion empfangen!

– Natürlich kannst du das jetzt nicht mehr. Aber ich hatte gedacht, du würdest deiner österlichen Pflicht nachkommen, wie dus bis jetzt jedes Jahr getan hast. Ich weiß nicht, was dich vom rechten Weg geführt hat, es sei denn die Bücher, die du da liest. John, dein Onkel – der ist auch von Büchern vom rechten Weg geführt worden wie er jung war aber – nur eine Zeitlang.

– Der arme Kerl! sagte Stephen.

– Du bist doch von den Jesuiten religiös erzogen worden, stammst aus einem katholischen Elternhaus ...

– Einem sehr katholischen Elternhaus!

– Keiner von deinen Vorfahren, weder von der Seite deines Vaters noch von meiner, hat auch nur einen Tropfen Blut, der nicht katholisch ist, in seinen Adern.

– Schön, dann bin ich eben der erste in der Familie.

– Das kommt dabei heraus, wenn man einem zuviel Freiheit läßt. Du tust, was du willst, und glaubst, was du willst.

– Ich glaube, zum Beispiel, nicht, daß Jesus der einzige Mann war, der jemals rein-kastanienbraunes Haar hatte.

– Und?

– Auch nicht, daß er der einzige Mann war, der haargenau sechs Fuß groß war, nicht weniger und nicht mehr.

– Und?

– Ja und – du glaubst das. Ich hör dich noch, wie du das vor Jahren unserm Kindermädchen in Bray erzählt hast – erinnerst du dich an das Kindermädchen Sarah?

Mrs. Daedalus verteidigte die Überlieferung halbherzig.

– Man sagt aber doch so.

– Ach ja, man sagt so! Man sagt eine ganze Menge.

– Aber du brauchst das nicht zu glauben, wenn du nicht willst.

– Vielen Dank.

– Das einzige, woran du glauben sollst, ist das Wort Gottes. Denk an die wundervollen Lehren Unseres Herrn. Denk an

dein eigenes Leben, als du an diese Lehren geglaubt hast. Warst du da nicht besser und glücklicher?
– Es war damals für mich vielleicht gut, aber jetzt ist es für mich total unbrauchbar.
– Ich weiß, was mit dir nicht stimmt – dich peinigt der Hochmut des Geistes. Du vergißt, daß wir nur Erdenwürmer sind. Du denkst, du kannst Gott trotzen, weil du die Gaben, die er dir mitgegeben hat, mißbraucht hast.
– Ich finde, Jehovah kriegt für die Beurteilung von Motiven ein zu hohes Gehalt. Ich möchte ihn aus Altersgründen in Pension schicken.
Mrs. Daedalus stand auf.
– Stephen, diesen Ton kannst du bei deinen Kameraden anschlagen, wer immer die sind, aber ich verbitte ihn mir von dir. Selbst dein Vater, für wie schlimm man ihn auch hält, redet nicht so gotteslästerlich wie du. Du bist ein ganz anderer geworden, seit du die Universität besuchst. Vermutlich bist du unter irgend solche Studenten geraten ...
– Großer Gott, Mutter, sagte Stephen, glaub doch das nicht. Die Studenten sind schrecklich nette Kerle. Die lieben ihre Religion, die täten keiner Fliege ein Haar krümmen.
– Wo dus auch gelernt hast, ich verbitte mir von dir einen solchen Ton, wenn du von heiligen Dingen sprichst. Heb dir den auf für nachts an den Straßenecken.
– Es ist recht, Mutter, sagte Stephen. Aber du hast mit dem Gespräch angefangen.
– Ich hätte nie gedacht, daß ich den Tag erleben würde, an dem eins meiner Kinder den Glauben verliert. Weiß Gott nicht. Ich habe mein bestes gegeben, daß du auf der rechten Bahn bleibst.
Mrs. Daedalus begann zu weinen. Stephen, der alles für ihn Erreichbare gegessen und getrunken hatte, stand auf und ging zur Tür:
– Nur die Bücher und der Umgang, den du hast, sind schuld. Die ganze Nacht treibst du dich draußen rum, statt daß du zu Hause bist, wo du hingehörst. Ich verbrenn sie alle, deine

Bücher. Ich will sie nicht hier im Haus haben, daß sie vielleicht noch andere verderben.
Stephen blieb an der Tür stehen und drehte sich zu seiner Mutter um, die jetzt tränenüberströmt war:
– Wenn du eine echte Katholikin wärst, Mutter, würdest du mich genauso wie die Bücher verbrennen.
– Ich habs ja gewußt, es konnte nichts Gutes dabei herauskommen, daß du dort rein gegangen bist. Du machst dich nur kaputt, an Leib und Seele. Jetzt ist dein Glaube weg!
– Mutter, sagte Stephen von der Schwelle aus, ich verstehe nicht, worüber du heulst. Ich bin jung, gesund und glücklich. Worüber das Geheul? ... Es ist zu albern ...
Stephen ging an jenem Abend zur Bibliothek hinüber, eigens um Cranly zu sehen und seinen jüngsten Zusammenstoß mit der Orthodoxie zu berichten. Cranly stand unterm Portal der Bibliothek und verkündete die Ergebnisse der Prüfungen im vorhinein. Er war wie üblich von einer kleinen Gruppe umgeben, in der sich sein Freund, der Kanzlist aus dem Custom-House, und ein anderer Busenfreund, ein sehr düster dreinblickender älterer Student namens Lynch, befanden. Lynch hatte einen starken Hang zum Müßiggang und hatte sechs oder sieben Jahre zwischen Schulabgang und Beginn des Medizinstudiums am College of Surgeons verstreichen lassen. Er stand bei seinen Kommilitonen in hohem Ansehen, weil er einen tiefen Baß hatte, nie eine Runde ›schmiß‹, um sich für die der anderen, bei denen er mittrank, zu revanchieren, und selten eine Bemerkung machte, um auf das, was er hörte, zu replizieren. Er hatte beim Gehen stets beide Hände in den Hosentaschen stecken und streckte seine Brust in einer Weise heraus, die als Kritik am Dasein gemeint war. Er sprach mit Cranly jedoch prinzipiell über Frauen und aus diesem Grund hatte ihm Cranly den Spitznamen Nero gegeben. Es war möglich, seinen Mund neronischer Tendenzen zu zeihen, aber er zerstörte die imperialische Illusion dadurch, daß er seine Mütze sehr weit zurück aus der mit einem Haarschopf bedeckten Stirn geschoben trug. Er empfand grenzenlose Ver-

achtung für Medizinstudenten und ihre Art, und hätte er nicht so viel Dublin in sein Denken absorbiert gehabt, er wäre ein Liebhaber der schönen Künste gewesen. Er war sogar sehr an der Kunst des Gesangs interessiert. Er benutzte dieses Interesse, um auf eine intimere Beziehung mit Stephen hinzuarbeiten und hatte bereits – sein düsterer Ernst verbarg verschämten Idealismus – durch Cranly den Einfluß von Stephens belebender Unbotmäßigkeit zu spüren begonnen. Sein Widerstand, durchaus einzigartig in einem laxen Charakter, gegen platte und bedeutungslose Flüche, die flinken Schändlichkeiten der Lippen, hatte in ihm zu zwei inspirierten Augenblicken geführt. Er fluchte in gelb aus Protest gegen das sanguinische Adjektiv unsicherer Etymologie, bloody, verflucht, verflixt, verflachst, und um den Hymenaltrakt zu bezeichnen, hatte er einen feststehenden Ausdruck. Er nannte ihn *Orakel*, und alles innerhalb der Barrieren nannte er *orakular*. Der Ausdruck galt in seinem Kreise als erlesen, und er hütete sich, den Prozeß preiszugeben, durch den er ihn entdeckt hatte.

Stephen stand auf einer der Stufen des Portals, aber Cranly beehrte ihn durch keinerlei Begrüßung. Stephen warf ein paar Sätze in die Unterhaltung ein, aber seine Gegenwart blieb weiterhin unbeehrt durch Cranlys Aufmerksamkeit. Er ließ sich nicht im mindesten durch diesen Empfang abschrecken, wie sehr er ihn auch wunderte, und wartete ruhig auf seine Gelegenheit. Einmal sagte er zu Cranly direkt etwas, bekam aber keine Antwort. Sein Kopf begann dies zu bebrüten und schließlich äußerte sich das Grübeln in einem längeren Lächeln. Während er seinen Spaß an dem eigenen Lächeln hatte, sah er, daß Lynch ihn beobachtete. Lynch kam herab aus der Gruppe und sagte ›Guten Abend‹. Er nahm dann ein Päckchen Woodbine-Zigaretten aus seiner Seitentasche und bot Stephen mit den Worten eine an:

– Fünf Stück ein Penny.

Stephen, der wußte, daß Lynch ein sehr armer junger Mann war, nahm die Zigarette beifällig an. Sie rauchten einige Minuten schweigend, und schließlich schwieg auch die Gruppe unter dem Portal:

– Hast du noch ein Exemplar deines Essays? sagte Lynch.
– Willst du ihn?
– Ich möcht ihn gerne lesen.
– Ich bring ihn dir morgen abend mit, sagte Stephen und ging die Stufen hoch.
Er trat zu Cranly, der an einer Säule lehnte und gradaus vor sich hinstarrte, und berührte ihn leicht an der Schulter:
– Ich will mit dir sprechen, sagte er.
Cranly drehte sich langsam um und sah ihn an. Dann fragte er:
– Jetzt?
– Ja.
Sie gingen zusammen ohne zu sprechen durch die Kildare Street. Als sie ans Green kamen, sagte Cranly:
– Ich fahr Samstag heim. Kommst du mit mir mit zur Harcourt Street Station? Ich will sehn, wann der Zug abgeht.
– Ja gut.
Auf dem Bahnhof brachte Cranly viel Zeit damit zu, die Fahrpläne zu studieren und abstruse Berechnungen anzustellen. Dann ging er auf den Bahnsteig hoch und schaute längere Zeit zu, wie die Lok von einem Güterzug an einen Personenzug rangierte. Die Lok dampfte und pfiff ohrenbetäubend und rollte Wogen dicken Rauchs hoch bis ans Dach des Bahnhofs. Cranly sagte, der Lokführer käme aus seiner Gegend und wäre der Sohn eines Flickschusters in Tinahely. Die Lok vollführte eine Reihe unschlüssiger Bewegungen und fügte sich schließlich an den Zug. Der Lokführer steckte seinen Kopf zur Seite heraus und sah matt-gelangweilt den Zug entlang.
– Du würdest den wohl einen rußigen Jaysus nennen, sagte Cranly.
– Cranly, sagte Stephen, ich bin nicht mehr in der Kirche.
Cranly nahm bei dem Wort seinen Arm und sie kehrten dem Bahnsteig den Rücken und gingen die Treppe hinunter. Sobald sie auf die Straße getreten waren, sagte er ermutigend:
– Du bist nicht mehr in der Kirche?
Stephen gab das Gespräch Satz für Satz wieder.

– Dann glaubst du also nicht mehr?
– Ich kann nicht glauben.
– Aber du hast es doch einmal gekonnt.
– Ich kanns nicht mehr.
– Du könntest, wenn du es wolltest.
– Gut, ich wills nicht.
– Bist du sicher, daß du nicht glaubst?
– Ganz sicher.
– Warum trittst du nicht an den Altar?
– Weil ich nicht glaube.
– Wärst du bereit, frevlerisch die Kommunion zu begehen?
– Wozu?
– Deiner Mutter zuliebe.
– Ich sehe nicht, wozu.
– Deine Mutter wird sehr leiden. Du sagst, du glaubst nicht. Die Hostie ist für dich ein Stück normales Brot. Würdest du nicht ein Stück normales Brot essen, wenn du damit deiner Mutter die Pein ersparen könntest?
– In vielen Fällen würde ich das.
– Und warum nicht in diesem Fall? Hast du irgendeine Hemmung, ein Sakrileg zu begehen? Wenn du nicht glaubst, solltest du wirklich keine haben.
– Moment, sagte Stephen. Im Augenblick habe ich eine Hemmung, ein Sakrileg zu begehen. Ich bin ein Produkt des Katholizismus; ich wurde an Rom vor meiner Geburt verkauft. Jetzt habe ich meine Sklavenbande zerrissen, aber ich kann nicht in einem Augenblick jedes Gefühl, das mir zur Natur geworden ist, zerstören. Das braucht Zeit. Wenn jedoch eine Notsituation vorläge – wenn es zum Beispiel um mein Leben ginge – würde ich jede Ungeheuerlichkeit mit der Hostie begehen.
– Viele Katholiken täten dasselbe, sagte Cranly, wenn ihr Leben auf dem Spiel stünde.
– Gläubige?
– Jawohl, Gläubige. Also hast du selbst gezeigt, daß du ein Gläubiger bist.

– Es ist ja nicht aus Angst, daß ich davor zurückscheue, ein Sakrileg zu begehen.
– Warum dann?
– Ich sehe keinen Grund, ein Sakrileg zu begehen.
– Aber du bist immer deiner österlichen Pflicht nachgekommen. Warum bist du auf einmal anders? Das ganze ist doch für dich ein Possenspiel, Mummenschanzerei.
– Wenn ich einen Mummenschanz mache, ist das ein Akt der Unterwerfung, ein öffentlicher Akt der Unterwerfung unter die Kirche. Ich will mich der Kirche nicht unterwerfen.
– Nicht einmal in Form eines Mummenschanzes?
– Es ist Mummenschanzerei mit einer bestimmten Absicht. Was äußerlich gezeigt wird, ist nichts, aber es bedeutet eine ganze Menge.
– Nun sprichst du wieder wie ein Katholik. Die Hostie ist nichts als das, was äußerlich gezeigt wird – ein Stück Brot.
– Das gebe ich zu: aber gleichzeitig bestehe ich darauf, der Kirche den Gehorsam aufzusagen. Ich will mich nicht länger unterwerfen.
– Aber könntest du nicht diplomatischer sein? Könntest du nicht in deinem Herzen rebellieren und dennoch dich anpassen – aus Verachtung? Du könntest ein Rebell im Geist sein.
– Das klappt nicht lange, bei jemand, der sensibel ist. Die Kirche kennt den Wert ihrer Zeremonien genau: ihr Priester muß sich jeden Morgen vor dem Tabernakel hypnotisieren. Wenn ich jeden Morgen aufstehe, mich vor den Spiegel stelle und mir sage »Du bist Gottes Sohn«, dann werde ich nach zwölf Monaten Jünger haben wollen.
– Wenn sich deine Religion so gut auszahlen täte wie das Christentum, würd ich dir raten, jeden Morgen aufzustehn und dich vor den Spiegel zu stellen.
– Das wäre günstig für meine Statthalter auf Erden, aber die Kreuzigung fände ich persönlich eher lästig.
– Aber wenn du hier in Irland deiner neuen Religion des Unglaubens folgst, kreuzigst du dich vielleicht selber, wie Jesus – nur eben gesellschaftlich, nicht physisch.

– Es gibt noch den Unterschied: Jesus hat das ganze gut aufgeräumt über sich ergehen lassen. Ich werde schwer sterben.
– Wie kannst du für dich ein solches Zukunftsbild entwerfen und andererseits Angst vor der eigenen Courage haben, die harmloseste Mummenschanzerei in einer Kirche mitzumachen? sagte Cranly.
– Das ist meine Sache, sagte Stephen und tippte sich an die Stirn.
Als sie ans Green kamen, überquerten sie die Straßen und begannen rundum die Einhegung innerhalb der Ketten zu spazieren. Ein paar Handwerker saßen mit ihren Liebchen auf den Schwingketten und schlugen aus den Schatten Kapital. Der Fußweg war leer bis auf das metallene Bild eines fernen Schutzmanns, der sinnigerweise im Gaslicht mahnend postiert stand. Als die beiden jungen Männer am College vorüberkamen, schauten sie beide im selben Augenblick zu den dunklen Fenstern hoch.
– Darf ich fragen, warum du nicht mehr in der Kirche bist? fragte Cranly.
– Ich konnte den Geboten nicht gehorchen.
– Auch die Gnade half dir nicht?
– Nein.
– Jesus gibt sehr einfache Gebote. Die Kirche ist streng.
– Jesus oder die Kirche – für mich ist das ganz dasselbe. Ich kann ihm nicht nachfolgen. Ich muß die Freiheit haben, zu tun was ich will.
– Kein Mensch kann tun was er will.
– Moralisch.
– Nein, auch moralisch nicht.
– Du willst, sagte Stephen, daß ich mit diesen Sykophanten und Heuchlern im College an einem Strick ziehe. Das werde ich niemals tun.
– Nein. Ich habe von Jesus gesprochen.
– Sprich nicht von dem. Für mich ist er ein gewöhnliches Substantiv. Man glaubt doch nicht an ihn; man gehorcht doch seinen Geboten nicht. Wie dem auch sei, lassen wir Jesus her-

aus. Mein Blick trägt mich nicht weiter als bis zu seinem Lieutenant in Rom. Es ist ganz zwecklos: ich lasse mich nicht so weit ängstigen, daß ich Tribut entrichte, weder in Geld noch Gedanken.

– Du hast mir gesagt – erinnerst du dich an den Abend, als wir oben an der Treppe standen und uns unterhielten über ...

– Ja, ja, ich erinnere mich, sagte Stephen, der Cranlys Methode, Vergangenes zu erinnern, haßte, was hab ich dir gesagt?

– Du hast mir gesagt, wie du dir Jesus am Karfreitag vorstelltest, einen häßlichen, mißgebildeten Jesus. Ist dir schon mal eingefallen, daß Jesus vielleicht ein bewußter Hochstapler gewesen ist?

– Ich habe nie an seine Keuschheit geglaubt – das heißt, seit ich angefangen habe über ihn nachzudenken. Ich bin sicher, daß er kein Eunuchenpriester war. Sein Interesse an losen Frauen ist zu betont humanitär. Alle Frauen, die mit ihm in Verbindung gebracht werden, sind von zweifelhaftem Charakter.

– Du glaubst nicht, daß er Gott war?

– Was für eine Frage! Erkläre sie: erklär die hypostatische Union: sag mir, ob das Ding, das der Schutzmann da als Heiligen Geist anbetet, als Spermatozoon mit Flügeln dran gedacht ist. Was für eine Frage! Er macht allgemeine Bemerkungen übers Leben, das ist alles was ich weiß: und ich stimme ihnen nicht zu.

– Zum Beispiel?

– Zum Beispiel ... Schau, ich kann über das Thema nicht reden. Ich bin kein Gelehrter und ich beziehe auch kein Gehalt als Werkzeug Gottes. Ich will leben – verstehst du das? McCann will Luft und Nahrung: das will ich auch und einen verdammten Haufen andrer Sachen obendrein. Mir ist egal, ob ich recht oder unrecht habe. Dieses Risiko steckt vermutlich in allen menschlichen Belangen. Aber selbst wenn ich unrecht habe, dann brauche ich wenigstens nicht Pater Butts Gesellschaft in aller Ewigkeit zu ertragen.

Cranly lachte.

– Denk dran, daß er vorher verklärt wird.

– Den Himmel wegen des Klimas, nicht wahr, und die Hölle wegen der Gesellschaft ... der ganze Kram ist zu blödsinnig, verdammt noch mal. Stecks auf. Ich bin sehr jung. Wenn ich einen Bart bis zum Bauch habe, werde ich Hebräisch lernen und dir dann drüber schreiben.

– Warum bist du so unduldsam mit den Jesuiten? fragte Cranly.

Stephen antwortete nicht, und als sie in den nächsten Lichtkegel traten, rief Cranly:

– Dein Gesicht ist rot!

– Das spüre ich, sagte Stephen.

– Die meisten Menschen halten dich für beherrscht, sagte Cranly nach einer Pause.

– Das bin ich, sagte Stephen.

– Nicht bei diesem Thema. Warum erregst du dich so: ich kann das nicht verstehen. Das ist ein Punkt, über den du nachdenken solltest.

– Ich suche mir die Punkte, über die ich nachdenke, schon selber aus. Ich habe über diese Sache hier sehr genau nachgedacht, obwohl dus mir vielleicht nicht glaubst, wenn ichs dir sage. Aber meine Flucht erregt mich: ich muß einfach so reden. Ich spüre eine Flamme in meinem Gesicht. Und ich spüre einen Wind durch mich brausen.

– ›Wie Brausen eines gewaltigen Windes‹, sagte Cranly.

– Du nötigst mich, das Leben aufzuschieben – bis wann? Das Leben ist jetzt – das ist das Leben: wenn ichs aufschiebe, lebe ich vielleicht nie. Aufrecht auf dem Angesicht der Erde zu gehen, unverstellt sich selber zum Ausdruck zu bringen, das eigene Menschsein einzubekennen! Du mußt nicht meinen, daß ich rhapsodiere: mir ist ganz ernst. Ich spreche aus meiner Seele heraus.

– Deiner Seele?

– Ja: aus meiner Seele, meiner geistigen Natur. Das Leben ist kein Gähnen. Philosophie, Liebe, Kunst, die werden nicht aus meiner Welt verschwinden, weil ich nicht länger glaube, daß ich mir, wenn ich ein begehrendes Verlangen für den zehnten Teil einer Sekunde in mir verspüre, eine Ewigkeit der Folter selber bereite. Ich bin glücklich.

– Kannst du sowas sagen?

– Jesus ist traurig. Warum ist er so traurig? Er ist einsam ... Ich meine, du mußt die Wahrheit dessen, was ich sage, spüren. Du hältst die Kirche gegen mich hoch ...

– Gestatte mir ...

– Aber was ist die Kirche? Sie ist nicht Jesus, der großartige Einsame mit seinen unnachahmlichen Abstinenzen. Die Kirche ist von mir und meinesgleichen gemacht – ihre Zeremonien, Legenden, Riten, Bilder, Musik, Traditionen. Das haben ihr ihre Künstler gegeben. Sie haben sie zu dem gemacht, was sie ist. Sie haben den aquinatischen Aristoteles-Kommentar als das Wort Gottes hingenommen und sie zu dem gemacht, was sie ist.

– Und warum willst du ihr nicht helfen, daß sie es auch weiterhin ist – du als Künstler?

– Ich sehe, daß du die Wahrheit dessen, was ich sage, anerkennst, auch wenn dus nicht zugibst.

– Die Kirche gestattet dem Gewissen des Einzelnen große ... ich meine, wenn du glaubst ... glaubst, sagte Cranly und stampfte mit jedem schweren Fuß auf die Worte, und zwar ehrlich und wahrhaftig ...

– Genug! sagte Stephen und packte seinen Gefährten am Arm. Du mußt mich nicht verteidigen. Ich nehme die Folgen schon auf mich.

Sie schritten schweigend drei Seiten des Green ab, während die Pärchen die Ketten verließen und demütig zu ihren bescheidenen Behausungen zurückkehrten, und nach einer Weile begann Cranly Stephen auseinanderzusetzen, wie auch er, als er jünger gewesen sei, ein Verlangen nach dem Leben verspürt habe – einem Leben in Freiheit und Glück – und wie auch er damals drauf und dran gewesen sei, die Kirche zu verlassen auf der Suche nach dem Glück, aber daß viele triftige Gründe ihn daran gehindert hätten.

XXI

Cranly fuhr Ende der Woche nach Wicklow, und Stephen mußte sich nach einem anderen Zuhörer umsehen. Zum Glück hatte Maurice gerade Ferien, und obwohl Stephen viel Zeit damit zubrachte, durch die Slums der Stadt zu streifen, während Maurice draußen am Bull war, sahen sich die beiden Brüder oft und diskutierten. Stephen reportierte seine langen Gespräche mit Cranly, die Maurice ausführlich aufnotierte. Der jüngere Skeptiker schien seines Bruders hohe Meinung über Cranly nicht zu teilen, obschon er wenig sagte. Nicht Eifersucht war es, sondern eher eine Überbewertung der Bäurischkeit Cranlys, die Maurice zu seinem Vorurteil verhalf. Bäurischsein war in seinen Augen ein Konglomerat aus verschlagenen und stupiden und feigen Verhaltensweisen. Er hatte mit Cranly nur einmal gesprochen, hatte ihn aber oft gesehen. Er war der Meinung, daß Cranly erst dachte, wenn jemand ihn ansprach, und dann gebäre er irgendeinen Gemeinplatz, den selber nicht zu glauben er liebend gern bereit gewesen wäre. Stephen hielt dies für übertrieben und sagte, Cranly sei von einer seiltänzerischen Gemeinplätzigkeit, er könne dem Teufel ein Ohr abschwatzen und eine gewisse perverse Genialität sei ihm durchaus nicht abzusprechen. Cranlys unpassende Skepsis und seine schweren Füße regten Maurice an, dem Bäurischen in ihm einen Namen zu geben. Er nannte ihn den quadratlatschigen Thomas und fand sich nicht einmal dazu bereit, ihm bis zu einem gewissen Grade ein altväterisch-würdevolles Gehaben zuzugestehen. Cranly fuhr seiner Meinung nach deshalb nach Wicklow, weil er es nötig hatte, vor einem Publikum den lieben Gott zu spielen. Er wird anfangen, dich nicht mehr zu mögen, sagte der schlaue junge Heide, sobald du vor jemand anderem den lieben Gott spielst. Er gibt dir nichts zurück für das, was du ihm gibst, ob er es hat oder nicht, weil sein Charakter von Natur aus anmaßend ist. Er kann unmöglich die Hälfte von dem verstehen, was du zu ihm sagst, und doch möchte er gern für den einzigen gehalten werden, der dich versteht. Er will dir immer unentbehrlicher werden, bis du in seiner Macht bist. Gib acht, daß du ihm nie irgendeine Schwäche zeigst, wenn ihr zusammen seid. Er ist in deiner Macht, so lange du die Peitsche in der Hand hältst. Stephen erwiderte, er halte dies für einen sehr neuartigen Begriff von Freundschaft, dessen Richtigkeit oder Falschheit durch Argumentieren allein nicht bewiesen werden könne, aber er sei selber bewußt im Besitz eines intuitiven Instruments, dem man vertrauen könne, daß es jede Feindseligkeit, sobald sie auftauche, registriere. Gleichzeitig verteidigte er seinen Freund und seine Freundschaft.

Der Sommer war öd und warm. Fast jeden Tag wanderte Stephen durch die Slums und beobachtete das armselig-schmutzige Leben ihrer Bewohner. Er las alle Bänkellieder, die in die staubigen Fenster in den Liberties gehängt waren. Er las die Namen und Preise der Rennen, die mit Blaustift draußen an die schmierigen Tabaklädchen gekritzelt waren, deren Fenster scharlachrote Polizeijournale zierten. Er durchstöberte alle Bücherstände, die alte Adreßbücher zu bieten hatten, bändeweise Predigten und nie gehörte Abhandlungen, zum Preis von einem Penny das Stück oder von zweien für drei. Er postierte sich oft um zwei Uhr vor einer der Fabriken im alten Dublin, um die Arbeiter zum Essen herauskommen zu sehen – hauptsächlich junge Burschen und Mädchen mit farb- und ausdruckslosen Gesichtern, die die Gelegenheit ergriffen, auf ihre Art galant zu sein. Es trieb ihn zu zahllosen Kirchen hinein und heraus, in denen ein alter Mann auf einer Bank döste oder ein Diener das Holzwerk abstaubte oder eine alte Frau vor der Kerze betete, die sie angesteckt hatte. Wenn er langsam durch das Labyrinth ärmlicher Straßen ging, gab er stolz die Blicke stupiden Staunens zurück, die er empfing, und besah verstohlen die großen kuhartigen Leiber der Konstabler, die sich langsam nach ihm herumschwangen, wenn er an ihnen vorüber war. Diese Wanderungen erfüllten ihn mit abgründigem Zorn, und immer, wenn er einem stämmigen schwarzgewandeten Priester begegnete, der einen Bummel fröhlicher Inspektion durch diesen Pferch voll wimmelnder und sich dukkender Gläubigen machte, verfluchte er die Farce des irischen Katholizismus: eine Insel, deren Bewohner ihren Willen und ihr Denken anderen übereignen, auf daß sie sich eines Lebens geistiger Paralyse versichern, eine Insel, auf der alle Macht und alle Güter in der Gewalt jener sind, deren Reich nicht von dieser Welt ist, eine Insel, auf der Caesar sich zu Christus und Christus sich zu Caesar bekennt, auf daß sie gemeinsam sich mästen an einem verhungernden Pöbel, der ironisch geheißen wird, in der Not sich zu getrösten mit dem Spruch, »Das Reich Gottes ist in Euch.«

Diese Anwandlung von Unmut, die einer gewissen Oberflächlichkeit nicht entbehrte, war zweifellos die Folge der Erregung über seine Befreiung, aber kaum daß er sich ihr überließ, erkannte er auch schon die Gefahren der Demagogie. Die ihm gemäße Haltung war ein schweigsames, mit sich selbst beschäftigtes, verächtliches Gebaren, und seine Intelligenz überzeugte ihn dazu noch, daß der Tomahawk, als wirksames Kriegsinstrument, obsolet geworden war. In ehrlichem Egoismus gestand er sich ein, daß ihm das Elend eines Volkes, dessen Seele seiner eigenen unsympathisch war, nicht so schlimm zu Herzen zu gehen vermochte wie die Schmach einer schlechten Verszeile: aber gleichzeitig war er in der Welt nichts weniger als ein dilettierender Künstler. Er wollte seine Natur einschränkungslos und ganz zum Ausdruck bringen, zum Besten einer Gesellschaft, die er dadurch reicher machen würde, und auch zu seinem eignen Besten, da er sah, daß es seine Lebensaufgabe war. Es war nicht seine Lebensaufgabe, eine weitreichende Änderung der Gesellschaft zu bewirken, aber er spürte die Notwendigkeit, sich selber zum Ausdruck zu bringen, eine so dringende, so reale Notwendigkeit, daß er entschlossen war, keine Konventionen der Gesellschaft, wie plausibel sie auch immer Mitleid mit ihrer Tyrannei vermengen mochten, sich im Wege stehn zu lassen, und obschon sein Sinn für Eleganz und Detail ihn für die Rolle des Demagogen auch ungeeignet machte, hätte man ihn doch wegen seiner allgemeinen Haltung nicht ohne Grund für einen Verbündeten der kollektivistischen Politiker halten können, die oft ganz im Ernst von Opponenten, die an Jehovahs und Dekaloge und göttliche Gerichte glauben, darüber zur Rede gestellt werden, daß sie die Realität einer Abstraktion opfern.

Die Spielart des Christentums, die Katholizismus heißt, schien ihm im Wege zu stehn, und also schaffte er sie beiseite. Er war im Glauben an die römische Suprematie erzogen worden, und nicht mehr Katholik sein hieß für ihn nicht mehr Christ sein. Die Vorstellung, daß die Macht eines Imperiums am schwächsten an seinen Grenzen ist, bedarf einiger Modifikationen, denn jedermann weiß, daß der Papst Italien nicht regieren kann, wie er Irland regiert, noch ist der Zar für den Handelsherrn in St. Petersburg ein so schreckliches Monstrum wie für den kleinen Russen der Steppen. Ja, in vielen Fällen ist das Regiment eines Imperiums am stärksten an seinen Grenzen, und es ist unweigerlich dann dort am stärksten, wenn seine Macht im Innern im Schwinden begriffen ist. Die Wellen von Aufstieg und Fall von Imperien bewegen sich nicht mit der Geschwindigkeit von Lichtwellen, und es wird vielleicht eine beträchtliche Zeit dauern, bis Irland zu begreifen vermag, daß der Papismus sich nicht länger in der Phase des Anabolismus befindet. Die Pilgerherden, die von ihren irischen Pastoren quer durch den Kontinent sicher geleitet werden, müssen die erschöpften Reaktionäre der ewigen Stadt durch die betäubte Inbrunst ihrer Anbetung beschämen, ganz ähnlich wie der neu aus Spanien oder Afrika angekommene glotzende Provinzler der Loyalität eines grinsenden Römers einen Stich versetzt haben mag, für den die Zukunft seines Volkes allmählich unsicher wurde, in dem Maße wie seine Vergangenheit bereits offenbar geworden war. Obschon es einerseits evident ist, daß dieses Stehvermögen der katholischen Macht in Irland die Vereinzelung des irischen Katholiken, der sich freiwillig vogelfrei erklärt, noch viel stärker werden läßt, so kann doch andererseits die Kraft, die er entwickeln muß, um sich aus einer so starken und verzweigten Tyrannei herauszukatapultieren, oft genügen, ihn jenseits des Wirkungsbereichs neuerlicher Anziehungskraft wieder abzusetzen. Ja, es war gerade die Glut seines früheren religiösen Lebens, die jetzt für Stephen die Qualen seiner Einzelstellung um so spürbarer werden ließ und gleichzeitig abgeschmolzene Rasereien und feurige Ausbrüche, auf die die Gefühle der Hilflosigkeit und Einsamkeit und Verzweiflung zunächst einen abkühlenden Einfluß ausgeübt hatten, zu weniger geschmeidiger, weniger versöhnlicher Feindschaft verhärtete.

Die Tische in der Bibliothek waren während der Sommermonate verlassen, und wenn Stephen dort herumstrich, fand er weniger Gesichter, die er kannte. Cranlys Freund Glynn, der Angestellte bei Guinness, war eins dieser vertrauten Gesichter: er war den ganzen Sommer sehr damit zugange, philosophische Handbücher zu lesen. Stephen hatte das Pech, eines Abends von Glynn abgepaßt zu werden, der sogleich ein Gespräch über die moderne Schule der irischen Schriftsteller probierte – ein Thema, über das Stephen nichts wußte –, und Stephen mußte sich einen unsteten Schwall literarischer Meinungen anhören. Diese Meinungen waren nicht sehr interessant: Stephen wurde es zum Beispiel recht leid, von Glynn erzählt zu kriegen, was für wunderbare Gedichte Byron und Shelley und Wordsworth und Coleridge und Keats und Tennyson schrieben, und zu hören, Ruskin und Newman und Carlyle und Macaulay wären die größten modernen englischen Prosa-Stilisten. Als Glynn endlich noch über einen Vortrag zu berichten anhob, den seine Schwester vor dem Mädchen-Debattier-Klub im Loreto Convent gehalten hatte, hielt sich Stephen für berechtigt, das Gespräch in beinah Cranlyscher Manier zu beschließen, indem er Glynn sehr pointiert fragte, ob er ihm zu einer Brauereibesichtigung verhelfen könne. Das Ansuchen wurde in einem Ton derart überwältigter durstiger Neugier hervorgebracht, daß Glynn nicht mehr den Mut hatte, seine Literaturkritik weiterzuspinnen, und alles zu tun versprach, die Erlaubnis zu kriegen. Ein anderer

Leser in der Bibliothek, der offenbar auf sehr freundschaftlichem Fuß mit Stephen zu stehen wünschte, war ein junger Student namens Moynihan, der für das kommende Jahr zum Auditor der Literarisch-Historischen Gesellschaft gewählt worden war. Er mußte im November seine Eröffnungsansprache halten und hatte sich als Thema »Moderner Unglaube und moderne Demokratie« gewählt. Er war ein äußerst häßlicher junger Mann mit einem breiten Mund, der aussah, als befände er sich unter dem Kinn, bis man das Gesicht von nahem betrachtete, Augen von verwaschener olivgrüner Farbe, die tückisch-eng nebeneinanderlagen, und große steife weit auseinanderstehende Ohren. Er hatte ein überaus aufgeregtes Interesse am Erfolg seines Vortrags, da er Anwalt werden wollte und sich von dieser Eröffnungsansprache erwartete, daß sie seinen Namen bekannt machte. Er hatte die Geriebenheit juristischen Denkens noch nicht entwickelt, insofern als er sich einbildete, Stephen teile sein aufgeregtes Interesse an der Eröffnungsansprache. Stephen trat eines Abends zu ihm, als er eifrig an seinem Thema herumbosselte. Er hatte ein paar voluminöse Bände von Lecky neben sich stehen und las gerade in der *Encyclopaedia Britannica* den Artikel ›Socialism‹, zu dem er sich Notizen machte. Er ließ seine Arbeit sein, als er Stephen sah, und begann sich über die Vorbereitungen zu verbreiten, die das Komitee machte. Er zeigte die Briefe vor, die von verschiedenen Persönlichkeiten der Öffentlichkeit eingegangen waren, die das Komitee angeschrieben hatte, ob sie zu einem Vortrag sich bereitfänden. Er zeigte die Muster der Einladungskarten, die drucken zu lassen sie beschlossen hatten, und er zeigte die Notiz vor, die an alle Zeitungen geschickt werden sollte. Stephen, der Moynihan nicht sehr gut kannte, war über all diese Vertraulichkeiten erstaunt. Moynihan sagte, ganz bestimmt werde Stephen nach ihm zum Auditor gewählt werden, und setzte hinzu, daß er den Stil von Stephens Vortrag höchlich bewundert habe. Hiernach begann er seine und Stephens Aussichten für das Abschlußexamen zu diskutieren. Er sagte, Deutsch sei nützlicher als Italienisch (wenn auch als

Sprache Italienisch natürlich schöner sei), und aus diesem Grund habe er es auch immer studiert. Als Stephen aufstand, um zu gehen, sagte Moynihan, er ginge am besten auch, und räumte seine Bücher zusammen. Er kam die Nassau Street mit lang, um seine Tram nach Palmerston Park zu kriegen, und auf dem Weg, naß war die Nacht und die Straßen schwarz und regenglitzernd, vereinigte er sich noch eine Spur intimer mit seinem designierten Nachfolger durch kleine Ausrufe und Blicke im Kielwasser einer Krankenschwester, die braune Strümpfe und rosa Unterröcke trug. Stephen mißfiel dieses Schauspiel durchaus nicht, dem er lange schon stillvergnügt zugesehen hatte, bevor Moynihan es gewahrte, aber Moynihans begehrliche Ausrufe erinnerten ihn an das Rattern einer Schreibmaschine. Moynihan, der mit ihm mittlerweile auf vortrefflichem Fuße stand, sagte, er würde gern Italienisch können wegen Boccaccio und den andern italienischen Schriftstellern. Er sagte Stephen, wenn er mal was Deftiges lesen wolle, das *Decamerone* sei der Gipfel an Deftigkeit.

– Ich wünscht ich wär wie du, sagte er, das muß im Original zehnmal so saftig sein. Ich kann dirs jetzt nicht erzählen, denn hier ist meine Tram ... aber es ist der Gipfel reinster ... na weißt schon ... also Tschüs!

Mr. Daedalus hatte keinen scharf ausgeprägten Sinn für die Rechte des Privateigentums: er zahlte nur sehr selten die Miete. Für Eßbares Geld zu verlangen, hielt er für gerechtfertigt, aber von jemandem zu verlangen, daß er für ein Obdach die exorbitanten Summen bezahlte, die jährlich von den Hausbesitzern in Dublin verlangt werden, hielt er für ungerechtfertigt. Er wohnte inzwischen ein Jahr in seinem Haus in Clontarf, und für dieses Jahr hatte er eine Quartalsmiete gezahlt. Die Verfügung, die zunächst an ihn ergangen war, hatte einen juristischen Formfehler aufgewiesen, und dieser Umstand ermöglichte es ihm, seine Besitzansprüche noch hinauszuziehen. Im Augenblick waren die Dinge in ihre letzte, kritische Phase getreten, und er durchkämmte die Stadt nach einem anderen Haus. Dem privaten Bescheid von einem Freund im Sheriff-Amt zufolge hatte er genau fünf Tage Räumungsfrist, und jeden Morgen bürstete er sehr emsig seinen Zylinder und rieb sein Augenglas blank und zog verächtlich summend von dannen, sich Vermietern als Köder anzubieten. Die Haustür wurde bei diesen Gelegenheiten oft laut zugeknallt als einzig möglicher Beschluß eines Wortwechsels. Stephen hatte seine Prüfung mit knapper Not bestanden, und sein Vater sagte ihm ganz im Vertrauen, er solle sich am besten nach einer Schlafstelle umsehen, denn in einer Woche säßen sie alle auf der Straße. Die Mittel im Haus waren sehr knapp, denn die neuen Möbel, die Stück um Stück ins Pfandhaus abtransportiert worden waren, hatten sehr wenig eingebracht. Händler, die sie hatten abfahren sehen, hatten ein Geklopfe und Geklingel aufgeführt, dem sehr oft die neugierigen Augen von Straßenbengeln zusahen. Isabel lag oben im Hinterzimmer und wurde von Tag zu Tag abgezehrter und quengeliger. Der Doktor kam jetzt zweimal die Woche und verordnete ihr Leckerbissen. Mrs. Daedalus mußte ihren Grips anstrengen, um wenigstens eine vernünftige Mahlzeit pro Tag zusammenzubringen, und es blieb ihr weiß Gott keine Zeit zum Verschnaufen zwischen dem Vollbringen dieses Heldenstücks, dem Beschwichtigen des Getöses an der Haustür, dem Parieren der Übellaunigkeit ihres Mannes und der Pflege ihrer sterbenden Tochter. Von ihren Söhnen war der eine Freidenker, der andere griesgrämig. Maurice aß trocken Brot, murmelte Verwünschungen gegen seinen Vater und seines Vaters Gläubiger, trainierte im Garten, einen schweren flachen Stein zu stoßen und eine zerbrochene Hantel zu stemmen und zu senken, und trottete jeden Tag bei günstigen Gezeiten zum Bull hinaus. Am Abend schrieb er sein Tagebuch oder machte allein einen Spaziergang. Stephen strich morgens, mittags und abends herum. Die beiden Brüder waren nicht oft beisammen. An einem dämmrigen Sommerabend liefen sie an einer Ecke sehr ernst einander in die Arme und mußten loslachen: und von da an gingen sie manchmal abends zusammen spazieren und diskutierten die Kunst der Literatur.

Stephen hatte wie versprochen Lynch seinen Essay geliehen, und diese Leihgabe hatte eine gewisse Vertrautheit zwischen beiden verursacht. Lynch hatte fast schon die höheren Weihen im Orden der Unzufriedenen empfangen, aber Stephens unapologetischer Egoismus, sein gewissenloser Mangel an Gefühl sich selbst nicht weniger gegenüber als anderen, ließ ihn zögern. Sein Hang zu den schönen Künsten, den er stets glaubte sorgfältig verbergen zu müssen, begann jetzt schüchtern den Kopf zu heben. Er war auch sehr erleichtert, als er sah, daß Stephens Ästhetizismus mit einem gesunden, von keinem Gewissen angeknackten Einverständnis mit den animalischen Bedürfnissen junger Männer übereinging, denn, selber ein verschlagenes Animal, hatte er zunächst in Stephens Eifer und hochtrabendem Diskurs wenigstens die Bestätigung jener unverbesserlichen Virginität gewittert, die das irische Volk gleichermaßen von jedem Johannes, der es taufen, und jeder Johanna, die es befreien möchte, als den ersten himmlischen Beweis für die Eignung zu derlei hohen Ämtern verlangt. Das Danielsche Haus war für Stephen derart öd geworden, daß er seine sonntäglichen Besuche eingestellt und durch Streifzüge mit Lynch durch die Stadt ersetzt hatte. Sie bahnten sich ihren Weg mit Mühe durch die wimmelnden Straßen, auf denen unterbezahlte junge Männer und geputzte Mädchen scharenweise promenierten. Nach einigen dieser Streifzüge hatte Lynch die neuen Begriffe, die den neuen Blickpunkt ausdrückten, absorbiert, und er begann zu fühlen, daß die Verachtung, zu der das Schauspiel der Dubliner Sitten ihn stets bewegt hatte, gerechtfertigt war. Viele Male blieben sie stehen, um in peinlich-genauem Slang mit den törichten Jungfraun der Stadt zu konversieren, deren Seelen durch die Profundität der Töne, die der ältere der jungen Männer anschlug, beinah aus ihren frechen Absichten herausgescheucht wurden, und Lynch, der sich in einer Kameradschaft sonnte, die so lebhaft und großzügig war, so frei von jedem Makel geheimen Wetteiferns und Gönnertums, begann sich zu wundern, wie er je Stephen für einen affektierten jungen Mann

hatte halten können. Jeder, dachte er jetzt, der einen Charakter zu hüten hat, muß eine Manier haben, mit der er ihn behüten kann.
Eines Abends, als Stephen die Treppe in der Bibliothek herunterkam, nachdem er eine halbe Stunde mit einer medizinischen Abhandlung über Gesang vertrödelt hatte, hörte er auf den Stufen hinter sich ein Kleid rauschen. Das Kleid gehörte Emma Clery, die natürlich sehr überrascht war, Stephen zu sehen. Sie hatte gerade etwas Alt-Irisches durchgearbeitet, und jetzt ging sie nach Hause: ihr Vater wollte nicht, daß sie bis zehn Uhr in der Bibliothek blieb, da sie kein Geleit hatte. Der Abend war so schön, daß sie meinte, sie würde die Tram nicht nehmen. Stephen fragte, ob er sie nicht nach Hause begleiten solle. Sie standen ein paar Minuten unterm Portal und redeten. Stephen nahm eine Zigarette heraus und zündete sie an, klopfte aber sofort gedankenverloren das angezündete Ende aus und steckte die Zigarette wieder in sein Etui: ihre Augen waren sehr hell.
Sie gingen die Kildare Street hoch und als sie an die Ecke des Green kamen, überquerte sie die Straße, und gemeinsam gingen sie weiter, aber nicht ganz so rasch, auf dem Kiesweg neben den Ketten. Die Ketten trugen ihre allabendliche amouröse Last. Er bot ihr seinen Arm, den sie nahm, spürbar sich auf ihn stützend. Sie erzählten sich Klatsch. Sie sprach über die Wahrscheinlichkeit, mit der McCann die älteste der Daniel-Töchter heiraten würde. Sie schien es sehr komisch zu finden, daß McCann einen Wunsch nach Verehelichung verspüren könnte, setzte aber recht ernst hinzu, Annie Daniel sei gewiß ein nettes Mädchen. Eine weibliche Stimme rief aus dem schummrigen Bezirk der Pärchen: »Nicht!«
– ›Nicht‹, sagte Emma. Ist das nicht der Rat, den Mr. Punch den jungen Männern erteilt, die im Begriff sind zu heiraten ... Ich höre, daß du jetzt ein ziemlicher Weiberhasser bist, Stephen.
– Wär das nicht mal was Neues?
– Und ich hab gehört, daß du einen schrecklichen Vortrag im

College gehalten hast – mit den verschiedensten Ideen. Stimmt das nicht?
– Bitte sprich nicht von dem Vortrag.
– Aber ein Weiberhasser bist du ganz bestimmt. Du bist so distanziert geworden, weißt du, so reserviert. Vielleicht magst du Damengesellschaft nicht.
Stephen drückte ein wenig ihren Arm in dementierender Absicht.
– Glaubst du auch an die Emanzipation der Frau? fragte sie.
– Selbstredend! sagte Stephen.
– Na, mich freuts jedenfalls, daß du das sagst. Ich hätte nicht gedacht, daß du für die Frauen wärst.
– O, ich bin da sehr liberal – wie Pater Dillon – der ist doch auch sehr – liberal eingestellt.
– Ach ja wirklich? sagte sie verwirrt ... Warum gehst du jetzt nie mehr zu den Daniels?
– Ich ... weiß nicht.
– Was machst du denn mit deinen Sonntagabenden?
– Ich ... bleib daheim, sagte Stephen.
– Wenn du daheim bist, mußt du recht grämlich sein.
– Ich nicht. Ich bin so fröhlich, wie wenn der Teufel meine arme Seele hätte.
– Ich würde dich gern wieder singen hören.
– Na danke ... Gelegentlich vielleicht einmal ...
– Warum studierst du nicht Musik? Bildest deine Stimme aus?
– Es ist sonderbar – heut abend hab ich grade ein Buch über Gesang gelesen. Es heißt ...
– Du hättest mit deiner Stimme sicher Erfolg, sagte sie rasch, offensichtlich besorgt, er könne das Gespräch an sich reißen ... Hast du schon mal Pater Moran singen hören?
– Nein. Hat er eine gute Stimme?
– Sie ist sehr hübsch: er singt mit soviel Geschmack. Er ist ein schrecklich netter Mann, findest du nicht?
– Wirklich sehr nett. Gehst du zu ihm zur Beichte?
Sie stützte sich etwas spürbarer auf seinen Arm und sagte:

– Werde nicht dreist, Stephen.
– Ich wünschte, du kämst zu mir zur Beichte, Emma, sagte Stephen aus ganzem Herzen.
– Sowas Schlimmes zu sagen! ... Und warum möchtest du das?
– Um deine Sünden zu hören.
– Stephen!
– Hören, wie du sie mir ins Ohr murmelst und sagst, es tät dir leid, und du würdest sie nie wieder begehen, und mich bittest, dir zu vergeben. Und ich würde dir vergeben und dich versprechen lassen, sie jedesmal, wenn du wolltest, wieder zu begehen, und würde sprechen: »Gott segne dich, mein liebes Kind.«
– Schäm dich aber, Stephen! So von den Sakramenten zu sprechen!
Stephen hatte erwartet, daß sie rot würde, aber ihre Wangen behielten ihre Unschuld und ihre Augen wurden heller und heller.
– Das wärst du auch bald müde.
– Glaubst du? sagte Stephen und bemühte sich, über eine so intelligente Bemerkung nicht überrascht zu sein.
– Du wärst bestimmt ein fürchterlicher Flirt. Du wirst alles so schnell müde – wie es bei der Gälischen Liga gegangen ist.
– Man sollte am Anfang von Flirtereien nicht schon ans Ende denken, hm?
– Vielleicht nicht.
Als sie an die Ecke ihrer Terrace kamen, blieb sie stehen und sagte:
– So danke vielmals.
– Ich danke *dir*.
– Also, du besserst dich, hm, und kommst nächsten Sonntag zu den Daniels.
– Wenn du ausdrücklich ...
– Ja, ich verlange es.
– Also gut, Emma. In diesem Fall komme ich.
– Höre: ich erwarte, daß du mir gehorchst.

– Also gut.
– Noch einmal vielen Dank, daß du so nett mit mir gekommen bist. *Au revoir!*
– Gute Nacht.
Er wartete, bis er sie in den vierten Garten der Terrace hatte gehen sehen. Sie wandte nicht den Kopf, um zu sehen, ob er ihr nachschaute, aber das kränkte ihn nicht, weil er wußte, daß sie ein Geschick hatte, Dinge zu sehen, ohne sich direkt ihrer Augen zu bedienen.
Als natürlich Lynch von der Geschichte hörte, rieb er sich die Hände und prophezeite. Auf seinen Rat hin ging Stephen am folgenden Sonntag zu den Daniels. Das alte Roßhaarsofa war da, das Herz-Jesu-Bild war da, sie war da. Der verlorene Sohn ward willkommen geheißen. Sie sprach während des Abends sehr wenig mit ihm und schien mit Hughes in tiefem Gespräch begriffen, der jüngst durch eine Einladung beehrt worden war. Sie war cremefarben gekleidet, und die große Masse ihres Haars lag schwer auf ihrem cremefarbenen Hals. Sie bat ihn etwas zu singen, und als er ein Lied von Dowland gesungen hatte, bat sie ihn, doch ein irisches Lied zu singen. Stephen schaute von ihren Augen Hughes ins Gesicht und setzte sich wieder ans Piano. Er sang ihr eine der wenigen irischen Weisen, die er kannte, »Mein Lieb ist geboren im nördlichen Land«. Als sein Lied zu Ende war, applaudierte sie laut, und Hughes tat dasselbe.
– Ich liebe die irische Musik, sagte sie ein paar Minuten später und neigte sich zu ihm, als versinke sie in Vergessen, sie rührt die Seele so auf.
Stephen sagte nichts. Er erinnerte sich fast jedes Wortes, das sie gesagt hatte, seit sie sich kannten, und er versuchte, sich jegliches Wort ins Gedächtnis zu rufen, das die Präsenz eines geistigen Prinzips in ihr offenbarte, welches eines so bedeutungsschweren Namens wie Seele wert gewesen wäre. Er ergab sich den Düften ihres Körpers und versuchte, ein geistiges Prinzip in ihm zu orten: aber er konnts nicht. Sie schien mit dem katholischen Glauben in Einklang zu stehen, den Geboten

und Vorschriften zu gehorchen. Nach allen äußeren Anzeichen war er gezwungen, sie für fromm zu halten. Aber er konnte sich nicht derart zur Stumpfheit überreden, daß er den Schimmer in ihren Augen als fromm mißdeutet oder das Heben und Senken ihres Busens als von heiliger Absicht getragen interpretiert hätte. Er gedachte seiner eigenen verschwenderischen Religiosität und klösterlichen Allüren, er erinnerte sich, wie er einen Arbeiter in einem Wald bei Malahide durch eine Ekstase orientalischer Positur in Erstaunen versetzt hatte, und er fragte sich, kaum mehr als halbbewußt durch den Einfluß ihres Zaubers, ob der Gott der Römischen Katholiken ihn in die Hölle stecken würde, weil er jene sehr marktgängige Güte nicht begriffen hatte, die es möglich macht, bestimmten Sätzen bequeme Zustimmung zu geben, ohne im geringsten das eigene Leben damit in Einklang zu bringen, und weil er den verdauungsfördernden Wert der Sakramente nicht zu schätzen gewußt hatte.

Unter den Gästen war ein älterer Bruder von Mrs. Daniel, Pater Healy. Er war gerade aus den Vereinigten Staaten von Amerika zurückgekehrt, wo er sieben Jahre lang Geld zum Bau einer Kapelle bei Enniscorthy gesammelt hatte. Seine Heimkunft wurde festlich begangen. Er saß in dem Sessel, in den Mr. Daniel ihn genötigt hatte, und legte die Fingerspitzen leicht aneinander und lächelte der Gesellschaft zu. Er war ein kleiner dicker weißer Priester, dessen Körper an einen neuen Tennisball erinnerte, und wie er in seinem Sessel saß, das eine Bein schick über das andere geschlagen, wackelte er ununterbrochen ganz schnell mit einem dicken kleinen Fuß, den ein dicker kleiner knarzender Lederschuh umschloß. Er sprach mit wohldosiertem amerikanischem Akzent, und wenn er sprach, war das Zimmer ganz Ohr. Er interessierte sich höchlich für die gälische Renaissance und die neue literarische Bewegung in Irland. Er wandte McCann und Stephen besondere Aufmerksamkeit zu und stellte beiden viele Fragen. Er pflichtete McCann bei, daß Gladstone der größte Mann des neunzehnten Jahrhunderts war, und dann erzählte Mr. Daniel, der vor Stolz über die Ehre, die er einem so ehrenwerten Gast erweisen konnte, glühte, eine würdige Geschichte über Gladstone und Sir Ashmead Bartlett und gab seiner Stimme einen tiefen Klang, um die Rhetorik des Grand Old Man wiederzugeben. Während der Scharaden bat Pater Healy Mr. Daniel unausgesetzt, ihm die witzigen Repliken der Spieler zu wiederholen, und schüttelte sich sehr oft vor Lachen, wenn er von Mr. Daniel vernommen hatte, was ein Spieler gesagt hatte. Er ließ sich keine Gelegenheit entgehen, seine Kenntnis des internen Lebens der Universität zu vergrößern, und jede Anspielung wurde zu unmißverständlicher Breite ausgewalzt, bevor er befriedigt mit dem Kopfe nickte. Eine Attacke gegen Stephen auf dem literarischen Sektor reitend, begann er einen Monolog über die Schriften von John Boyle O'Reilly, da er aber Stephen zu höflich fand, begann er sich negativ über eine ausschließlich literarische Ausbildung junger Männer zu äußern. Stephen begann hierauf ihm von der Spielbahn im College zu erzählen und von dem Handball-Turnier, und all dies mit Takt und Ernst.

– Ich bin ganz sicher, sagte Pater Healy, legte seinen Kopf listig auf eine Seite und sah den Jüngling jovial an, ich bin sicher, daß Sie einen guten Spieler abgeben. Sie sind genau richtig gebaut dafür.

– O nein, sagte Stephen, der sich nach Cranlys Gegenwart sehnte, ich bin ein schlechter Spieler.

– Das sagen Sie, sagte Pater Healy lachend, das sagen Sie.

– Wirklich, sagte Stephen und lächelte über diese schlaue Entdeckung seiner Verdienste als Handball-Spieler und gleichzeitig in Erinnerung an Cranlys Gefluche über sein Spiel.

Endlich begann Pater Healy ein wenig zu gähnen, und dies wurde als Signal verstanden, Tassen Milch und Scheiben Butterbrot den jungen Männern und Frauen zu reichen, von denen keiner etwas Stärkeres zu sich nahm. Hughes war in der Tat so frugal, daß er es ablehnte, überhaupt etwas zu essen oder zu trinken, worüber Stephen etwas enttäuscht war, da er den Idealisten gut im Blick gehabt hätte. McCann, der die praktische Seite des Lebens vertrat, aß recht geräuschvoll und bat um Marmelade. Über diese Bemerkung mußte Pater Healy, der sie noch nie gehört hatte, sehr herzlich lachen und die andern mußten lächeln, aber Hughes und Stephen sahen einander sehr feierlich-ernst über das leere Tischtuch hinweg an. Die jungen Frauen saßen alle am einen Ende des Tisches und die jungen Männer am andern, was den Erfolg hatte, daß ein Ende des Tisches sehr lebhaft und das andere Ende sehr ernst war. Nachdem Stephen vergebens versucht hatte, eine jüngferliche Tante der Familie in ein Gespräch zu verstricken, die ihre Pflichten erfüllt hatte dadurch, daß sie zwei Krüge Punsch, einen für Pater Healy und den andern für Mr. Daniel, hereingebracht hatte, zog er sich still ans Piano zurück, wo er alte Airs zu klimpern und vor sich hinzusummen begann, bis jemand am Tisch »Ach singen Sie uns doch eins« sagte, und da verließ er das Piano und kehrte zu dem Roßhaarsofa zurück.

Ihre Augen waren sehr hell. Stephens Existenzweise hatte ihn durch die Selbstprüfungen derart erschöpft, daß er sich nach nichts sehnte als in der Nachbarschaft ihrer Schönheit auszuruhen. Er erinnerte sich an die erste Stimmung monströser Unzufriedenheit, die ihn bei seinem Eintritt ins Dubliner Leben überkommen hatte, und wie ihre Schönheit es gewesen war, die ihn Frieden hatte finden lassen. Jetzt schien sie ihm Ruhe zu bieten. Er fragte sich, ob sie ihn verstünde oder Mitleid für ihn empfände und ob die Primitivität ihres Gebarens nur die Herablassung von jemand wäre, der bewußt ein Spiel spielte. Er wußte, daß er nicht für solch ein Bild eine Theorie der Kunst und des Lebens und einen Gedichtzyklus entworfen hatte, und doch, wenn er ihrer hätte sicher sein können, hätten ihm seine Kunst und seine Gedichte nur wenig gewogen. Die Sehnsucht nach einer irren Liebesnacht überkam ihn, eine verzweifelte Bereitwilligkeit, seine Seele von sich zu schleudern, sein Leben und seine Kunst, und sie alle mit ihr zu begraben, fadentief, unter lustbefrachtetem Schlummer. Die häßliche Künstlichkeit der Leben, denen Pater Healy behäglich präsidierte, löschte diesen frevlerischen Funken in ihm aus, und er sagte sich immer wieder im Geist eine Zeile von Dante vor, bloß weil sie den zornigen Zweisilber »frode« enthielt. Gewiß habe ich, dachte er, mindestens ebensoviel Recht, das Wort zu gebrauchen, wie Dante. Die Geister Moynihans und O'Neills und Glynns schienen es ihm zu verdienen, an den Grenzen einer Hölle, die eine Karikatur der Danteschen wäre, ein wenig gebeutelt zu werden. Die Geister der patriotischen und religiösen Enthusiasten schienen ihm geeignet, die Kreise der Betrüger zu bewohnen, wo sie in Waben unbefleckten Eises verborgen ihre Körper zum entsprechenden Klimax der Raserei schrauben könnten. Die Geister der zahmen Sodalisten, ohne Makel und ohne Verdienst, würde er umringt von Jesuiten im Kreis der törichten und grotesken Virginitäten versteinern und dann auffahren über sie und ihre genarrten Ikonen hinaus, dorthin, wo seine Emma, um kein Detail ihrer irdischen Gestalt und Gewandung verkürzt, aus mohammedanischem Paradies ihn anrief.

An der Tür mußte er sie anderen überlassen und mit belanglosen Höflichkeiten entschwinden sehen, und wie er so allein nach Haus ging, schickte er seine Stimmung durch Labyrinthe schlimmer Ahnungen und Zweifel. Nach jenem Abend sah er sie kurze Zeit überhaupt nicht, da die Dinge zu Hause recht aufreibend waren. Die paar Tage Räumungsfrist, die sein Vater hatte, waren aufregend. Alle Anzeichen sprachen dafür, daß die Familie nichts haben würde, wohin sie ihr Haupt legen könnte, als Mr. Daedalus um fünf vor zwölf ein Dach bei einem Freund aus dem Norden Irlands fand, der in Eisen reiste. Mr. Wilkinson war im Besitz eines altmodischen Hauses, das aus vielleicht fünfzehn Zimmern bestand, deren Mieter er nominell war, aber da der Vermieter, ein alter Geizhals, der weder Kind noch Kegel auf der Welt hatte, sehr günstig gestorben war, blieb Mr. Wilkinsons Mietverhältnis von zeitlichen oder geldlichen Erwägungen ungetrübt. Mr. Daedalus wurde eine Reihe von Zimmern in dieser baufälligen Villa gegen ein schmales wöchentliches Entgelt eingeräumt, und am Vorabend des für die richterliche Ausweisung festgesetzten

Tages transferierte er nächtens sein Lager. Die wenigen Möbel, die ihnen geblieben waren, wurden auf einem Rollwagen fortgeschafft, und Stephen und sein Bruder und seine Mutter und sein Vater trugen die Ahnenbilder selber, da die Fuhrleute ein gut Teil mehr getrunken hatten, als ihnen guttat. Es war ein klarer Spätsommerabend, von etwas Kühle aufgefrischt, als sie allesamt am Seedamm entlangzogen. Isabel war schon früher am Tag hingebracht und Mrs. Wilkinsons Obhut anbefohlen worden. Mr. Daedalus war mit Maurice ein gutes Stück voraus und bester Laune wegen seines gelungenen Manövers. Stephen folgte mit seiner Mutter, und sogar ihr war leicht ums Herz. Die Flut, die ihren höchsten Stand erreicht hatte, leckte sanft am Damm, und durch die klare Luft hörte Stephen die Stimme seines Vaters wie eine gedämpfte Flöte ein Liebeslied singen. Er hielt seine Mutter an, damit sie zuhörte, und beide lehnten sie sich auf die schweren Bilderrahmen und hörten zu:

Soll wehen mein Herz zu dir
Soll wehen mein Herz zu dir
Und der Odem balsamischer Nacht
Soll wehen mein Herz zu dir

In Mr. Wilkinsons Haus gab es einen hochvornehmen, eichegetäfelten Salon, der bis auf ein Klavier gänzlich unmöbliert war. Während des Winters hatte Mr. Wilkinson sieben Shilling die Woche von einem Tanzklub für die Nutzung des Raumes an Dienstagen und Freitagen gezahlt bekommen, doch jetzt benutzte er das hintere Ende des Raums als Lagerungsstätte für Eisenwarenmuster. Er war ein hochgewachsener einäugiger Mann von stillem Wesen und großem Stehvermögen beim Trinken. Er hatte tiefe Achtung vor seinem Gast, den er nie anders als mit dem Präfix »Mr.« anredete. Er war mit einer hochgewachsenen, ebenso stillen Frau verheiratet, die einen Haufen Heftchenromane las und mit dem halben Körper aus den Fenstern hing, während ihre beiden jungen Kinder sich in Drahtgeflechte und Spulen von Gasröhren verwickelten. Sie hatte ein langes weißes Gesicht und lachte über alles.

Mr. Daedalus und Mr. Wilkinson gingen jeden Morgen gemeinsam zur Stadt und kamen oft auch gemeinsam zurück, und während des Tags hing Mrs. Wilkinson aus den Fenstern oder unterhielt sich mit Laufjungen und Milchmännern, während Mrs. Daedalus an Isabels Bett saß. Es konnte jetzt keinen Zweifel mehr geben, daß es mit dem Mädchen bergab ging. Ihre Augen hatten sich mitleiderregend vergrößert und ihre Stimme war hohl geworden. Sie saß halb hochgestützt von Kissen den ganzen Tag im Bett, das naß aussehende Haar hing ihr strähnig ums Gesicht und sie blätterte die Seiten eines illustrierten Buchs um. Sie begann zu wimmern, wenn sie etwas essen sollte oder wenn einer von ihrem Bett ging. Es waren kaum Zeichen von Leben spürbar, außer wenn das Klavier im Zimmer darunter spielte, und dann verlangte sie, daß die Schlafzimmertür geöffnet wurde, und schloß die Augen. Geld war weiterhin knapp, und weiterhin verordnete der Doktor ihr Leckerbissen. Die schleichende Natur ihrer Krankheit hatte hoffnungslose Apathie über den Haushalt gelegt, und obschon sie selber kaum mehr als ein Kind war, mußte sie es doch bemerken. Einzig Stephen wahrte mit hartnäckiger Nettigkeit seine üblichen fröhlich-selbstsüchtigen Manieren und versuchte, ein Feuer aus der Aschenglut ihres Lebens anzufachen. Er übertrieb dabei so sehr, daß seine Mutter ihn zurechtwies, weil er so laut war. Er konnte zu seiner Schwester nicht hineingehen und sagen »Lebe! lebe!«, aber er versuchte, ihre Seele durch das Schrillen eines Pfiffs oder das Vibrato eines Tons zu berühren. Wann immer er in ihr Zimmer kam, stellte er Fragen in einer so gleichgültigen Art, als wäre ihre Krankheit von gar keiner Bedeutung, und ein- oder zweimal hätte er schwören können, daß die Augen, die ihn vom Bett aus ansahen, seinen Sinn erraten hatten.

Der Sommer endete mit drückendem Wetter. Cranly war noch in Wicklow und Lynch hatte angefangen, sich auf eine Prüfung im Oktober vorzubereiten. Stephen war zu sehr mit sich selbst beschäftigt, um mit seinem Bruder viel zu sprechen. In ein paar Tagen sollte Maurice wieder in die Schule gehen, nachdem dieses Ereignis wegen von ihm so genannter Schuh- und Kleiderbeschwerden vierzehn Tage lang hinausgeschoben worden war. Mr. Wilkinsons Haushalt schleppte sich Tag um Tag so dahin: Mrs. Wilkinson hing aus den Fenstern und Mrs. Daedalus bewachte ihre Tochter. Sehr oft brachte Mr. Wilkinson seinen Gast nach eines Tages Zecherei nach Hause und die beiden saßen dann noch den Rest des Abends in der Küche und politisierten laut. Wenn Stephen um die Straßenecke bog, konnte er oft die Stimme seines Vaters brüllen oder die Faust seines Vaters auf den Tisch knallen hören. Wenn er hineinkam, fragten ihn die beiden Disputanten nach seiner Meinung, aber er aß immer nur, was an Essen so dastand, sagte nichts und zog sich auf sein Zimmer zurück, und wie er die Treppe hochging, konnte er seinen Vater zu Mr. Wilkinson sagen hören »Komischer Kauz, wissen Sie, ein komischer Kauz!« und konnte sich vorstellen, wie Mr. Wilkinsons schweres Auge ihm nachstarrte.

Stephen war sehr einsam. Wie zu Beginn des Sommers so jetzt: er zog ziellos durch die Straßen. Emma war mit einer Gruppe Gälen auf die Aran-Inseln gefahren. Er war nicht wirklich unglücklich und doch nicht glücklich. Seine Stimmungen wurden weiterhin gehegt und hofiert und in Vers- und Prosasätzen niedergelegt: und wenn seine Fußsohlen zu müde waren, seine Stimmung eine zu verschwommene Erinnerung oder zu zaghafte Hoffnung, zog er in den langen vornehmen verstaubten Salon und setzte sich ans Klavier, während die sonnenlose Dämmerung ihn einhüllte. Er konnte um sich her und über sich das hoffnungslose Haus spüren und das Absterben der Blätter und wie in seiner Seele der eine helle eindringliche Freudenstern im Untergehen zitterte. Die Akkorde, die zu den Spinnweben und dem Trödel fluteten und vergeblich zu den staubverklebten Fenstern, waren die bedeutungslosen Stimmen seiner Verwirrung, und nichts konnten sie als in bedeutungslosem Nacheinander durch alle Kammern des Sensoriums fließen. Er atmete Grabesluft.

Selbst der Wert seines eigenen Lebens wurde ihm zweifelhaft.

Er legte einen Finger auf jede Unehrlichkeit, die in ihm war: Egoismus, der Menschen gegenüber sich tapfer behauptete, aber von der geringsten Herausforderung durch das Gewissen sich einschüchtern ließ, Freiheit, die die Welt in Gewänder und Bräuche neu kleiden wollte, die das Produkt der Sklaverei waren, Meisterschaft in einer Kunst, von wenigen verstanden, die ihre Zartheit physischer Hinfälligkeit verdankte, welche selber Mal und Zeichen ordinärer Brünste war. Friedhöfe offenbarten ihm ihre nutzlosen Chroniken, Chroniken vom Leben all jener, die mit guter oder böser Miene eine offensichtliche Gottheit akzeptiert hatten. Die Vision all jener Vergeblichkeit und, weit erbärmlicher noch, die Vision angeborenen Lebens überhaupt, das zwischen Gähnen und Heulen weiterkraucht, stiftete in ihm das Böse: und das Böse, im Bilde eines verzerrten Rituals, flüsterte seiner Seele ein, Unzucht mit Ihr zu treiben.

Eines Abends saß er an seinem Klavier, während die Dämmerung ihn umgab. Der trostlose Sonnenuntergang verhielt noch auf den Fensterscheiben in einer Glut rostroter Feuer. Über ihm und um ihn her hing der Schatten des Absterbens, das Absterben der Blätter und Blumen, das Absterben der Hoffnung. Er ließ seine Akkorde ruhen und wartete, schweigend über die Tasten gebeugt: und seine Seele vermischte sich mit der dräuenden, sprachlosen Dämmerung. Eine Gestalt, in der er seine Mutter erkannte, erschien in der Ferne des Raums, festgewurzelt in der Tür. Im Duster war ihr erregtes Gesicht karminrot. Eine Stimme, die er als die seiner Mutter erinnerte, die Stimme eines panisch erschreckten Menschenwesens, rief seinen Namen. Die Gestalt am Klavier antwortete:

– Ja?

– Hast du eine Ahnung vom Körper? . . .

Er hörte, daß die Stimme seiner Mutter ihn erregt, wie die Stimme eines Boten in einem Theaterstück, ansprach:

– Was soll ich tun? Da kommt irgendein Zeug aus dem Loch in Isabels . . . Bauch . . . Hast du schon mal von sowas gehört?

– Ich weiß nicht, antwortete er und versuchte, Sinn aus

ihren Worten zu lesen, versuchte, sie sich noch einmal vorzusagen.

– Soll ich den Doktor holen lassen ... Hast du schon mal von sowas gehört? ... Was soll ich tun?

– Ich weiß nicht ... Was fürn Loch?

– Das Loch ... das Loch das wir alle haben ... hier.

XXII

Stephen war mit im Zimmer, als seine Schwester starb. Gleich als die Mutter sich zu ängstigen begann, wurde nach dem Priester geschickt. Er war ein winziger Mann, der sein Haupt zumeist auf der rechten Schulter trug und mit einer Lispelstimme sprach, die nicht sehr leicht zu verstehen war. Er hörte die Beichte des Mädchens und ging mit den Worten davon: »Überlassen Sie es Gott: Er weiß es am besten: überlassen Sie es Gott.« Der Doktor kam mit Mr. Daedalus in einem Wagen, untersuchte das Mädchen und fragte, ob der Priester dagewesen sei. Er ging mit den Worten davon, wo Leben sei sei Hoffnung, aber es ginge ihr sehr schlecht: er käme am Morgen wieder vorbei. Isabel starb kurz nach Mitternacht. Ihr Vater, der nicht ganz nüchtern war, ging auf Zehenspitzen durchs Zimmer, bekam jedesmal, wenn sich bei seiner Tochter eine Veränderung zeigte, kleine Weinkrämpfe und sagte ständig »So ists brav, Täubchen: trink das schön«, wenn ihre Mutter sie einen Tropfen Champagner zu schlucken zwang, und nickte dann mit dem Kopf, bis er von neuem zu weinen begann. Er sagte allen reihum, sie sollten ihr Mut machen. Maurice setzte sich an den leeren Kamin und starrte auf den Rost. Stephen saß am Kopf des Bettes und hielt seiner Schwester die Hand, und ihre Mutter beugte sich über sie, hielt ihr das Glas hin und küßte sie und betete. Isabel schien Stephen sehr alt geworden zu sein: ihr Gesicht war ein Frauengesicht geworden. Ihre Augen gingen ständig zwischen den beiden Gestalten, die ihr am nächsten waren, hin und her, als wollte sie sagen, man habe sie benachteiligt mit dem Leben, das man ihr gegeben habe, und, auf Stephens Wort hin, würgte sie alles hinunter, was man ihr gab. Als sie nicht mehr schlucken konnte, sagte die Mutter zu ihr: »Du gehst jetzt heim, Liebchen. Du gehst in den Himmel, wo wir uns alle wiedersehen. Weißt dus nicht? ... Ja, Liebchen ... Himmel, zum lieben Gott«, und das Kind heftete seine großen Augen auf das Gesicht seiner Mutter,

während sich seine Brust unter der Bettdecke laut hob und senkte.
Stephen fühlte sehr stechend die Nichtigkeit des Lebens seiner Schwester. Er hätte viel für sie getan, und obwohl sie ihm fast fremd war, war er betrübt, sie tot vor sich liegen zu sehen. Das Leben war für ihn ein Geschenk; der Satz ›Ich bin lebendig‹ schien ihm eine befriedigende Gewißheit zu beinhalten, und viele andere Dinge, die als unzweifelhaft hingestellt wurden, erschienen ihm ungewiß. Seine Schwester hatte kaum mehr als die nackte Tatsache Leben erfahren, und wenige oder keines seiner Privilegien. Die Hypothese eines allweisen Gottes, der eine Seele heimberief, wann immer es Ihm gut dünkte, konnte in seinen Augen die Nichtigkeit ihres Lebens nicht aufwiegen. Der ausgezehrte Körper, der vor ihm lag, hatte durch Leiden existiert; der Geist, der in ihm wohnte, hatte buchstäblich nie zu leben gewagt und hatte nichts gelernt auf Grund einer Enthaltsamkeit, die er sich nicht selber ausgesucht hatte. Sie war selbst gar nichts gewesen und hatte aus diesem Grund nichts an sich und sich an nichts engagiert. Als sie zusammen Kinder gewesen waren, hatten die Leute von ›Stephen und Maurice‹ gesprochen, und ihr Name war wie ein Nachgedanke angefügt worden. Sogar ihr Name, ein gewissermaßen lebloser Name, hielt sie den Spielen des Lebens fern. Stephen fielen die Kinderstimmen ein, die mit Fröhlichkeit und Bosheit riefen:

Stephen, der Feephen, der Fix-Dix-Deephen!

aber es war stets nur mit halbherziger Fröhlichkeit und verschämter Bosheit, daß sie ihren Namen gerufen hatten:

Isabel, die Fisabel, die Fix-Dix-Disabel.

Isabels Tod war der Anlaß, daß viele Verwandte von Mrs. Daedalus ins Haus kamen. Sie klopften ein wenig zaghaft an die Haustür, und obschon sie sich sehr zurückhaltend gaben, befand ihr Gastgeber sie – die Frauen wenigstens – im geheimen für schuldig, ihre Augen in hinterhältiger Weise spazieren gehen zu lassen. Die Männer empfing er in dem langen leeren Salon, in dem ein frühes Feuer angesteckt worden war.

Während der beiden Nächte der Totenwache für das Mädchen versammelte sich eine große Gesellschaft in dem Salon: man rauchte nicht, aber man trank und erzählte Geschichten. Am Morgen danach sah der Tisch wie der einer Matrosenkneipe aus, so beladen war er von leeren Flaschen, schwarzen und grünen. Isabels beide Brüder waren bei der Wacht dabei. Die Gespräche gingen oft ins Allgemeine. Ein Onkel der Jungen war ein sehr strubbelköpfiger Asthmatiker, der in seiner Jugend recht frei mit der Tochter seiner Zimmerwirtin umgesprungen war, und die Familie war durch eine später nachgeholte Heirat kaum ausgesöhnt worden. Ein Freund von Mr. Daedalus, Schreiber am Polizeigericht, erzählte der Gesellschaft von der Aufgabe, die ein Freund von ihm im Castle hätte, der verbotene Bücher prüfte:

– Ein solcher Schmutz, sagte er. Man fragt sich, wie jemand die Stirn hat, sowas zu drucken.

– Wie ich ein Bub gewesen bin, sagte Onkel John mit sehr breitem Akzent, und ich mehr Sinn für Lesen gehabt hab wie heut aber viel weniger Geld, bin ich manchmal in einen Buchladen bei Patrick's Close gegangen. Einmal bin ich hingegangen, um *Colleen Bawn* zu kaufen. Der Mann sagt, ich soll reinkommen, und da zeigt er mir ein Buch ...

– Kenn ich, kenn ich, sagte der Schreiber vom Polizeigericht.

– So ein Buch einem jungen Burschen in die Hand zu geben! Solche Gedanken ihm in den Kopf zu setzen! Eine Schande!

Maurice ließ einen Moment respektvoller Beipflichtung verstreichen und dann fragte er:

– Hast du das Buch gekauft, Onkel John?

Jeder schien versucht zu lachen, aber Onkel John wurde sehr rot und zornig und fuhr fort:

– Wer solche Bücher verkauft, müßte bestraft werden. Und Kinder sollten lernen, nicht dreist zu sein.

Von seinem Platz neben dem geschlossenen Klavier hörte Stephen am Morgen des Begräbnisses den Sarg die gewundene Treppe hinunterbumsen. Die Leidtragenden folgten ihm hinaus und setzten sich in die vier Kutschen. Stephen und Maurice trugen die drei Kränze in den Trauerwagen. Der Leichenwagen fuhr in flottem Trab zum Friedhof Glasnevin. An den Friedhofstoren waren sechs Leichenwagen vorgefahren. Der Trauerzug, der unmittelbar vor dem Isabels vorgefahren war, gehörte jemandem aus der Armenklasse. Die Leidtragenden, die zu sechsen auf offenen Wagen zusammengedrängt saßen, krabbelten gerade von den Wagen herunter, als Mr. Daedalus und seine Mit-Leidtragenden einliefen. Der erste Trauerzug fuhr durch die Tore hinein, wo eine kleine Gruppe von Schaulustigen und Beamten beisammenstand. Stephen sah ihnen zu, wie sie hineingingen. Zwei von ihnen, die sich verspätet hatten, quetschten sich bösartig durch die Gruppe hindurch. Ein Mädchen, mit einer Hand an den Rock einer Frau geklammert, rannte einen Schritt voraus. Das Gesicht des Mädchens war ein Fischgesicht, farblos und schrägäugig; das Gesicht der Frau war eckig und abgehärmt, das Gesicht einer Feilscherin. Das Mädchen schaute mit verzogenem Mund hoch zu der Frau, um zu sehen, ob es soweit wäre, zu weinen: die Frau nestelte an einer flachen Haube und eilte weiter nach der Totenkapelle.

Bei der Totenkapelle mußten Mr. Daedalus und seine Freunde warten, bis erst die armen Leidtragenden bedient worden waren. In ein paar Minuten war das Totenamt vorüber und Isabels Sarg wurde hineingetragen und auf dem Katafalk abgestellt. Die Leidtragenden verteilten sich auf den Plätzen und knieten schüchtern auf ihren Taschentüchern nieder. Ein Priester mit einem großen, nach einer Seite hängenden Krötenbauch kam, von einem Meßjungen gefolgt, aus der Sakristei. Er rasselte mit krächzender Stimme das Totenamt herunter und schwenkte dösend das Aspergill über dem Sarg, wobei der Junge in den Pausen Responsorien zirpte. Als er das Amt durchhatte, schloß er das Buch, bekreuzigte sich und setzte sich mit schwingendem Gang wieder ab in die Sakristei. Arbeiter kamen herein und trugen den Sarg hinaus auf einen Karren und schoben ihn über den Kiesweg. Der Friedhofsdirektor schüttelte Mr. Daedalus an der Tür der Kapelle die Hand und folgte dem Trauerzug langsam. Der Sarg glitt gleichmäßig ins

Grab und die Totengräber begannen die Erde hineinzuschaufeln. Beim Ton der ersten Klumpen begann Mr. Daedalus zu schluchzen und einer seiner Freunde ging an seine Seite und faßte seinen Arm.

Als das Grab zugeschüttet war, legten die Totengräber ihre Schaufeln darauf und bekreuzigten sich. Die Kränze wurden aufs Grab gesetzt, und nach einer Pause für ein Gebet ging die Trauergemeinde durch die gepflegten Wege des Friedhofs zurück. Die unnatürliche Spannung der Kondolenz hatte sich etwas gelöst und die Unterhaltung wurde wieder normal. Man stieg in die Kutschen und fuhr die Glasnevin Road zurück. An Dunphy's Ecke hielt die Kutsche hinter den Kutschen anderer Trauerzüge an. In der Wirtsstube schmiß Mr. Wilkinson die erste Runde: die Kutscher wurden hereingerufen, und sie standen bei der Tür in einem Klumpen und rieben sich mit den Rockärmeln über die knochigen zerschunden aussehenden Gesichter, bis man sie frug, was sie trinken wollten. Sie entschieden sich alle für eine Pint, und in der Tat war ihre leibliche Hülle hart hergenommenen Zinngemäßen nicht unähnlich. Die Leidtragenden tranken meistenteils kleine Specials. Stephen antwortete, als er gefragt wurde, was er trinken wolle, ohne zu überlegen:

– Eine Pint.

Sein Vater hörte zu reden auf und sah ihn mit großer Aufmerksamkeit an, aber Stephen, dem zu kalt ums Herz war, als daß er sich hätte aus der Fassung bringen lassen, nahm seine Pint sehr ernst entgegen und leerte sie in einem langen Zug. Während der Humpen seinen Kopf verdeckte, war er sich seines bestürzten Vaters bewußt und spürte den bitteren Lehmgeschmack des Kirchhofs scharf in seiner Kehle.

Die unsagbar schäbige Art, in der seine Schwester begraben worden war, ließ Stephen durchaus ernsthaft die Ansprüche von Feuer und Wasser als letzten Heimstätten der Leichen gutheißen. Die ganze staatlich sanktionierte Apparatur schien ihm von der ersten bis zur letzten Operation falsch zu sein. Kein junger Mensch kann sich der Tatsache des Todes mit to-

taler Abgeklärtheit stellen und kein junger Mensch, der vom Schicksal oder seinem Stiefbruder, dem Zufall, als ein Organ der Sensibilität und Erkenntnishaftigkeit ausgesondert wurde, kann sich dem Netzwerk der Verlogenheiten und Banalitäten, aus dem das Begräbnis eines toten Bourgeois gewoben ist, ohne totalen Abscheu stellen. Einige Tage nach dem Begräbnis noch mußte Stephen, der in altgekauften Kleidern von zweierlei Schwarztönen steckte, Beileidsbezeigungen entgegennehmen. Viele dieser Bezeigungen kamen von zufälligen Bekannten der Familie. Fast alle Männer sagten, »Und wie trägt es die arme Mutter?« und fast alle Frauen sagten, »Es ist eine schwere Prüfung für Ihre arme Mutter«: und diese Beileidsbezeigungen wurden stets mit derselben teilnahmslosen unüberzeugenden Monotonie gemacht. Auch McCann bekundete sein Beileid. Er trat auf Stephen zu, während dieser junge Mann im Schaufenster eines Herrengeschäfts Krawatten betrachtete und sich fragte, warum die Chinesen Gelb als Trauerfarbe hatten. Er schüttelte Stephen drahtig die Hand:
– Es tat mir leid, vom Begräbnis deiner Schwester zu hören ... tat mir leid, daß wirs nicht rechtzeitig erfahren haben ... um beim Begräbnis zu sein.
Stephen befreite seine Hand allmählich und sagte:
– O, sie war noch sehr jung ... ein Mädchen.
McCann befreite seine Hand im gleichen Tempo und sagte:
– Trotzdem ... weh tut es.
Die Akme des Unüberzeugenden schien Stephen in diesem Augenblick erreicht worden zu sein.
Das zweite Jahr von Stephens Universitätsleben begann im frühen Oktober. Sein Pate hatte zum Ergebnis des ersten Jahres nichts gesagt, aber Stephen erfuhr, daß ihm nun die letzte Gelegenheit gegeben werde. Er nahm Italienisch als Wahlfach, teils, weil er Dante ernsthaft lesen wollte, teils, um der Crux der Französisch- und Deutsch-Vorlesungen zu entgehen. Niemand sonst im College studierte Italienisch, und jeden zweiten Morgen kam er um zehn Uhr zum College und ging hinauf in Pater Artifonis Schlafzimmer. Pater Artifoni war ein

intelligenter kleiner *moro*, der aus Bergamo stammte, einer Stadt in der Lombardei. Er hatte saubere lebhafte Augen und einen dicken vollen Mund. Jeden Morgen, wenn Stephen an seine Tür pochte, hörte er vor dem »Avanti!« das Geräusch von Stühlen, die umarrangiert wurden. Der kleine Priester las niemals im Sitzen, und das Geräusch, das Stephen vernahm, war das Geräusch, wie ein improvisierter Stehpult wieder in seine Bestandteile aufgelöst wurde, nämlich in zwei Rohrstühle und eine steife Schreibunterlage. Die Italienischstunden gingen oft über die Zeit hinaus, und es wurden viel weniger Grammatik und Literatur diskutiert als Philosophie. Der Lehrer kannte wahrscheinlich die zweifelhafte Reputation seines Schülers, aber genau aus diesem Grunde legte er sich die Sprache argloser Frömmigkeit bei, nicht weil er selber Jesuit genug war, daß es ihm an Arglosigkeit gefehlt hätte, sondern weil er genug Italiener war, daß ihm ein Spiel zwischen Glaube und Unglaube Spaß machte. Er rügte seinen Schüler einmal wegen einer bewundernden Anspielung auf den Autor der *Triumphierenden Bestie.*

– Sie wissen, sagte er, daß der Verfasser, Bruno, ein schrecklicher Ketzer war.

– Ja, sagte Stephen, und er wurde schrecklich verbrannt.

Aber der Lehrer war ein schlechter Inquisitor. Er erzählte Stephen schalkhaft, wenn er und seine klerikalen Brüder bei öffentlichen Vorlesungen in der Universität zugegen seien, wäre der Vortragende gewitzt genug, seinen kritischen Ausführungen eine Prise Salz beizugeben. Pater Artifoni akzeptierte das Salz mit Genuß. Er unterschied sich von vielen Bürgern des dritten Italien darin, daß es ihm an Liebe zu den Engländern gebrach, und er hatte die Tendenz, den Kühnheiten seines Schülers gegenüber nachsichtig zu sein, die, seiner Meinung nach, das Ergebnis eines zu glühenden Irentums sein mußten. Er war außerstande, Kühnheit des Denkens mit einem anderen Naturell als dem des Irredentisten in Verbindung zu bringen.

Pater Artifoni mußte Stephen eines Tages recht geben, daß

der verwerflichste Augenblick menschlichen Entzückens, insofern er einem Menschenwesen wohlgefällig gewesen wäre, gut sei in den Augen Gottes. Es war im Gespräch um einen italienischen Roman gegangen. Ein Priester im Haus hatte den Roman gelesen und ihn bei Tisch abgeurteilt. Er wäre schlecht, sagte er. Stephen unterstrich, daß er ihm wenigstens ästhetisches Wohlgefallen bereitet habe und daß man ihn aus diesem Grunde gut nennen könne:

– Pater Byrne denkt da anders.

– Aber Gott?

– Für Gott mag er ... gut sein.

– Dann ziehe ich es vor, mich auf die andere Seite, gegen Pater Byrne, zu schlagen.

Sie disputierten sehr scharfsinnig über das Schöne und das Gute. Stephen wollte die scholastische Terminologie verbessern oder klarifizieren: ein Widerspruch zwischen dem Guten und dem Schönen wäre nicht notwendig. Der Aquinate hätte das Gute als dasjenige definiert, auf dessen Besitz ein Appetit ausgerichtet wäre, das Erstrebenswerte. Aber das Wahre und das Schöne wären erstrebenswert, wären die höchsten, die nachdrücklichsten Rangordnungen des Erstrebenswerten, indem nämlich die Wahrheit vom intellektuellen Appetit erstrebt werde, der sich nur durch die befriedigendesten Relationen des Verstandesmäßigen genügen ließe, und die Schönheit vom ästhetischen Appetit, der sich nur durch die befriedigendesten Relationen des Sensiblen genügen ließe. Pater Artifoni bewunderte sehr das Engagement, mit dem Stephen philosophische Verallgemeinerungen lebendig werden ließ, und ermunterte den jungen Mann, eine Abhandlung über Ästhetik zu schreiben. Es mußte für ihn eine Überraschung gewesen sein, in diesen Breiten einen jungen Mann zu finden, der eine Scheidung zwischen Kunst und Natur nicht anerkennen konnte, und dies nicht aus Gründen des Klimas oder des Temperaments, sondern aus intellektuellen Gründen. Für Stephen war Kunst weder eine Kopie noch eine Nachahmung der Natur: der künstlerische Prozeß war ein natürlicher Prozeß. In all seinen Reden über künstlerische Perfektion konnte unmöglich ein künstlicher Ton entdeckt werden. Über die Perfektion von jemandes Kunst zu reden hieß für ihn nicht, über etwas reden, das als erhaben galt, in Wirklichkeit aber nichts weiter als eine erhabene Übereinkunft war, sondern vielmehr, über einen wahrhaft erhabenen Prozeß in jemandes Natur reden, der ein Recht darauf hatte, untersucht und offen diskutiert zu werden.

Es war genau dieses lebendige Interesse, das ihn jenen Stätten reizloser Zeitverschwendung wie dem Debattierklub und der weich gebetteten Sodalität fernhielt. Mr. Moynihans Eröffnungsansprache wurde im November in der Aula Maxima gehalten. Der Präsident führte den Vorsitz, umgeben von seinen Professoren. Das Podium war den Notabilitäten eingeräumt und der Hauptteil des Saals den unsteten Intellektuellen, die während der Wintersaison von Ansprache zu Ansprache laufen und keine Theateraufführung versäumen, in der das Stück nicht in englischer Sprache gegeben wird. In den Rest des Saals waren die Studenten des College gekeilt. Neun Zehntel von ihnen waren sehr ernst, und neun Zehntel der übrigen waren es zuweilen. Vor dem Vortrag empfing Whelan vom Präsidenten eine Goldmedaille für Rhetorik und einer von Mr. Daniels Söhnen eine Silbermedaille für Rhetorik. Mr. Moynihan war im Abendanzug und sein Haar war vorne in Locken gelegt. Als er aufstand, um seinen Vortrag zu halten, klatschte der Präsident ihm zu, und dann klatschte der Saal. Moynihans Vortrag zeigte, daß der wahre Tröster der Mühseligen und Beladenen nicht der selbstsüchtige Demagoge mit seiner Ignoranz und laxen Moral war, sondern die Kirche, und daß der wahre Weg zur Besserung des Loses der arbeitenden Klassen nicht der sei, daß man sie lehre, an eine geistige und materielle Ordnung und an beider harmonisches Zusammenwirken nicht mehr zu glauben, sondern der, daß man sie lehre, in Demut dem Leben des Einen zu folgen, der der Freund aller Menschen wäre, der Großen und Geringen, der Reichen und Armen, der Gerechten und Ungerechten, der Gebildeten und Ungebildeten, Eines, der zwar über allen andern Menschen stand, und Selber doch der demütigste der Menschen war. Moynihan spielte ferner auf den merkwürdigen Tod eines atheistischen französischen Schriftstellers an und gab zu verstehen, daß es Immanuel gefallen habe, sich an dem unseligen Herrn zu rächen, indem er heimlich sich an seinem Gasofen zu schaffen gemacht hätte.

Unter den Sprechern, die auf Moynihan folgten, war ein Richter von einem Bezirksgericht und ein pensionierter Oberst mit reaktionären Tendenzen. Alle Sprecher priesen das Werk der Jesuiten bei der Schulung der Jugend Irlands für die höheren Bahnen des Lebens. Der Vortragende des Abends wurde als Beispiel angeführt. Von seinem Posten neben Cranly in einem Winkel des Saals sah Stephen die Reihen der Studenten entlang. Die Gesichter, die jetzt ernsthaft-gesetzt waren, trugen alle denselben Stempel jesuitischer Schulung. Zumeist waren sie frei von den schreienderen Eckigkeiten der Jugend; an einem gewissen unaufdringlichen, echten Abscheu vor den Lastern der Jugend mangelte es ihnen nicht. Sie bewunderten Gladstone, Naturwissenschaft und die Tragödien Shakespeares: und sie glaubten an die Angemessenheit katholischer Lehre an die Bedürfnisse des täglichen Lebens, an die kirchliche Diplomatie. Ohne ein englisches Verlangen nach substantieller Aristokratie zur Schau zu stellen, hielten sie Gewaltanwendung für unziemlich, und in ihren Beziehungen untereinander und zu ihren Oberen stellten sie einen nervösen und (wann immer es um Autorität ging) einen sehr englischen Liberalismus zur Schau. Sie respektierten geistliche und weltliche Autoritäten, die geistlichen Autoritäten des Katholizismus und Patriotismus, und die weltlichen Autoritäten der Hierarchie und Regierung. Das Angedenken Terence MacManus' wurde von ihnen nicht weniger hochgehalten als das Angedenken Kardinal Cullens. Wenn der Ruf zu einem weniger engen und edleren Leben je an sie erging, hörten sie ihn mit geheimer Freude, beschlossen aber stets, ihr Leben auf einen günstigeren Augenblick zu vertagen, weil sie sich nicht bereit fühlten. Sie hörten allen Sprechern aufmerksam zu und applaudierten, wann immer eine Anspielung auf den Präsidenten, auf Irland oder auf den Glauben gemacht wurde. Temple watschelte mitten im Programm in den Saal und stellte Stephen einen seiner Freunde vor:

– Tschuldige, das ist Fitz, anständiger Kerl. Bewunderer von dir. Tschuldige wegen der Vorstellung, anständiger Kerl.

Stephen gab Fitz die Hand, einem graugköpfigen jungen Mann mit verwirrtem gerötetem Gesicht. Fitz und Temple lehnten sich an die Wand als Stütze, da sie beide ein wenig wacklig waren. Fitz begann still zu dösen.

– Er ist Revolutionär, sagte Temple zu Stephen und Cranly. Hör mal, Cranly, ich glaub du bist auch Revolutionär. Bist du Revolutionär ... Teufel, auf sowas antwortest du wohl nicht gern ... Ich bin Revolutionär.

In diesem Augenblick bekam ein Sprecher Applaus, weil er den Namen John Henry Newmans erwähnt hatte.

– Wer istn der, sagte Temple zu allen Umstehenden, wer istn der Kerl da?

– Oberst Russell.

– Ah, das ist Oberst ... Was sagt er? Was hat er gesagt?

Niemand antwortete ihm, und so watschelte er durch ein paar weitere zusammenhanglose Fragen und, außerstande mit der Denkungsart des Obersten ins reine zu kommen, rief schließlich »Es lebe der verrückte Mullah« und fragte dann Cranly, ob er nicht auch finde, der Oberst sei ein scheißiger Hanswurst.

Stephen studierte während des zweiten Jahres noch weniger regelmäßig als während des ersten. Er besuchte die Vorlesungen öfter, ging aber selten zur Bibliothek, um zu lesen. Die *Vita Nuova* Dantes gab ihm die Idee, seine verstreuten Liebesgedichte zu einem perfekten Zyklus zu ordnen, und er erklärte Cranly des langen und breiten die Schwierigkeiten des Versemachers. Die Liebesgedichte waren für ihn ein Vergnügen: er schrieb sie in langen Abständen, und wenn er schrieb, war es stets eine reife und durchdachte Empfindung, die ihn dazu trieb. Aber in seinem Ausdrucksbemühen um die Liebe sah er sich genötigt, das, was er die feudale Terminologie nannte, zu benutzen, und da er sie nicht mit derselben Gläubigkeit und Absicht benutzen konnte, die die feudalen Dichter beseelt hatten, war er genötigt, seiner Liebe einen leicht ironischen Ausdruck zu geben. Dieser Beiklang von Relativität, sagte er, der sich in eine so immune Leidenschaft mischt, ist ein moderner Ton: wir können ein ewiges Treuebündnis weder schwören noch erwarten, weil wir zu genau die Grenzen jeglicher menschlichen Energie kennen. Es ist dem modernen Liebhaber nicht möglich, sich das All als Helfershelfer seiner Liebesaffaire zu denken, und die moderne Liebe verliert zwar etwas von ihrer wilden Entschlossenheit, gewinnt aber dafür an Liebenswürdigkeit. Cranly wollte davon nichts hören: für ihn war eine Unterscheidung zwischen Alt und Modern eine Wortspielerei, denn in seinem eigenen Bewußtsein hatte er Vergangenheit und Gegenwart auf eine Ebene ausgesuchter Nichtswürdigkeit reduziert. Stephen versuchte ihm entgegenzuhalten, wenn auch die Menschheit sich vielleicht nicht bis zur Unkenntlichkeit verändere während der kurzen Perioden, die als die Zeitalter des Menschen bekannt sind, so seien doch diese Zeitalter die Beute verschiedener Ideen, mit denen in Einklang jede, noch die geringste, Tätigkeit, die aus ihnen erwächst, konzipiert und vollführt werde. Die Unterscheidung, argumentierte er, zwischen dem feudalen Geist und dem Geist der Menschheit von heute sei keine Literatenphrase. Cranly hielt, wie viele zynische Romantiker, dagegen, daß das bürgerliche Leben in gar keiner Weise das individuelle Leben beeinflusse und daß es dem Menschen möglich sei, alte Aberglaubensvorstellungen und Vorurteile mitten im Getriebe der Modernität beizubehalten, genau wie es dem Menschen möglich sei, im Chaos der Maschinen ein konformes Leben zu führen und dennoch in seinem Herzen ein Rebell gegen die Ordnung zu sein, die er stützte: die menschliche Natur sei eine konstante Größe. Was den Plan zu einem Liederzyklus zum Preis der Liebe betraf, so meinte er, wenn eine solche Leidenschaft wirklich existiere, ließe sie sich unmöglich in Worten ausdrücken.

– Wir werden schwerlich erfahren, ob sie existiert oder nicht, wenn kein Mensch sie auszudrücken versucht, sagte Stephen. Es gibt nichts, wodurch wir sie beweisen könnten.

– Wodurch kannst du sie auch beweisen? sagte Cranly. Die Kirche sagt, der Beweis der Freundschaft sei, wenn jemand sein Leben für einen Freund hingebe.

– Das glaubst du aber doch wohl nicht?

– Nein; diese scheißigen Narren von Menschen sterben für die verschiedensten Dinge. McCann zum Beispiel würde aus schierem Starrsinn sterben.

– Renan sagt, ein Mensch werde nur für solches zum Märtyrer, dessen er sich nicht ganz sicher sei.

– Die Menschen sterben auch in diesem modernen Zeitalter für zwei kreuzweise zusammengesteckte Stöcke. Was ist denn ein Kreuz als zwei hundsgewöhnliche Stöcke?

– Liebe, sagte Stephen, ist ein Name, wenn du so willst, für etwas Unausdrückbares ... doch nein, das kann ich nicht zugeben ... Ich glaube, ein Beweis für die Liebe könnte das sein, was sie als Gegengabe anbietet. Was geben die Menschen, wenn sie lieben?

– Ein Hochzeitsfrühstück, sagte Cranly.

– Ihre Körper, nicht wahr: das doch mindestens. Es ist schon etwas, seinen Körper zu geben, und sei es mietweise.

– Dann glaubst du also, daß Frauen, die ihren Körper mietweise geben, wie du sagst, die Menschen lieben, denen sie ihn geben?

– Wenn wir lieben, geben wir. In gewisser Weise lieben auch sie. Wir geben etwas, einen Zylinder oder ein Buch mit Noten oder unsere Zeit und Arbeitskraft oder unseren Körper, als Gegengabe, im Austausch, für Liebe.

– Mir wärs ne ganze Portion lieber, die Weiber täten mirn Zylinder geben als ihren Körper.

– Das ist Geschmacksache. Dir gefallen vielleicht Zylinder. Mir nicht.

– Mein lieber Mann, sagte Cranly, du verstehst so gut wie gar nichts von der menschlichen Natur.
– Ich weiß ein paar elementare Dinge und ich drücke sie in Worten aus. Ich habe Empfindungen und ich drücke sie in gereimten Zeilen aus. Das Lied ist die einfache rhythmische Freisetzung einer Empfindung. Liebe kann sich zum Teil durch Gesang ausdrücken.
– Du idealisierst alles.
– Du kommst mir vor wie Hughes, wenn du das sagst.
– Du bildest dir ein, daß die Menschen all dieses ... all diesen wunderschönen eingebildeten Krempel fassen können. Sie könnens nicht. Guck dir die Mädchen an, die du jeden Tag siehst. Meinst du, die würden verstehn, was du über Liebe sagst?
– Ich weiß es wirklich nicht. Ich idealisiere die Mädchen nicht, die ich jeden Tag sehe. Ich sehe in ihnen Beuteltiere ... Aber trotzdem muß ich meiner Natur Ausdruck geben.
– Schreib du nur deine Gedichte, sagte Cranly.
– Ich fühle Regen, sagte Stephen, blieb unter einem Ast stehen und wartete auf das Fallen der Regentropfen.
Cranly stellte sich neben ihn und beobachtete ihn in seiner Positur mit einem Ausdruck bitterer Befriedigung im Gesicht.
Auf seinen Streifzügen stieß Stephen auf eine alte Bibliothek inmitten jener verwahrlosten Straßen, die Alt-Dublin heißen. Die Bibliothek war von Erzbischof Marsh gegründet worden, und obwohl sie jedermann geöffnet war, schienen nur wenig Menschen von ihrer Existenz zu wissen. Der Bibliothekar, entzückt über die Aussicht eines Lesers, zeigte Stephen Nischen und Winkel, in denen staubige braune Bände ihr Dasein fristeten. Stephen ging ein paarmal die Woche dahin, um alte italienische Bücher des Trecento zu lesen. Er hatte angefangen, sich für die Literatur der Franziskaner zu interessieren. Er schätzte nicht ohne mitleidige Gefühle die Legende von dem milden Häresiarchen aus Assisi. Er wußte instinktiv, daß die Liebesketten des heiligen Franz ihn nicht sehr lange fesseln würden, aber das Italienisch war so wundersam. Auch Elias

und Joachim belebten die naive Geschichte. Er hatte auf einem der Bücherkarren beim Fluß ein nicht öffentlich erschienenes Buch gefunden, in dem zwei Erzählungen von W. B. Yeats standen. Eine dieser Erzählungen hieß *Die Gesetzestafeln*, und darin war das fabulöse Vorwort erwähnt, das Joachim, der Abt von Fiore, seinem Ewigen Evangelium vorangestellt haben soll. Diese Entdeckung, die sich so günstig mit seinen eigenen Forschungen traf, veranlaßte ihn, seine franziskanischen Studien mit Energie weiterzuverfolgen. Er ging jeden Sonntagabend zur Kirche der Kapuziner, wohin er einst die schändliche Last seiner Sünden getragen hatte, damit sie ihm abgenommen werde. Er fühlte sich nicht verletzt durch die Prozessionen der Handwerker und Arbeiter um die Kirche herum, und die Predigten der Priester waren ihm angenehm, insofern als die Sprecher nicht geneigt zu sein schienen, viel Gebrauch von ihrer rhetorischen und elocutorischen Ausbildung zu machen, noch ängstlich darauf bedacht, sich, in der Theorie zumindest, als Männer dieser Welt auszuweisen. Er dachte, assisisch gestimmt, diese Männer wären seinen Absichten vielleicht näher als andere: und während er eines Abends mit einem Kapuziner sprach, mußte er wieder und wieder einen Impuls unterdrücken, den Priester am Arm zu nehmen, ihn den Kirchplatz auf und ab zu führen und sich kühn der ganzen Erzählung von den *Gesetzestafeln* zu entäußern, von der er jedes einzelne Wort im Kopf hatte. In Anbetracht der allgemeinen Einstellung Stephens der Kirche gegenüber zeigte sich in einem solchen Impuls sicher ein tiefsitzender Infekt, den zu kontern es großer Anstrengungen seines intellektuellen Partners bedurfte. Er verschaffte sich Befriedigung, indem er Lynch um die Einhegung von Stephen's Green herumführte und diesen jungen Mann in arge Verlegenheit brachte, indem er ihm die Geschichte von Yeats mit kalkulierter Lebendigkeit rezitierte. Lynch sagte, er kapiere nicht, wovon die Geschichte handele, aber hinterher, als er in einer Stampe in Sicherheit war, sagte er, die Rezitation habe ihm einen Riesenspaß gemacht.

– Diese Mönche sind wackere Männer, sagte Stephen.
– Füllige, runde Männer, sagte Lynch.
– Wackere Männer. Ich bin vor ein paar Tagen in ihrer Bibliothek gewesen. Ich habe meine Mühe gehabt, hineinzukommen: sämtliche Mönche kamen aus den verschiedensten Ecken, um mich anzuglotzen. Der Pater Guardian fragte mich, was ich wollte. Dann führte er mich hinein und gab sich die größte Mühe, mit mir die Bücher durchzugehen. Bedenke: er war ein dicker Priester und hatte gerade gespeist, das heißt also, daß er wirklich gutmütig war.
– Ein guter wackerer Mann.
– Er hat absolut nicht gewußt, was ich wollte oder warum ichs wollte, aber er fuhr mit dem Finger die eine Seite hoch und die andere runter und suchte nach dem Namen und schnaufte und summte vor sich hin »Jacopone, Jacopone, Jacopone, Jacopone.« Hab ich nicht ein rhythmisches Gefühl, hm?
Stephen liebte immer noch die Deformationen, die die Dämmerung schuf. Spätherbst und Winter in Dublin sind stets Zeiten klammen dusteren Wetters. Er lief durch die Straßen bei Nacht und intonierte Sätze. Er sagte sich oft die Geschichte der *Gesetzestafeln* vor und die Geschichte der *Anbetung der heiligen drei Könige*. Die Atmosphäre dieser Geschichten war schwer von Weihrauch und Omen und den Gestalten fahrender Mönche, Ahern und Michael Robartes durchzogen sie mit großen Schritten. Ihre Gespräche waren wie die Rätsel eines Jesus, der verachtet; ihre Moral war vormenschlich oder übermenschlich: das Ritual, dem sie solchen Wert beimaßen, war so zusammenhanglos und heterogen, eine so sonderbare Mischung aus Trivialitäten und heiligen Übungen, daß man darin das Ritual von Menschen erkennen mochte, die aus den Händen hoher Priester, vor Urzeiten eines Hochmuts des Geistes schuldig geworden, eine konfuse und entmenschte Tradition empfangen hatten, eine mysterienhafte Ordinierung. Die Zivilisation läßt sich wahrhaftig als die Schöpfung der von ihr Geächteten sehen, aber der geringste Protest gegen die bestehende Ordnung geht von den Geächteten aus, deren Credo

und Lebensart nicht einmal so weit reparabel sind, daß sie reaktionär werden. Sie wohnen in einer Kirche für sich; sie schwenken ihre Rauchfässer müde vor ihren verlassenen Altären; sie leben jenseits des Bereichs der Sterblichkeit, da sie sich entschieden haben, das Gesetz ihres Daseins zu erfüllen. Ein junger Mann wie Stephen in solcher Zeit der Klammnis und der Unrast hat keine Mühe, an die Realität ihrer Existenz zu glauben. Sie beugen sich mitleidig zur Erde, wie Dünste, nach Sünde verlangend, erinnern den Stolz ihres Ursprungs, rufen anderen, zu ihnen zu kommen. Am liebsten sagte Stephen sich diese schöne Stelle aus den *Gesetzestafeln* vor: Was fliehst du unsre Fackeln, die gemacht sind aus dem Holz der Bäume, unter denen Christus im Garten Gethsemane weinte? Was fliehst du unsre Fackeln, die gemacht sind aus süßem Holz, nachdem es aus der Welt entschwand und zu uns kam, die wirs aus alten Weisen machten, mit unserm Odem?
Eine gewisse Extravaganz begann sein Leben zu tönen. Es war ihm bewußt, daß er, wenn er auch nominell in gutem Einvernehmen mit der Gesellschaftsordnung, in die er geboren war, lebte, dies unmöglich fernerhin tun könne. Das Leben eines Fahrenden schien ihm weit weniger würdelos zu sein als das Leben jemandes, der die Tyrannei des Mediokren akzeptiert hatte, weil die Kosten, außergewöhnlich zu sein, zu hoch waren. Die junge Generation, die er um sich her heranwachsen sah, betrachtete seine Manifestationen geistiger Aktivität als etwas mehr denn Unziemliches, und er wußte, daß die Repräsentanten der Autorität, unter ihrer Maske furchtsamer Liebenswürdigkeit, die Hoffnung hegten, seine führerlose Natur würde ihn in einen derart jammervollen Konflikt mit den Gegebenheiten bringen, daß sie eines Tages das Vergnügen hätten, ihn in einem Spital oder einer Anstalt untergebracht zu sehen. Dies wäre kein ungewöhnliches Ende gewesen, denn der kühne, der hohe Mut der Jugend führt einen oft zu vorzeitiger Senilität, und die Kühnheit eines Dichters löst ihre Versprechungen weiß Gott schlecht ein, wenn sie ihn dazu verleitet, einen Hummer an einem hellen blauen Bändchen auf

dem Gehsteig spazieren zu führen, der den Bürgern reserviert ist. Er spürte deutlich die schleichenden Gefahren, die sich unterm Deckmantel der Extravaganz verbergen, aber er war ebenso überzeugt, daß ein stumpfsinniges Abschnurren sowohl unverstandener wie beziehungsloser Pflichten weit gefährlicher war und weit weniger befriedigend.

– Die Kirche glaubt, daß der Mensch in jeder seiner Taten ein Gutes sucht, sagte Cranly. Der Gastwirt will Geld verdienen, Whelan will Richter an einem Bezirksgericht werden, das Mädchen, mit dem ich dich gestern reden gesehn hab ...

– Miss Clery?

– Die will einen Mann und ein kleines Häuschen zum Wohnen. Der Missionar will aus Heiden Christen machen, der Bibliothekar der National Library will aus der Bevölkerung von Dublin Studenten und Leser machen. Ich begreife das Gute, nach welchem diese Menschen suchen, aber was suchst du?

– Die Kirche macht einen Unterschied zwischen dem Guten, welches dieser Mann sucht, und dem Guten, welches ich suche. Es gibt ein *bonum simpliciter*. Die Menschen, die du erwähnst, suchen ein Gutes dieser Art, weil sie von Leidenschaften dazu getrieben werden, die direkt sind, sogar wenn sie niedrig sind: Wollust, Ehrgeiz, Völlerei. Ich suche ein *bonum arduum*.

– Es könnte sich als ein *bonum* erweisen, das sehr *simpliciter* ist. Ich glaube nicht, daß dir das klar ist, sagte Cranly.

XXIII

Um diese Zeit gab es einige Unruhe in der politischen Welt hinsichtlich der Arbeit der Royal University. Man schlug vor, eine Kommission zur Untersuchung der Angelegenheit einzusetzen. Die Jesuiten wurden bezichtigt, sich des Apparats zu ihren eigenen Zwecken zu bedienen, ohne das rechte Maß an Unparteilichkeit walten zu lassen. Um den Vorwurf des Obskurantismus zu parieren, wurde eine Monatszeitschrift unter der Herausgeberschaft McCanns gegründet. Der neue Herausgeber war wegen dieses Ereignisses in bester Stimmung.

– Ich habe fast alle Beiträge für die erste Nummer zusammen, sagte er Stephen. Die wird bestimmt ein Erfolg. Ich möchte, daß du uns was für die zweite Nummer schreibst – aber etwas, das wir verstehen können. Steig ein bißchen herunter. Du kannst jetzt nicht mehr sagen, wir wären Barbaren: wir haben eine eigene Zeitschrift. Wir können unsere Ansichten zum Ausdruck bringen. Du schreibst uns doch was, nicht? Diesen Monat haben wir einen Artikel von Hughes drin.

– Es gibt natürlich einen Zensor? sagte Stephen.

– Na ja, sagte McCann, die Idee zu der Zeitschrift hat zuerst Pater Cummins gehabt.

– Der Direktor eurer Sodalität?

– Ja. Er hat zuerst die Idee gehabt und daher, verstehst du, fungiert er als eine Art Schirmherr.

– Also ist er der Zensor?

– Er hat unumschränkte Vollmachten, aber er ist alles andere als engstirnig. Vor dem brauchst du keine Angst zu haben.

– Verstehe. Und sag mir: krieg ich was bezahlt?

– Ich dachte, du wärst Idealist, sagte McCann.

– Dann viel Glück für die Zeitschrift, sagte Stephen und hob zum Abschied die Hand.

Die erste Nummer von McCanns Zeitschrift enthielt einen langen Artikel von Hughes über *Die Zukunft des Kelten*. Sie enthielt ferner einen Artikel auf irisch von Glynns Schwester und einen Leitartikel von McCann, in dem die Gründungsgeschichte der Zeitschrift dargelegt wurde. Der Artikel begann: »Es war ein glücklicher Gedanke des Direktors unserer Sodalität, die verschiedenen Elemente unseres College-Lebens zu vereinen, indem ihnen die Gelegenheit geboten wird, durch das Medium eines Universitätsmagazins Ideen und kritische Bemerkungen auszutauschen. Dank der aufopfernden Hingabe und Initiative von Pater Cummins konnten die Anfangsschwierigkeiten überwunden werden, und wir neigen uns vor unserer Leserschaft, in der Erwartung, daß sie uns ihr Ohr leiht.« Die Zeitschrift enthielt ferner mehrere Seiten Nachrichten von verschiedenen sportlichen und geistigen Vereinigungen, in denen Zelebritäten unter der dünnen Verkleidung ihrer latinisierten Zunamen verhohnepiepelt wurden. Die »Medizinischen Memos«, die »H_2O« unterzeichnet waren, bestanden aus mehreren Abschnitten, in denen Mediziner, die ihre Abschlußexamen bestanden hatten, beglückwünscht, und ein paar Abschnitten, in denen die liebenswürdigen Professoren der Medical School bedankt wurden. Das Blatt enthielt schließlich ein paar Verse: *Der weibliche Kamerad* (ein Lied vom Schwalbenflug), die »Toga Girilis« unterzeichnet waren.

Stephen bekam die neue Zeitschrift in der Bibliothek von Cranly gezeigt, der sie von der ersten bis zur letzten Zeile gelesen zu haben schien. Cranly lotste seinen Freund mit großer Hartnäckigkeit von einem Artikel zum nächsten, ohne sich um Stephens Ausrufe der Ungeduld zu scheren. Bei den »Medizinischen Memos« fluchte Stephen mit derart erstickter Heftigkeit, daß Cranly zwischen den Seiten der Zeitschrift zu lachen begann und ein rotgesichtiger Priester, der ihnen gegenüber saß, indigniert über sein Exemplar des *Tablet* herübersah. In der Vorhalle der Bibliothek stand ein kleiner Knäuel junger Männer und ein kleiner Knäuel junger Frauen, jeder mit einem Exemplar der neuen Zeitschrift versehen. Alle lachten und redeten und entschuldigten mit dem Regen ihr Herumstehn im Trockenen. McCann, drahtig und erhitzt, die Radfahrerkappe schräg auf dem Kopf, lief zwischen den

Gruppen hin und her. Als er Stephen sah, trat er mit erwartungsvoller Miene auf ihn zu.

– Na? Hast du schon gesehn ...?

– Es ist ein großer Tag für Irland, sagte Stephen, nahm die Hand des Herausgebers und schüttelte sie feierlich.

– Na ja ... es ist nicht ganz schlecht, sagte McCann mit angelaufener Stirn.

Stephen lehnte sich an eine der Steinsäulen und beobachtete die hintere Gruppe. Sie stand im Kreis ihrer Gefährtinnen, lachte und unterhielt sich mit ihnen. Der Zorn, mit dem ihn die neue Zeitschrift erfüllt hatte, verebbte langsam, und er zog es vor, sich auf das Schauspiel, das sie und ihre Gefährtinnen ihm boten, einzulassen. Wie bei seinem Betreten des Geländes von Clonliffe College entstand jähe Sympathie aus einer jähen Reminiszenz, eine reminiszente Sympathie für ein behütetes Seminaristenleben, dessen Tugenden provokant vor dem wilden Blick der Welt zur Schau gestellt zu sein schienen, so provokant, daß nur die Stärke der Mauern und Wachhunde sie in einem kleinen Zirkel angepaßter und timider Verhaltensweisen hielt. Obwohl ihren Verstellungen oft die Anmut fehlte und es ihrer Ordinärheit nur an Lungen mangelte, um grell zu sein, brachte ihm der Regen Nachsicht. Das Gebrabbel der jungen Studenten erreichte ihn wie von ferne, in abgerissenen Schwingungen, und wie er die Augen hob, sah er die hohen Regenwolken sich über das regengepeitschte Land verziehen. Der rasche leichte Schauer war vorüber, säumte nur noch, eine Traube von Diamanten, in den Büschen des Gevierts, wo er aus der schwarzgewordnen Erde dünstend aufstieg. Die Gesellschaft verließ den Schutz der Kolonnade, mit manchem zweifelnden Blick, mit einem Geplapper schmucker Stiefel, einer hübschen Rettung von Unterröcken, unter Schirmen, leichter Rüstung, in neckischem Winkel hochgehalten. Er sah sie zum Konvent zurückkehren – nüchtern-spröde Korridore und einfache Dormitorien, ein stiller Rosenkranz von Stunden – während die Regenwolken sich gen Westen verzogen und das Gebrabbel der jungen Männer ihn in regelmäßigen Schwingungen erreichte. Er sah weit weg in flachem regengepeitschtem Land ein hohes einfaches Gebäude mit Fenstern, durch die das trübe Tageslicht sickerte. Dreihundert Knaben, lärmend und hungrig, saßen an langen Tischen und aßen Rindfleisch, gerändert von grünem Fett wie Walspeck, und Kanten weißen klammen Brots, und ein junger Knabe, auf die Ellbogen gestützt, machte seine Ohrschlappen auf und zu, während der Lärm der Esser ihn rhythmisch erreichte wie das wilde Schnattern von Tieren.

– Es müßte eine Kunst der Geste geben, sagte Stephen eines Abends zu Cranly.

– Ja?

– Natürlich meine ich nicht Kunst der Geste, wie der Rhetorik-Professor das Wort versteht. Für ihn ist eine Geste eine Emphase. Ich meine einen Rhythmus. Du kennst doch das Lied: »Komm mit auf solch gelben Sand?«

– Nein.

– So gehts, sagte der Jüngling und machte dazu eine graziöse anapästische Geste mit jedem Arm. Das ist der Rhythmus, siehst du?

– Ja.

– Ich würde gern einmal auf die Grafton Street hintreten und mitten auf der Straße Gesten machen.

– Das würd ich gern sehn.

– Es gibt keinen Grund, weshalb das Leben alle Anmut und allen Adel verlieren sollte, auch wenn Columbus Amerika entdeckt hat. Ich will ein freies und edles, adeliges Leben führen.

– Ja?

– Meine Kunst wird einer freien und edlen Quelle entspringen. Es ist mir zu lästig, mir das Gehaben dieser Sklaven beizulegen. Ich lehne es ab, mich in die Stupidität hineinterrorisieren zu lassen. Glaubst du, daß ein einziger Vers einen Menschen unsterblich machen kann?

– Warum nicht gleich ein einziges Wort?

– ›Sitio‹ ist ein klassischer Schrei. Finde mal einen besseren.

– Meinst du, als Jesus am Kreuz hing, hätte er den Rhythmus dieser Bemerkung goutiert, wie du es nennen würdest? Meinst du, wenn Shakespeare ein Lied schrieb, wäre er auf die Straße gelaufen und hätte für die Leute Gesten gemacht?
– Es ist klar, daß Jesus außerstande war, seine Bemerkung durch eine entsprechend prachtvolle Geste zu illustrieren, aber ich stelle mir nicht vor, daß er sie mit sachlich-nüchterner Stimme gemacht hat. Jesu Art war sehr rein-tragisch: sein Verhalten während des Prozesses war bewundernswert. Bildest du dir ein, die Kirche hätte derart komplexe künstlerische Sakramente auf seiner Legende aufbauen können, wenn die Originalfigur nicht eine gewisse tragische Majestät besessen hätte?
– Und Shakespeare ...?
– Ich glaube nicht, daß er auf die Straße laufen wollte, aber ich bin überzeugt, daß er seine eigene Musik goutiert hat. Ich glaube nicht, daß Schönheit zufällig ist. Jemand mag sieben Jahre lang mit Unterbrechungen denken und dann auf einmal einen Vierzeiler schreiben, der ihn unsterblich macht, scheinbar ohne zu denken und ohne Besinnung – scheinbar. Dann wird der Gründling sprechen: »Oh, der konnte Gedichte schreiben«: und wenn ich frage »Wie ging das zu?«, wird der Gründling antworten »Nun, er hat sie einfach so hingeschrieben, weiter nichts.«
– Meiner Meinung nach phantasierst du dir alles das über Rhythmus und Geste nur zusammen. Wenn man dich hört, ist der Dichter ein schrecklich konfuser Geselle.
– So etwas kannst du nur deshalb sagen, weil du noch nie zuvor einen Dichter in Aktion gesehen hast.
– Woher weißt du das?
– Du hältst mein Theoretisieren für hochtrabend und verstiegen, nicht wahr?
– Ja.
– Nun, dann will ich dir sagen, du hältst mich für verstiegen, einfach weil ich modern bin.
– Mein lieber Mann, das ist Quatsch. Du redest andauernd

über ›modern‹. Hast du eine Ahnung, wie alt die Erde ist? Du sagst, du bist emanzipiert, aber meiner Meinung nach bist du übers erste Buch Genesis noch nicht hinausgekommen. Sowas wie ›modern‹ oder ›alt‹ gibt es nicht: es ist alles eins.
– Was ist alles eins?
– Das Alte und das Moderne.
– O ja, ich weiß, alles ist eins, nämlich gleichzeitig alles andere. Natürlich weiß ich, daß das Wort ›modern‹ nur ein Wort ist. Aber wenn ich es verwende, so in einer bestimmten Bedeutung...
– Was meinst du zum Beispiel?
– Der moderne Geist ist vivisektiv. Die Vivisektion selber ist das modernste Verfahren, das man sich vorstellen kann. Der alte Geist akzeptierte Phänomene eher ungnädig. Die alte Methode untersuchte Recht mit der Laterne der Gerechtigkeit, Moral mit der Laterne der Offenbarung, Kunst mit der Laterne der Tradition. Aber all diese Laternen haben magische Eigenschaften: sie transformieren und entstellen. Die moderne Methode erforscht ihr Territorium im Tageslicht. Italien hat der Zivilisation eine Wissenschaft geschenkt, indem es die Laterne der Gerechtigkeit auslöschte und dafür den Verbrecher in seiner Entstehung und in Aktion beobachtete. Alle moderne politische und theologische Kritik kommt aus ohne präsumptive Staaten, präsumptive Erlöser und Kirchen. Sie erforscht die Gemeinschaft als Ganzes in Aktion und rekonstruiert das Schauspiel der Erlösung. Wärst du ein Philosoph der Ästhetik, gäbst du auf all meine Grillen genau obacht, weil dir hier das Schauspiel des ästhetischen Instinkts in Aktion geboten wird. Das philosophische College sollte für mich einen Detektiv engagieren.
– Vermutlich ist dir bekannt, daß Aristoteles die Wissenschaft der Biologie gegründet hat.
– Ich würde um alles in der Welt nicht ein Wort gegen Aristoteles sagen, aber ich glaube, sein Geist würde sich selbst kaum gerecht werden, wenn er die ›inexakten‹ Wissenschaften behandelte.

– Ich wüßte gern, was Aristoteles von dir als Dichter gehalten hätte.
– Ich werd mich doch vor dem verdammt noch mal nicht entschuldigen. Soll er mich erforschen, wenn er dazu fähig ist. Kannst du dir eine hübsche Dame vorstellen, die sagt »O entschuldigen Sie, mein lieber Mr. Aristoteles, daß ich so schön bin«?
– Er war ein sehr weiser Mann.
– Ja, aber ich glaube nicht, daß er der spezielle Schutzpatron derjenigen ist, die die Nützlichkeit des Aufderstelletretens proklamieren.
– Was meinst du?
– Ist dir nicht aufgefallen, was für einen falschen und unwirklichen Ton abstrakte Begriffe auf den Lippen jener Alten im College haben? Du siehst, was für Reden sie jetzt über ihre neue Zeitung führen. McCann, glauben sie, führe sie aus der Gefangenschaft. Läßt diese Zeitung da von denen dich nicht zu dir selber sagen »Ich danke Dir, o Herr, daß ich hiermit nichts zu schaffen habe«? Das Spielzeugleben, das die Jesuiten diesen gelehrigen jungen Leuten zu führen gestatten, das nenne ich Aufderstelletreten. Das Marionettenleben, das der Jesuit selber als Verteiler von Erleuchtung und Redlichkeit führt, ist eine andere Variante des Aufderstelletretens. Und doch meinen diese beiden Klassen von Spielpuppen, daß Aristoteles sie vor den Augen der Welt gerechtfertigt habe. Erinnere dich freundlichst an die monströse Legende, nach der ihr ganzes Leben reguliert ist – wie aristotelisch ist das! Erinnere dich freundlichst an die minutiösen Bestimmungen, die sie haben, um den exakten Betrag an Seelenheil in jedem guten Werk zu errechnen – welch aristotelische Erfindung!
Eine Woche etwa vor Weihnachten stand Stephen eines Abends in der Vorhalle der Bibliothek, als Emma herauskam. Sie blieb stehen, um sich mit ihm zu unterhalten. Sie steckte heimelig in warmem Tweed und die langen gleichmäßigen Schlingungen ihrer weißen Boa präsentierten ihr lächelndes Gesicht der winterlichen Luft. Jeder junge Mann, der halbwegs gesund ist,

hätte sich beim Anblick einer so glücklichen und so glühenden Gestalt in freudloser Landschaft danach gesehnt, sie in seine Arme zu nehmen. Sie trug eine kleine braune Pelzkappe, in der sie aussah wie eine Weihnachtspuppe, und ihre unverbesserlichen Augen schienen zu sagen »Möchtest du mich nicht herzen?« Sie begann sofort loszuplappern. Sie kannte das Mädchen, das den *Weiblichen Kameraden* geschrieben hatte – ein furchtbar schlaues Ding, in solchen Sachen. Sie hätten in ihrem Konvent auch eine Zeitschrift; dafür schriebe sie Sketchs.

– Übrigens höre ich schreckliche Sachen von dir.

– Wie kommt das?

– Jeder sagt, du hättest schreckliche Ideen, du würdest schreckliche Bücher lesen. Du bist ein Mystiker oder sowas. Weißt du, was ich ein Mädchen hab sagen hören?

– Nein. Was?

– Daß du nicht an Gott glauben würdest.

Sie gingen das Green entlang, innerhalb der Ketten, und als sie das sagte, gab sie ihm mehr von ihrer Körperwärme und ihre Augen sahen ihn mit besorgtem Ausdruck an. Stephen gab den Blick unerschütterlich zurück.

– Laß nur den lieben Gott, Emma, sagte er. Du interessierst mich viel mehr als dieser alte Herr.

– Welcher Herr? fragte Emma grad heraus.

– Der mittelalterliche Herr mit dem Vogelhaus – Jehovah der Zweite.

– Du sollst nicht in der Weise zu mir sprechen, das hab ich dir schon einmal gesagt.

– Also gut, Emma. Ich sehe, du hast Angst, deinen Glauben zu verlieren. Aber du brauchst vor meinem Einfluß keine Angst zu haben.

Sie gingen vom Green bis zur South Circular Road, ohne ein weiteres Gespräch zu probieren. Bei jedem Schritt, den sie machten, verankerte sich Stephens Entschluß, sie zu verlassen und nie mehr wiederzusehn, tiefer. Selbst als eine Abwechslung war ihre Gesellschaft etwas erniedrigend für sein Gefühl

von Würde. Als sie unter den hohen Bäumen der Mall gingen, verlangsamte sie ihren Schritt und blieb, als sie vor den Lichtern der Brücke sicher waren, bewußt stehen. Stephen war sehr überrascht, da Stunde und Ort ihr Dastehen zweideutig machten, und obwohl sie den breiten Schatten der Bäume für ihr Anhalten gewählt hatte, hatte sie sich diese Kühnheit in Sichtweite ihres Zuhauses herausgenommen. Sie lauschten einen Augenblick dem ruhigen Fließen des Wassers und sahen die Tram vom Scheitelpunkt der Brücke sich gemach hinunterschleppen.
– Interessiere ich dich denn so sehr? sagte sie, nun endlich mit voller bedeutungsreicher Stimme.
– Natürlich, sagte Stephen und versuchte ihren Ton zu treffen. Ich weiß, daß du lebendig bist und ein Mensch.
– Aber lebendig sind so viele Menschen.
– Du bist eine Frau, Emma.
– Würdest du mich jetzt eine Frau nennen? Findest du, daß ich kein kleines Mädchen mehr bin?
Stephens Blick durchstreifte das herausfordernde Territorium ein paar Augenblicke, während denen ihre halbgeschlossenen Augen die Übertretung ohne Protest duldeten.
– Nein, Emma, sagte er. Du bist kein Mädchen mehr.
– Aber du bist kein Mann, oder? sagte sie rasch, denn Stolz und Jugend und Verlangen begannen ihre Wangen selbst im Schatten zu entflammen.
– Ich bin noch ein Milchbart, sagte Stephen.
Sie neigte sich noch ein wenig mehr ihm zu, und derselbe zärtlich-besorgte Ausdruck erschien in ihren Augen. Die Wärme ihres Körpers schien in den seinen herüberzuströmen, und ohne einen Augenblick zu zögern, steckte er seine Hand in die Tasche und begann seine Münzen herauszufingern.
– Ich muß jetzt reingehn, sagte sie.
– Gute Nacht, sagte Stephen lächelnd.
Als sie hineingegangen war, lief er das Kanalufer entlang, weiter im Schatten der blattlosen Bäume, und summte den Hymnus des Karfreitagevangeliums vor sich hin. Er dachte an das, was er zu Cranly gesagt hatte, daß Menschen geben,

wenn sie lieben, und laut sagte er »Ich spreche nie wieder mit ihr«. Als er zur unteren Brücke kam, löste sich eine Frau aus den Schatten und sagte »Guten Abend, Lieber«. Stephen blieb stehen und sah sie an. Sie war eine nicht einmal mittelgroße Frau und selbst in dieser kalten Jahreszeit dünsteten ihre Kleider uralte Schweißgerüche aus. Ein schwarzer Strohhut saß keck über ihrem glasigen Gesicht. Sie fragte, ob er mit ihr nicht ein Stück spazieren wolle. Stephen sagte nichts zu ihr, transferierte aber, immer noch den Passionshymnus summend, seine Münzen in ihre Hand und ging weiter. Er hörte ihre Segenssprüche in seinem Rücken und begann sich zu fragen, was vom literarischen Standpunkt aus besser wäre: Renans Darstellung des Todes Jesu oder die Darstellung der Evangelisten. Er hatte einmal einen Prediger mit frommem Horror die Theorie erwähnen hören, die ein literarischer Agent des Teufels aufgestellt hatte, wonach Jesus ein Wahnsinniger gewesen sei. Die Frau im schwarzen Strohhut würde niemals glauben, daß Jesus ein Wahnsinniger wäre, und Stephen teilte ihre Meinung. Er ist gewiß ein bedeutendes Beispiel für Junggesellen, sagte er sich, aber für eine göttliche Person war er ein wenig zu besorgt um sich selber. Die Frau im schwarzen Strohhut hat den Namen Buddhas noch nie gehört, aber Buddhas Charakter scheint dem Jesu an reiner, nicht affektierter Heiligkeit überlegen gewesen zu sein. Ich möchte mal wissen, wie ihr diese Geschichte von Yasodhara gefällt, der Buddha nach seiner Erleuchtung und Buße küßt. Renans Jesus ist eine Spur buddhistisch, aber die wildwütigen Fresser und Säufer des Abendlandes würden eine solche Figur niemals anbeten. Blut will Blut. Es gibt Menschen auf dieser Insel, die einen Hymnus, der anfängt »Gewaschen im Blute des Lamms«, singen, um dem frommen Impuls Genüge zu tun. Vielleicht ist das ganze eine Ernährungsfrage, aber ich würde mich lieber mit Reiswasser waschen. Jau! was für eine Vorstellung! Ein Blutbad, um den geistigen Leib von all seinem sündigen Schweiß zu reinigen... Ihr Gefühl für Schicklichkeit läßt diese Frau mitten im Winter einen schwarzen Strohhut tragen.

Sie sagte zu mir »Guten Abend, Lieber«. Der größte Liebhaber aller Zeiten könnte nicht mehr sagen. Stell dir das vor. »Guten Abend, Lieber.« Muß der Teufel sich nicht ärgern, daß man sie eine Kreatur des Bösen nennt?

– Ich will sie nicht mehr sehen, sagte Stephen ein paar Abende später zu Lynch.

– Das ist ein großer Fehler, sagte Lynch und blies seine Brust auf.

– Es ist ja nur Zeitverschwendung. Ich kriege doch nie von ihr, was ich will.

– Und was willst du von ihr?

– Liebe.

– Bitte?

– Liebe.

Lynch blieb abrupt stehen und sagte:

– Guck mal, ich habe vier Pence ...

– *Du?*

– Gehn wir wohin. Aber wenn ich dir einen ausgebe, mußt du mir versprechen, daß du das nicht noch einmal sagst.

– Was sagst?

– Das Wort.

– Wohl ›Liebe‹?

– Gehn wir hier rein.

Als sie im schmutzigen Dämmer einer Kneipe saßen, begann Stephen nachdenklich auf seinem Schemel von einem Bein aufs andere zu schaukeln.

– Ich merke, daß ich dich übererzogen habe, mein guter Lynch.

– Aber das war doch eine Greulichkeit, sagte Lynch, der den Luxus genoß, seinen Kameraden bewirten und maßregeln zu können.

– Du glaubst mir nicht?

– Natürlich nicht.

Stephen befaßte sich kurze Zeit mit seinem Zinngemäß.

– Natürlich, sagte er endlich, würde ich mich auch mit weniger begnügen, wenn sie mir das gäbe.

– O das kann ich mir denken.

– Möchtest du, daß ich sie verführe?
– Sehr gern. Das wäre sehr interessant.
– Ach, es wäre doch nicht möglich!
Lynch lachte.
– Der Klageton, in dem du das sagst. Ich wünschte, McCann könnte dich hören.
– Weißt du, Lynch, sagte Stephen, wir können das doch ruhig offen und ehrlich zugeben: Wir brauchen Frauen.
– Ja: zugegeben: Wir brauchen Frauen.
– Jesus sprach: »Wer ein Weib ansieht, ihrer zu begehren, der hat mit ihr die Ehe schon gebrochen in seinem Herzen«: aber er hat das ›Ehebrechen‹ nicht verdammt. Außerdem ist es unmöglich, nicht ›ehezubrechen‹.
– Ganz unmöglich.
– Folglich, wenn ich eine Frau sehe, die zum ›Orakel‹ bereit ist, geh ich hin: wenn sie nicht bereit ist, bleib ich weg.
– Aber dieses Mädchen ist bereit zum ›Orakel‹.
– Das ist das Quälende an der Geschichte: ich weiß, daß sie es ist. Es ist sehr ungehörig von ihr, daß sie mich quält. Ich muß dahin gehen, wo für mich der Boden nicht schwankt.
– Aber das kostet Geld; und außerdem ist es gefährlich. Du kriegst vielleicht einen Schlag weg, der dir für den Rest deines Lebens reicht. Ich wundere mich sowieso, daß du dir bis jetzt noch keinen geholt hast.
– Ach ja, es ist zum Auswachsen. Und doch muß ich irgendwo hingehen ... Sie ist ein menschliches Wesen, weißt du. Ich kann nicht sagen, daß ich Hürchen für menschliche Wesen halte. Die Substantive *scortum* und *moechus* sind beide Neutra.
– Natürlich wäre ein menschliches Wesen viel besser. Aber kriegen könntest du sie, wenn du wolltest.
– Wie?
– Durch Heirat.
– Ich bin froh, daß du mich daran erinnert hast, sagte Stephen. Ich hätte das beinah vergessen.
– Du kannst sicher sein, daß sie das nicht vergißt, sagte Lynch, noch irgend jemand anders es vergessen läßt.

Stephen seufzte.

– Erinnerst du dich in der *Anbetung der heiligen drei Könige* an die Stelle – »Wenn die Unsterblichen die Dinge, die heut sind, umstürzen und die Dinge, die gestern waren, bringen wollen, haben sie keinen, der ihnen hilft, außer einem, den die Dinge, die heut sind, ausgestoßen haben.«

– Ja.

– Wen habe ich, der mir hilft, außer der Frau im schwarzen Strohhut? Und doch möchte ich der Welt die geistige Erneuerung bringen, die der Dichter ihr bringt ... Nein, ich habe mich entschieden. Ich will sie nicht mehr sehen.

– Die Frau im schwarzen Strohhut?

– Nein, die Jungfrau.

– Ich finde trotzdem, daß du einen Fehler machst, sagte Lynch und trank seine Pint aus.

An einem rauhen vernebelten Morgen nach Weihnachten las Stephen in Pater Artifonis Schlafzimmer *Oreste*. Er stellte mechanisch Fragen und hörte mechanisch auf die Antworten. Er dachte sich folgende Frage und Antwort für den pseudoklassischen Katechismus aus:

Frage – Welche große Wahrheit lernen wir aus den *Grabesspenderinnen* des Äschylus?

Antwort – Wir lernen aus den *Grabesspenderinnen* des Äschylus, daß im alten Griechenland Brüder und Schwestern die gleiche Schuhgröße hatten.

Er schaute müd von dem elenden italienischen Einband seines Buchs hinaus auf die desolaten Anlagen von S. Stephen's Green. Über ihm und unter ihm und um ihn herum in kleinen dunklen verstaubten Räumen pochte das geistige Herz Irlands – junge Männer waren auf der Jagd nach Wissen begriffen. Über und unter ihm und um ihn herum waren Jesuiten postiert, den jungen Männern auf den fährlichen Wegen der Erkenntnis Führung und Geleit zu sein. Die Hand jesuitischer Autorität lag fest auf jenem geistigen Herzen, und wenn es manchmal zu schwer daran trug, welch geringes Kreuz war das schon! Die jungen Männer spürten, daß solche Strenge

ihre Gründe hatte. Sie verstanden sie als einen Beweis von wachsamer Sorge und Interesse, waren versichert, daß in ihrem künftigen Leben diese Sorge fortwähren, dieses Interesse nicht aufhören würde: die Ausübung der Autorität mochte manchmal (selten) fragwürdig sein, ihre Absicht niemals. Wer wäre also bereitwilliger gewesen als diese jungen Männer, die Kapriolen eines freundlichen Professors oder die Verdrossenheit eines Portiers dankbar zur Kenntnis zu nehmen? Wer eifriger, die Ehre der Alma Mater in jeder Weise hochzuschätzen und persönlich zu befördern?
Die tödliche Atmosphäre des College kroch Stephen ums Herz. Seinesteils war er in dem schwierigen Alter, verarmt und bedürftig, spürte alles, das unedel war an derlei Manier, er, der in Träumen, wenigstens, das Edle gekannt hatte. Als Heilmittel gegen eine so ungehörige Krankheit wollte ein ernster Jesuit eine Kontorstelle bei Guinness verschreiben: und zweifelsohne hätte der designierte Kontorist einer Brauerei nicht Hohn und Mitleid nur für eine bewunderungswürdige Gemeinschaft gehabt, hätte es ihn nicht, in der Sprache der Schulmänner, nach einem *bonum arduum* verlangt. Unmöglich, daß er das seiner Seele zureichende Gute in Gesellschaften für die Beförderung des Denkens in Laienkreisen, oder anderen denn körperlichen Trost in der warmen Sodalität, im Verein mit jenen törichten und grotesken Virginitäten hätte finden können! Unmöglich, daß ein je auf seine Ekstase hin bebendes Gemüt sich der Unterwerfung hätte fügen, daß eine Seele, über die das Bild der Schönheit wie ein Deckmantel gefallen war, sich Knechtschaft zum Los hätte dekretieren können.
Die tödliche Kälte der College-Atmosphäre paralysierte Stephens Herz. Im Stupor der Machtlosigkeit hielt er Rückschau auf die Plage, die Pest des Katholizismus. Zu sehen schien er das Gezücht, wie es in den Katakomben zu einer Zeit der Krankheit und der Grausamkeit gezeugt ward und sich ausbreitete über die Ebenen und Berge Europas. Wie die in Callista beschriebene Heuschreckenplage schienen sie die Flüsse zu ersticken und die Täler aufzufüllen. Sie verfinsterten die Sonne. Ver-

achtung der Menschennatur, Schwäche, nervöses Zittern, Angst vor Tag und Freude, Mißtrauen gegen Mensch und Leben, Hemiplegie des Willens, die bedrängten den Leib, der von seinen schwarzen tyrannischen Läusen überzogen und an seinen Gliedern unregsam geworden war. Jubel des Geistes vor freudiger Schönheit, Jubel des Körpers in freier gemeinsamer Arbeit, jeder natürliche Impuls nach Gesundem, nach Weisheit und Glück, war von der Pest dieses Gezüchts zernagt worden. Das Schauspiel der Welt in Banden erfüllte ihn mit dem Feuer des Muts. Er wenigstens, obschon er am weitesten ab vom Zentrum der europäischen Kultur lebte, ausgesetzt auf einer Insel im Ozean, obschon Erbe eines Willens, den Zweifel gebrochen hatte, und einer Seele, deren Standhaftigkeit im Hassen so schwach wurde wie Wasser in den Armen von Sirenen, er würde sein eignes Leben führen, entsprechend dem, was er als die Stimme einer neuen Menschheit erkannt hatte, tätig, ohne Furcht und ohne Scham.
Er folgte seiner Italienischstunde mechanisch, spürte die ununterbrochene Tödlichkeit der College-Atmosphäre in Kehle und Lunge, und wie sie seine Augen verfinsterte und sein Hirn vernebelte. Die kleine Eisenuhr auf dem Tisch hatte kaum die halbe Stunde hinter sich gebracht: elf Uhr schien noch so fern. Er mußte seinen Machiavelli aufschlagen und einen Abschnitt vorlesen, bis das Ohr des Lehrers befriedigt war. Die triste Chronik fiel ihm brockenweise aus dem Mund, öde hölzerne Wörter. Von Zeit zu Zeit schaute er auf von der Seite und sah, wie der dicke Mund des Priesters seine hingeschlampten o's einmal durch eine jähe harte Ausstoßung des Vokals, einmal durch ein langsames stummes Vorschieben der Lippen korrigierte. Die kleine Eisenuhr tickte weitere fünf Minuten fort. Dann begann der Lehrer die Übung zu korrigieren. Stephen schaute müde aus dem Fenster, über die nebelverhangenen Anlagen. Die Luft war mit Wasserdunst durchwoben und alle Blumenbeete und Wege setzten dem Grau des Himmels ein brutales klitschiges Braun entgegen. Regenmäntel und Überzieher kamen die Wege entlang oder die Stufen des

Denkmals herunter, unter Schirmen oder bekrönt von einem eingewickelten Menschenschädel. Der Fußsteig innerhalb der Ketten, wo Stephen so oft nachts mit seinen Freunden gegangen war, glitzerte wie ein grauer Spiegel. Stephen sah die Füße über die polierte Oberfläche gleiten: er fragte sich, ob es seine Augenblicke exzessiver Vitalität waren, die sich durch einen Umschlag in solche Stunden der Verzweiflung verkehrten. Er spürte, daß er die Welt mit Cranlys Augen sah, und dennoch schaute er weiter den Fußsteig hinunter.

– Kann man nicht sagen, sagte der Lehrer und fuhr mit dem Bleistift unter einem Satz her. Das ist nicht Italienisch.

Stephen wandte seine Augen plötzlich vom Fenster weg und stand auf:

– Würden Sie mich bitte entschuldigen, Sir. Ich bin... Ich habe vergessen, Ihnen zu sagen, daß ich heute früher fort muß... Ich fürchte, ich bin schon zu spät, setzte er mit einem Blick auf die Uhr hinzu. Würden Sie mich entschuldigen?

– Sie haben jetzt eine Verabredung?

– Ja, ich hätte sie beinah vergessen. Sie müssen mich für heute entschuldigen...

– Gewiß, gewiß. Sie können jetzt gehen.

– Danke. Es tut mir leid, ich...

– Gewiß, gewiß.

Mit einer fliegenden Hand am Geländer rannte er die Treppe hinunter, fünf Stufen auf einmal. Er wurstelte sich in der Halle in seinen Regenmantel und trat schnaufend und halbangezogen auf die Vordertreppe. Er rannte hinaus in die Mitte des schlammigen Fahrdamms und spähte durch das trübe Licht nach der Ostseite des Platzes. Er ging rasch in der Mitte des Fahrdamms weiter, die Augen auf denselben Punkt geheftet, und kam dann wieder auf den Fußsteig und begann zu rennen. Als er die Ecke von Earlsfort Terrace erreichte, hörte er zu rennen auf und ging, sich nach rechts wendend, wieder rasch weiter. Außerhalb der Universität holte er das Opfer seiner Verfolgungsjagd ein.

– Guten Morgen!

– Stephen! ... Bist du gerannt?
– Ja.
– Wo gehst du hin?
– Ich hab dich vom Fenster aus gesehen.
– Von welchem Fenster?
– Im College. Wo gehst du hin?
– Leeson Park.
– Das ist der Weg, sagte Stephen und nahm ihren Arm.
Sie schien einen solchen Akt im grellen Tageslicht mißbilligen zu wollen, doch nach einem raschen tadelnden Blick ließ sie sich von ihm eskortieren. Stephen drückte ihren Arm fest an seine Seite und brachte sie gelinde durcheinander, indem er sehr dicht an ihrem Gesicht sprach. Ihr Gesicht glitzerte vom Nebel und hatte als Antwort auf sein erregtes und leidenschaftliches Gehaben zu glühen begonnen.
– Wo hast du mich gesehen?
– Ich war am Fenster während meiner Italienischstunde bei Pater Artifoni. Ich hab dich durchs Green kommen und die Straße überqueren sehn.
– Wirklich?
– Und da bin ich sofort aufgesprungen und hab ihn gebeten, mich zu entschuldigen, da ich eine Verabredung hätte, und bin die Treppe hinuntergeflogen und hinaus hinter dir her.
Die Farbe auf ihrer Wange war dunkler und dunkler geworden, und es war deutlich, daß sie völlig ungerührt zu erscheinen versuchte. Zunächst hatte sie sich geschmeichelt gefühlt, aber jetzt wurde sie ein wenig nervös. Sie lachte nervös, als er ihr sagte, daß er hinter ihr hergerannt sei.
– Allmächtiger! Warum hast du denn das gemacht?
Stephen antwortete nicht, preßte aber ihren Arm wildentschlossen an seine Seite. Am Ende der Terrace bog sie instinktiv in eine Seitenstraße. Hier ging sie langsamer. Die Straße war sehr ruhig, und sie dämpften beide ihre Stimme.
– Wie hast du denn gewußt, daß ich es war? sagte sie. Du mußt gute Augen haben.
– Ich hab grade aus dem Fenster geschaut, antwortete er, und

den Himmel und das Green betrachtet. Großer Gott! Ich war so sehr verzweifelt. Manchmal packt es mich so: ich lebe ein so sonderbares Leben – ohne Hilfe oder Sympathie von irgendeinem. Manchmal hab ich Angst vor mir. Die Leute da im College nenn ich nicht Menschen, sondern Pflanzen ... Und da, während ich meinen eigenen Charakter verfluchte, sah ich dich.

– Ja? sagte sie und sah die unordentliche Figur neben sich aus ihren großen ovalen Augen an.

– Weißt du, ich war entzückt, als ich dich sah. Ich mußte aufspringen und hinausrennen. Ich hätte keine einzige Minute mehr da sitzen können ... Ich sagte, hier, endlich, ist ein menschliches Geschöpf ... Ich kann dir gar nicht sagen, wie entzückt ich war.

– Du sonderbarer Junge! sagte sie. Du mußt doch nicht einfach so herumrennen. Du mußt doch vernünftiger sein.

– Emma! rief Stephen, heute fang bitte nicht an, so mit mir zu reden. Ich weiß, daß du sehr vernünftig sein willst. Aber du und ich – wir sind doch beide jung, nicht?

– Ja, Stephen.

– Gut denn. Wenn wir jung sind, fühlen wir uns glücklich. Wir fühlen überall in uns ein Verlangen.

– Verlangen?

– Weißt du, als ich dich sah ...

– Ja, wie hast du mich erkannt?

– An deinem Schreiten!

– Schreiten!

– Weißt du, Emma, daß ich selbst von meinem Fenster aus sehen konnte, wie deine Hüften sich unter deinem Regenmantel bewegten? Ich sah eine junge Frau, die stolz durch die verfallene Stadt ging. Ja, genau so gehst du: du bist stolz, jung zu sein, und stolz, eine Frau zu sein. Weißt du, als ich dich von meinem Fenster aus sah – weißt du, was ich da fühlte?

Es hatte keinen Sinn mehr für sie, es jetzt noch einmal mit Gleichgültigkeit zu probieren. Ihre Wangen waren von einer nachhaltigen Röte überzogen und ihre Augen funkelten wie

Edelsteine. Sie schaute geradeaus und ihr Atem begann zu fliegen. Sie standen beisammen in der verlassenen Straße und er sprach weiter, wobei eine gewisse freimütige Unbeteiligtheit seine erregte Leidenschaft lenkte.

– Ich fühlte, daß ich mich danach sehnte, dich in meinen Armen zu halten – deinen Körper. Ich sehnte mich danach, daß du mich in deine Arme nähmst. Das ist alles... Dann dachte ich, ich müßte hinter dir herrennen und dir das sagen ... Bloß *eine* Nacht zusammenzuleben, Emma, und dann am Morgen Lebwohl zu sagen und einander nie mehr wiederzusehen! Sowas wie Liebe gibts nicht auf der Welt: nur daß Menschen jung sind...

Sie versuchte ihm ihren Arm zu entziehen und murmelte, als sage sie etwas aus dem Gedächtnis auf:

– Du bist verrückt, Stephen.

Stephen ließ ihren Arm, nahm ihre Hand in seine und sagte:

– Lebwohl, Emma ... Ich fühlte, daß ich dir das sagen wollte, um meinetwegen, aber wenn ich hier in dieser dummen Straße noch länger neben dir stehe, werde ich gleich noch mehr sagen ... Du sagst, ich bin verrückt, weil ich nicht mit dir feilsche oder sage, ich liebe dich oder dir Schwüre ablege. Aber ich glaube, du hörst meine Worte und verstehst mich, ja?

– Ich verstehe dich ganz und gar nicht, antwortete sie mit einem Anflug von Zorn.

– Ich geb dir eine Chance, sagte Stephen und drückte ihre Hand fest zwischen seinen beiden Händen. Heut nacht, wenn du ins Bett gehst, denk an mich und geh an dein Fenster: ich werde im Garten sein. Öffne das Fenster und rufe meinen Namen und bitte mich, hereinzukommen. Dann komm herunter und laß mich ein. Wir werden eine Nacht zusammen leben – eine Nacht, Emma, allein zusammen, und am Morgen werden wir Lebwohl sagen.

– Laß meine Hand los, bitte, sagte sie und entwand ihm ihre Hand. Wenn ich gewußt hätte, daß dieses verrückte Gerede der Grund war... Ich will nie wieder ein Wort mit dir reden, sagte sie, ging einen Schritt oder zwei von ihm weg und zerrte

ihren Regenmantel aus seiner Reichweite. Für wen hältst du mich eigentlich, daß du in der Art mit mir redest?
– Es ist keine Beleidigung, sagte Stephen und verfärbte sich plötzlich, wie ihm die Umkehr des Bildes bewußt wurde, wenn ein Mann eine Frau um das fragt, was ich dich gefragt habe. Du bist über irgend etwas anderes verärgert, nicht darüber.
– Du bist verrückt, glaube ich, sagte sie und huschte rasch an ihm vorbei, ohne von seinem Gruß Notiz zu nehmen. Allerdings ging sie nicht schnell genug, die Tränen zu verbergen, die in ihren Augen waren, und er, überrascht sie zu sehen und über ihren Ursprung sinnend, vergaß das Lebwohl zu sagen, das auf seinen Lippen war. Wie er sie dann rasch mit leicht geneigtem Kopf weitergehen sah, meinte er zu fühlen, wie ihre Seele und seine rasch und für immer entzweibrachen, nach einem Augenblick, der fast Vereinigung gewesen war.

XXIV

Lynch gickelte sehr über dieses Abenteuer. Er sagte, das wäre der originellste Verführungsversuch, von dem er je gehört hätte, so originell, daß ...

– Weißt du, sagte er, ich muß dir schon sagen, daß es für einen normal denkenden Menschen ...

– Das heißt, für dich?

– Daß es für einen normal denkenden Menschen so aussieht, als hättest du vorübergehend von deinem Verstand Urlaub genommen.

Stephen heftete den Blick starr auf seine Zehen: sie saßen auf einer Bank im Green.

– Es war das Beste, was ich tun konnte, sagte er.

– Ein sehr schlechtes Bestes, meiner Meinung nach. Kein Mädchen, das nur ein Gramm Verstand hat, würde dich anhören. So fängt man das nicht an, Mensch. Plötzlich rennst du hinter ihr her, holst sie schwitzend und schnaufend ein und sagst »Komm, schlafen wir miteinander.« Hast du das als Witz gemeint?

– Nein, es war mir ganz ernst. Ich hab gedacht, sie würde vielleicht ... Ach ich weiß auch nicht, was ich gedacht habe. Ich sah sie, wie ichs dir erzählt hab, und rannte hinter ihr her und sagte, was ich auf dem Herzen hatte. Wir sind schon so lange befreundet ... Jetzt siehts aus, als hätte ich mich wie ein Irrer benommen.

– O nein, sagte Lynch und dehnte seinen Brustkasten, nicht wie ein Irrer, aber du hast das Ganze so seltsam aufgezogen.

– Wenn ich hinter ihr hergerannt wäre und ihr einen Antrag, das heißt einen Heiratsantrag, gemacht hätte, würdest du nicht sagen, ich hätte mich seltsam benommen.

– Selbst in diesem Fall ...

– Nein, nein, lüg dir nichts vor, du würdest es nicht. Du fändest eine Entschuldigung für mich.

– Nun ja, weißt du, Heiraten ist etwas relativ Gesundes, nicht?
– Für einen normal denkenden Menschen deiner Art mag das stimmen: für mich nicht. Hast du je den Text des Trauungszeremoniells im Book of Common Prayer gelesen?
– Niemals.
– Das solltest du mal. Im Alltagsleben bist du Protestant: du gibst dich nur als Katholiken, wenn du diskutierst. Nun, für mich ist diese Zeremonie unannehmbar: sowas Gesundes, wie du dir vorstellst, ist sie nicht. Ein Mann, der vor der Welt schwört, eine Frau zu lieben, bis daß der Tod sie scheide, ist weder nach Meinung des Philosophen gesund, der weiß, was Unbeständigkeit ist, noch nach Meinung des Mannes von Welt, der weiß, daß es sicherer ist, bei derlei Dingen der Zeuge zu sein und nicht der Akteur. Ein Mensch, der etwas zu tun schwört, was er nicht ausführen kann, da es nicht in seiner Macht steht, gilt als nicht ganz gesund. Ich meinerseits glaube nicht, daß es je einen Augenblick so wildentschlossener und nachdrücklicher Leidenschaft gab, der einen Mann berechtigt hätte, dem Objekt seiner Anbetung zu sagen: »Ich könnte dich ewig lieben«. Bitte versteh die Bedeutung Goethes . . .
– Trotzdem ist die Ehe ein Brauch. Einem Brauch folgen ist ein Zeichen geistiger Gesundheit.
– Es ist ein Zeichen für Gewöhnlichkeit. Ich gebe zu, daß viele gewöhnliche Menschen geistig gesund sind, genauso wie ich weiß, daß viele gewöhnliche Menschen unter Wahnideen leiden. Aber das Vermögen, sich von anderen oder sich selber täuschen zu lassen, kann man doch wirklich nicht für den wesentlichen Teil geistiger Gesundheit halten. Es geht vielmehr nur um die Frage, ob jemand einer ungesunden Veranlagung dadurch stattgibt, daß er sich selber freiwillig täuscht, oder dadurch, daß er sich freiwillig von anderen täuschen läßt.
– Jedenfalls war dein Schritt undiplomatisch.
– Wer wüßte das nicht, sagte Stephen aufstehend, aber alle echte Diplomatie zielt auf eine ganz besonders superbe Pflaume. Welche Pflaume gewinnt sich wohl Cranly, was meinst

du, durch eine Diplomatie, die an sich höchst verdienstlich ist? Welche Pflaume würde ich wohl kriegen, wenn ich einen diplomatischen Heiratsantrag stellte, abgesehen von einer Partnerin, »zu lauschen meiner keuschen Rede, mit Furcht gepaart« – hm?

– Den Saft der Frucht, antwortete Lynch, stand seinerseits auf und blickte sehr durstig und müde drein.

– Die Frau selber, meinst du?

– Genau.

Stephen ging ohne etwas zu sagen etwa zwanzig Yard den Weg weiter: dann sagte er:

– Ich möchte, daß eine Frau sich gibt. Ich möchte empfangen ... Diese Leute betrachten es als eine Sünde, heilige Dinge für Geld zu verkaufen. Aber um das, was die den Tempel des Heiligen Geistes nennen, dürfte doch weiß Gott nicht gefeilscht werden! Ist das nicht Simonie?

– Du willst doch deine Gedichte verkaufen, nicht wahr, sagte Lynch abrupt, und zwar einem Publikum, das du eingestandenermaßen verachtest?

– Ich will dem Publikum nicht mein poetisches Bewußtsein verkaufen. Ich erwarte Lohn vom Publikum für meine Gedichte, weil ich glaube, daß sie zu den geistigen Besitztümern des Staates zu zählen sind. Das ist kein simonistischer Tausch. Ich verkaufe nicht, was Glynn den göttlichen afflatus nennt: ich schwöre nicht, das Publikum bis daß ich sterbe zu lieben, zu verehren und ihm zu gehorchen – oder? Der Körper einer Frau ist ein physisches Besitztum des Staates: wenn sie ihn als Handelsware benutzt, muß sie ihn entweder als Hure verkaufen oder als verheiratete Frau oder als arbeitende Junggesellin oder als Mätresse. Aber eine Frau ist (nebenbei) ein menschliches Wesen: und die Liebe und Freiheit eines menschlichen Wesens sind kein geistiges Besitztum des Staates. Kann der Staat die Elektrizität kaufen und verkaufen? Das ist unmöglich. Die Simonie ist eine Ungeheuerlichkeit, weil sie unseren Begriff von dem, was menschlich möglich ist, verkehrt. Ein menschliches Wesen kann seine Freiheit nutzen, um zu

produzieren oder zu akzeptieren, oder seine Liebe, um zu zeugen oder zu befriedigen. Liebe gibt und Freiheit nimmt. Die Frau im schwarzen Strohhut gab etwas, bevor sie ihren Körper dem Staat verkaufte. Emma will sich dem Staat verkaufen aber nichts geben.
– Weißt du, auch wenn du den Antrag gestellt hättest, sie mit Anstand zu kaufen – für Staatszwecke – sagte Lynch, und trat mit den Fußspitzen verdrossen nach dem Kies, würde sie sich zu dem Preis nicht verkauft haben.
– Du glaubst nicht. Nicht einmal, wenn ich ...
– Eher nicht, sagte der andere abschließend. Was für eine verdammte Idiotin die doch ist!
Stephen errötete unschuldig:
– Du hast so eine nette Art, die Dinge darzustellen, sagte er.
Das nächste Mal, als Stephen Emma auf der Straße traf, grüßte sie ihn nicht. Er erzählte den Vorfall keinem außer Lynch. Von Cranly erwartete er spärliche Sympathie, und er hielt an sich, mit Maurice darüber zu reden, weil er immer noch den Wunsch des älteren Bruders hatte, erfolgreich zu erscheinen. Das Gespräch mit Lynch hatte ihm mit peinigendem Nachdruck die platte Seite des Abenteuers offenbart. Er fragte sich ernsthaft und oft, ob er erwartet hätte, daß sie mit ›Ja‹ auf seinen Antrag würde geantwortet haben. Sein Geist, dachte er, müßte an jenem Morgen etwas gestört gewesen sein. Und doch, wenn er seine eigene Rechtfertigung seines Verhaltens noch einmal durchdachte, fand er sie stimmig. Der ökonomische Aspekt der Geschichte stellte sich ihm nicht sehr lebendig dar, war aber wenigstens so lebendig, ihn den Umstand beklagen zu lassen, daß die Lösung moralischer Probleme so hoffnungslos mit rein materiellen Erwägungen verstrickt sein sollte. Er war nicht doktrinär genug, seine Theorie durch eine allgemeine Revolution der Gesellschaft bewiesen haben zu wollen, aber er konnte nicht glauben, daß ebendiese Theorie gänzlich unpraktikabel wäre. Die römisch-katholische Vorstellung, ein Mann müsse von Kindheit an unerschütterlich enthaltsam sein und dürfe seine Männlichkeit erst errei-

chen, nachdem er zunächst die Kirche hinsichtlich seiner Orthodoxie, finanziellen Lage, Zukunftsaussichten und allgemeinen Absichten befriedigt und vor Zeugen geschworen habe, seine Frau ewig zu lieben, ob er sie nun liebte oder nicht, und Kinder für das Himmelreich in einer Weise zu zeugen, die die Kirche billigte – diese Vorstellung schien ihm alles andere als einleuchtend zu sein.

Während dieser Gedankengänge schickte die Kirche eine Gesandtschaft hurtiger Anwälte in seine Ohren. Diese Gesandten entstammten allen Rangordnungen und allen Typen der Kultur. Sie wandten sich abwechselnd an jede Seite seiner Natur. Er war ein junger Mensch mit zweifelhafter Zukunft und ungewöhnlichem Charakter: dies war der erste springende Punkt. Die Gesandten begegneten ihm ohne übertriebenen Anspruch und ohne Hast. Sie konstatierten, daß es in ihrer Macht stünde, viele der Wege, die rauh zu werden versprachen, zu glätten und durch Verminderung der Mühseligkeiten materieller Natur dem ungewöhnlichen Charakter Spielraum und Ruhe zu gewährleisten, daß er sich entwickeln und bewähren könne. Er hätte die Verstrickung rein materieller Erwägungen mit einem moralischen Problem beklagt, und hier bekäme er zumindest eine Garantie, daß das moralische Problem, wenn es ihm beliebte, den Argumenten der Gesandtschaft ein Ohr zu leihen, in seinem Falle auf eine Bahn geschoben werde, wo es sich von selber löse, frei von kleinlichen und eher unwürdigen Sorgen. Er habe eine, wie er es nenne ›moderne‹, Abneigung dagegen, Gelübde abzulegen: keine Gelübde würden verlangt. Wenn er nach Ablauf von fünf Jahren noch immer in seiner Verstocktheit des Herzens verharre, könne er sich immer noch an seine individuelle Freiheit hängen, ohne Angst haben zu müssen, darob ein Eidesbrüchiger genannt zu werden. Die Praxis reiflicher Erwägung sei eine alte und weise. Er selber sei der größte Skeptiker hinsichtlich der glühenden Enthusiasmen der Patrioten. Als Künstler habe er nichts als Verachtung übrig für ein Werk, welches aus einer anderen denn einer gänzlich gefestigten Gemütsverfassung erwachsen sei. Könne es sein, daß er in seinem Leben weniger Strenge walten lassen wolle, als er es in seiner Kunst wünsche? Wie könne er sich einer solchen Torheit schuldig machen, einer solch zynischen Unterordnung des aktual Gegebenen unter das Abstrakte, wenn er ehrlich davon überzeugt sei, daß der Wert einer Institution proportional ihrer Nähe zu einem aktualen menschlichen Bedürfnis oder entsprechender Energie beurteilt werden müsse und daß das Epitheton ›vivisektiv‹ dem modernen Geist im Unterschied von dem alten oder kategoriebefrachteten Geist beigelegt werden solle. Er wünsche das Leben eines Künstlers zu führen. Gut! Und er fürchte, die Kirche werde seinen Wunsch durchkreuzen. Aber habe er nicht bei der Formulierung seines künstlerischen Credos Punkt für Punkt in dem größten und orthodoxesten Doktor der Kirche im vorhinein gebilligt gefunden und sei es etwas anderes als Eitelkeit, was ihn dränge, nach der Dornenkrone des Ketzers zu greifen, während doch die gesamte Theorie, mit welcher sein gesamtes künstlerisches Leben sich im Einklang geformt hätte, ausgesprochen günstig für seine Zwecke aus der Masse katholischer Theologie erwachse? Er könne die Angebote des protestantischen Glaubens nicht unumwunden annehmen: er wisse, daß die Freiheit, deren dieser sich brüstete, oft nur die Freiheit sei, schlampig im Denken und amorph im Ritus zu sein. Niemand, nicht der fanatischste Feind der Kirche, könne sie beschuldigen, schlampig im Denken zu sein: die Subtilität ihrer Abhandlungen sei unter Demagogen eine stehende Redensart geworden. Niemand könne ferner die Kirche beschuldigen, amorph im Ritus zu sein. Der Puritaner, der Calvinist, der Lutheraner seien der Kunst und üppiger Schönheit feindlich gesonnen: der Katholik sei der Freund dessen, der das Schöne zu erläutern oder zu enthüllen sich anheischig mache. Könne er dafür einstehen, daß seine eigene aristokratische Intelligenz und seine Leidenschaft für eine zuhöchst befriedigende Ordnung in aller Inbrunst künstlerischer Schöpfung nicht rein katholische Eigenschaften seien? Die Gesandten handelten diesen Punkt nicht weiter ab.

Außerdem, sagten sie, sei es ein Kennzeichen des modernen Geistes, angesichts aller Absolutismen scheu zu verstummen. Wie sicher du dir jedoch auch jetzt der Vernünftigkeit deiner Überzeugungen sein magst, du kannst nicht sicher sein, daß du sie stets für vernünftig halten wirst. Wenn du ernstlich in einem Gelübde eine Beschneidung der menschlichen Freiheit siehst, kannst du dich doch nicht durch ein Gelübde davor schützen, einem reaktionären Impuls zu folgen, der dich eines Tages mit Sicherheit überkommen wird. Du kannst die Möglichkeit nicht außer acht lassen, daß deine Weltanschauung sich in einem solchen Maße ändern wird, daß du in jedem Eingriff in den Gang der Dinge den Ausdruck jener sehen wirst, die durch Hoffnung sich noch täuschen lassen. Was wird in diesem Fall aus deinem Leben geworden sein? Du wirst es vergeudet haben, in dem Bestreben, Menschen zu retten, die weder die Neigung noch die Fähigkeit zur Freiheit haben! Du glaubst an eine Aristokratie: so glaube auch an den Rang der aristokratischen Klasse und an die Gesellschaftsordnung, die diesen Rang sichert. Stellst du dir vor, daß die Sitten weniger unedel, intellektuelles und künstlerisches Bestreben weniger konditioniert sein werden, wenn die unwissenden, die enthusiastischen, die geistigen Schlamper, die wir unterworfen haben, uns unterwerfen? Nicht einer dieser Schlamper versteht deine Ziele als Künstler oder will deine Sympathie: wir andererseits verstehen deine Ziele und sind ihnen oft sympathisch gesonnen, und wir ersuchen dich um deine Unterstützung und sehen in deiner Kameradschaft eine Ehre. Du sagst so gern, das Absolute sei tot. Wenn das stimmt, ist es möglich, daß wir uns alle irren, und wenn du das erst einmal als eine Möglichkeit annimmst, was bleibt dir dann übrig als intellektuelle Verachtung? Bei uns kannst du deine Gabe der Verächtlichmachung entfalten, wenn du anerkanntes Mitglied des patrizischen Ordens bist, und du wirst nicht einmal genötigt sein, eben jenen Doktrinen einen Waffenstillstand zu garantieren, deren Erfolg in der Welt dir dein Patriziat verschafft hat. Werde einer von uns. Dein Leben wird gegen massivere Sorgen versichert sein, deine Kunst geschützt gegen das Eindringen revolutionärer Vorstellungen, zu deren Kämpen sich noch kein Künstler, von dem die Geschichte erzählt, aufgeworfen hat. Werde einer von uns, als Gleichberechtigter. Im Naturell und im Geist bist du ja noch Katholik. Der Katholizismus ist dir im Blut. Der du in einem Zeitalter lebst, das die Evolution entdeckt zu haben sich anheischig macht, kannst du so einfältig sein, zu glauben, du könntest lediglich durch Querköpfigkeit deinen Geist und dein Naturell gänzlich umschaffen oder dein Blut von dem, was du die katholische Infektion nennen magst, reinigen? Eine Revolution, wie du sie wünschst, wird nicht durch Gewalt erreicht, sondern allmählich: und innerhalb der Kirche hast du eine Gelegenheit, deine Revolution rational zu beginnen. Du kannst die Samen in die dir anvertrauten achtsamen Furchen säen, und wenn dein Same gut ist, wird er gedeihen. Aber wenn du in die unnötige Wildnis gehst und deinen Samen ausladend auf jeden Boden streust, welche Ernte wirst du haben? Alles scheint dich zu nötigen, einen Kurs der Mäßigung, der Nachsicht einzuschlagen; und der geläuterte Wille kann sich doch ganz gewiß genauso gut in der Einwilligung wie in der Verweigerung entfalten. Die Bäume sind nicht unwillig über den Herbst, noch ist irgendetwas Exemplarisches in der Natur unwillig über seine Begrenzungen. So sei denn auch du nicht unwillig über die Begrenzungen des Kompromisses.

Diese inständigen Appelle, die sich Stephen so pedantisch genau bis zu Ende anhörte, wurden durch Cranlys Einfluß ergänzt. Keiner der jungen Männer bereitete sich auf seine Prüfung vor, und sie brachten ihre Abende wie gewöhnlich mit ziellosen Wanderungen und Unterhaltungen zu. Ihre Wanderungen und Unterhaltungen führten nirgend hin, denn wann immer in ihrem Gespräch ein entscheidender Punkt aufzutauchen drohte, flüchtete Cranly prompt in die Gesellschaft einiger seiner auserwählten Gesellen. Das Billardzimmer des Adelphi-Hotels war jetzt ein Lieblingsplatz der beiden Freunde. Nach zehn Uhr jeden Abend gingen sie ins Billardzimmer.

Es war ein großes Zimmer, gut ausgestattet mit uneleganten Tischen in schlechtem Zustand und kärglich ausgestattet mit Spielern. Cranly spielte Dauerpartien mit dem einen oder anderen seiner Kameraden, während Stephen auf der Bank saß, die an der Längsseite des Tisches stand. Ein Spiel zu fünfzig kostete Sixpence, und die wurden auch ordnungsgemäß von den beiden Spielern zu gleichen Teilen entrichtet, wobei Cranly seine Threepence sehr bedächtig aus einer ledernen herzförmigen Börse hervorkramte. Die Spieler schickten ihre Bälle manchmal auf den Boden und Cranly verfluchte gelegentlich sein elendes Queue. Ans Billardzimmer schloß sich ein Schankraum an. Im Schankraum war eine kräftige Serviererin, die ein schlecht gemachtes Korsett anhatte, Kraftbier in Flaschen, Stout, mit zur Seite geneigtem Kopf austrug und mit englischem Akzent mit ihren Kunden über die Ensembles der verschiedenen Theater sprach. Ihre Kunden waren junge Männer, denen die Hüte schief und weit zurückgeschoben auf dem Kopf saßen und die einen breitbeinigen Gang hatten. Ihre Hosen waren gewöhnlich weit über den gelbbraunen Stiefeln hochgeschlagen. Einer der regelmäßigen Kunden in diesem Schankraum war (obwohl er sich nicht unter die oberwähnten jungen Herren mischte) ein Freund Cranlys, ein junger Mann, der Angestellter am Agricultural Board Office war. Er war ein säbelbeiniges Männchen, das sehr wenig sprach, wenn es nüchtern, aber sehr viel, wenn es betrunken war. Wenn er nüchtern war, war er sehr friedlich, aber seine Beschwipstheit, die sich durch eine dunkelfarbene Ausscheidung auf seinem pockengezeichneten Gesicht ankündigte, war prahlhänsisch und unfriedlich. Einmal abends ließ er sich mit einem untersetzten Medizinstudenten, der Geschmack an der Kunst der Selbstverteidigung hatte, in einen wilden Streit über Tim Healy ein. Das Streitgespräch war fast völlig einseitig, da die Beiträge des Medizinstudenten sich auf höhnische Lacher beschränkten und Bemerkungen wie »Kann der mit seinen Fäusten was anfangen?«, »Kriegt der überhaupt die Arme hoch?«, »Hat der mit seinen Fäusten was los?« Schließlich bedachte der Angestellte des Agricultural Board Office den Medizinstudenten mit einem schweinischen Ausdruck, woraufhin der Medizinstudent bei seinen Bemühungen, den Missetäter kurz und klein zu hauen, sämtliche Getränke von der Theke schlug. Die Servierein lief kreischend nach dem Besitzer, der Medizinstudent wurde von besonnenen Freunden beruhigt und gebändigt und der Missetäter von Cranly und Stephen und ein paar anderen hinauseskortiert. Zunächst lamentierte er, seine neuen Manschetten hätten Porterflecke abgekriegt, und äußerte den heftigen Wunsch, wieder hineinzugehen und den Kampf bis zu Ende auszutragen, aber von Cranly davon abgebracht, begann er Stephen mit undeutlicher gedämpfter Stimme zu erzählen, er habe die beste Note in Reiner Mathematik bekommen, die je in der Graduierungsprüfung vergeben worden sei. Er riet Stephen, nach London zu gehen und für die Zeitungen zu schreiben, und sagte, er könne ihn auf die rechte Fährte setzen, um weiterzukommen. Als Cranly mit den anderen ein Gespräch über die unterbrochene Billard-Partie angefangen hatte, verkündete Stephens Gesprächspartner von neuem, er habe die beste Note bekommen, die je bei der Graduierung in Reiner Mathematik vergeben worden sei.

Stephen befaßte sich weiter mit seinem Gedichtbuch, trotz dieser ablenkenden Einflüsse. Er war zu dem Schluß gekommen, die Natur habe ihn zum Dichter bestimmt, und darum beschloß er zu tun, trotz aller Einflüsse, was die Natur ihn hieß. Er hatte begonnen, in Cranly einen schlechten Einfluß zu sehen. Cranlys Argumentationsmethode war, alle Dinge auf ihren Nährwert zu reduzieren (obzwar er selber der allerunpraktischste Theoretiker war), und Stephens Kunstbegriff fuhr bei einer derartigen Methode sehr schlecht. Stephen hielt die Überprüfung des Nährwerts für etwas Extremistisches, etwas, das in seinem krassen Materialismus einen Rückzug von den Höhen der Romantik implizierte. Er wußte, daß Cranlys Materialismus nicht tiefer als bis unter die Haut ging, und er hatte den Verdacht, Cranly bediene sich in Sprache und Verhaltensweise direkter Häßlichkeit einzig darum, weil seine

Angst vor dem Lächerlichen und sein mehr als diplomatischer Wunsch, mit allen anderen Menschen gut zu stehen, ihn nötigten, von Schönheit jeglicher Art die Finger zu lassen. Er bildete sich ferner ein, daß in Cranlys Haltung ihm gegenüber eine gewisse Feindseligkeit zu entdecken war, die einem vereitelten Wunsch, zu imitieren, entsprang. Cranly liebte es, Stephen vor seinen Kneipkumpanen lächerlich zu machen, und obwohl dies nichts weiter als Neckerei sein sollte, fand Stephen doch Spuren von Ernst darin. Stephen lehnte es ab, wegen solch trivialer Falschheit mit seinem Freund zu brechen, und teilte auch weiter alle Geheimnisse seines Busens mit ihm, als habe er keine Veränderung bemerkt. Er fragte ihn allerdings nicht länger nach seiner Meinung, noch ließ er die säuerliche Unzufriedenheit in den Launen seines Freundes auf sich abfärben. Er war egoistisch entschlossen, daß nichts Materielles, keine Gunst oder Ungunst des Schicksals, keine Bindung, kein Impuls, keine Tradition ihn daran hindern sollten, das Änigma seiner Position auf seine Weise zu entwickeln. Er ging seinem Vater mit Fleiß aus dem Weg, weil er jetzt in seines Vaters Dünkel den tödlichsten Teil einer, inneren wie äußeren, Tyrannei sah, die er mit aller Gewalt zu bekämpfen sich entschloß. Er stritt nicht länger mit seiner Mutter, überzeugt, daß er keine befriedigende Beziehung zu ihr haben konnte, solange sie den Schatten eines Geistlichen zwischen ihr Inneres und seines schob. Seine Mutter erzählte ihm eines Tages, sie habe mit ihrem Beichtiger über ihn gesprochen und um seinen seelsorgerischen Rat gebeten. Stephen fiel über sie her und machte ihr heftige Vorwürfe, daß sie so etwas getan hatte.

– Sehr hübsch, sagte er, daß du hingehst und hinter meinem Rücken über mich redest. Hast du nicht dein eigenes Inneres, nach dem du dich richten kannst, dein eigenes Gefühl für das was recht ist, ohne daß du zu irgendeinem Pater Kasten-Kobold laufen mußt, um dir sagen zu lassen, wonach du dich richten sollst?

– Priester wissen sehr viel über die Welt, sagte seine Mutter.

– Und welchen Rat hat er dir gegeben?

– Er hat gesagt, wenn noch jüngere Kinder im Haus wären, würde er mir raten, dich so schnell wie möglich zu entfernen.

– Sehr hübsch! sagte Stephen zornig. Es ist reizend, wie du das deinem eigenen Sohn so sagst!

– Ich sage dir nur, was der Priester mir geraten hat, sagte seine Mutter ruhig.

– Diese Kerle, sagte Stephen, wissen nichts über die Welt. Du könntest genausogut sagen, eine Ratte im Rinnstein kennte die Welt. Jedenfalls wirst du deinem Beichtiger künftig nicht mehr wiederholen, was ich sage, weil ich nichts mehr sagen werde. Und das nächste Mal, wenn er dich fragt, »Was macht denn dieser mißratene junge Mann, dieser unglückselige Junge?« kannst du antworten, »Ich weiß es nicht, Vater. Ich habe ihn gefragt und er hat mir gesagt, ich solle dem Priester erzählen, er baue ein Torpedo.«

Die allgemeine Einstellung der Frauen zur Religion war für Stephen ein Rätsel und machte ihn oft rasend. Sein Inneres war außerstande, eine solche Einstellung der Unaufrichtigkeit oder Stupidität beziehen zu können. Das Ende seines unablässigen Sinnierens über diesen Punkt war, daß er über Emma als das trügerischste und feigste aller Beuteltiere den Bannfluch sprach. Er entdeckte, daß niedrige Angst und kein Geist der Keuschheit sie gehindert hatte, seine Bitte zu erfüllen. Ihre Augen, dachte er, müßten sonderbar aussehen, wenn sie zu einem heiligen Bild aufschauten, und ihre Lippen, wenn sie sich spannten, die Hostie zu empfangen. Er verfluchte ihre bourgeoise Feigheit und ihre Schönheit und er sagte sich, wenn ihre Augen auch vielleicht den hirnrissigen Gott der römischen Katholiken umgarnen könnten, ihn würden sie nicht umgarnen. In jedem beiläufigen Bild in den Straßen sah er ihre Seele sich manifestieren, und jede solche Manifestation erneuerte die Nachdrücklichkeit seiner Mißbilligung. Es kam ihm nicht in den Sinn, daß die Einstellung der Frauen zu heiligen Dingen in Wirklichkeit eine viel echtere Emanzipation als seine eigene implizierte, und er verdammte sie aus einem rein hypothetischen Bewußtsein. Er übertrieb ihre Schändlichkeiten und ihren schlechten Einfluß und zahlte ihnen ihre Antipathie in vollem Maße heim. Er spielte ferner mit einer Theorie des Dualismus, die die zwiefache Ewigkeit von Natur und Geist in der zwiefachen Ewigkeit des Männlichen und Weiblichen symbolisierte, und dachte sogar daran, die Verwegenheiten seiner Gedichte als symbolische Anspielungen zu erklären. Es war schwierig für ihn, seinen Kopf zu zwingen, die strikte Temperatur des Klassizismus zu wahren. Mehr denn je sehnte er sich danach, daß die Jahreszeit sich höbe und der Frühling – der neblige irische Frühling – aus und vorbei sei. Er ging eines Abends, eines nebligen Abends, durch Eccles Street und all diese Gedanken tanzten den Tanz der Unrast in seinem Hirn, und da inspirierte ihn ein trivialer Vorfall, ein paar glühende Verse zu komponieren, denen er den Titel »Villanelle der Verführerin« gab. Eine junge Dame stand auf den Stufen eines jener braunen Backsteinhäuser, die die reinste Inkarnation der irischen Paralyse zu sein scheinen. Ein junger Herr stützte sich auf den rostigen Gitterzaun des Unterhofs. Wie Stephen auf seiner Suche da vorüberkam, hörte er die folgenden Gesprächsfetzen, die ihm einen so schneidenden Eindruck vermittelten, daß seine Sensibilität sich arg gepeinigt fühlte.

Die junge Dame – (diskret und schleifend im Ton) ... O ja ... ich war ... in der ... Kir ... che ...

Der junge Mann – (unhörbar) ... Ich ... (wieder unhörbar) ... ich ...

Die junge Dame – (weich, leise) ... O ... Sie sind mir ... aber ... ein sehr ... schlim ... mer ...

Diese Trivialität brachte ihn auf den Gedanken, viele solcher Momente in einem Epiphanien-Buch zu sammeln. Unter einer Epiphanie verstand er eine jähe geistige Manifestation, entweder in der Vulgarität von Rede oder Geste, oder in einer denkwürdigen Phase des Geistes selber. Er glaubte, daß es Aufgabe des Schriftstellers sei, diese Epiphanien mit äußerster Sorgfalt aufzuzeichnen, da sie selbst die zerbrechlichsten und flüchtigsten aller Momente seien. Er sagte Cranly, die Uhr am

Ballast Office sei einer Epiphanie fähig. Cranly befragte das unergründliche Zifferblatt am Ballast Office mit seiner nicht weniger unergründlichen Miene:

– Ja, sagte Stephen. Ich gehe ein ums andre Mal an ihr vorüber, spiele auf sie an, berufe mich auf sie, blicke flüchtig zu ihr hoch. Sie ist nur *ein* Artikel im Katalog des Dubliner Straßenmobiliars. Dann ganz auf einmal *sehe* ich sie, und plötzlich weiß ich, was sie ist: Epiphanie.

– Was?

– Stell dir meine flüchtigen Blicke auf diese Uhr als das Getaste eines geistigen Auges vor, das seine Vision auf einen ganz bestimmten Brennpunkt einzustellen versucht. In dem Moment, in dem der Brennpunkt da ist, ist das Objekt epiphaniert. Und genau in dieser Epiphanie finde ich die dritte, die oberste Qualität der Schönheit.

– Ach ja? sagte Cranly abwesend.

– Keine ästhetische Theorie, fuhr Stephen erbarmungslos fort, hat irgendeinen Wert, die mit Hilfe der Laterne der Tradition ihre Untersuchungen anstellt. Was wir durch Schwarz symbolisieren, symbolisiert der Chinese vielleicht durch Gelb: jeder hat seine eigene Tradition. Griechische Schönheit lacht über koptische Schönheit, und der Indianer verhöhnt sie beide. Es ist so gut wie unmöglich, alle Traditionen zu versöhnen, wohingegen es keineswegs unmöglich ist, die Rechtfertigung für jede Form der Schönheit, die je auf Erden angebetet wurde, zu finden, indem man nämlich den Mechanismus der ästhetischen Wahrnehmung untersucht, ob die nun rot, weiß, gelb oder schwarz gekleidet daherkommt. Wir haben keinen Grund zu der Annahme, daß der Chinese ein anderes Verdauungssystem hat als wir, obwohl unsere Speisen völlig unähnlich sind. Das Wahrnehmungsvermögen muß in Aktion erforscht werden.

– Ja ...

– Du weißt, was der Aquinate sagt: Dreierlei verlangt die Schönheit, Integrität, eine Ganzheit, Symmetrie und Ausstrahlung. Diesen Satz werde ich noch einmal zu einer ganzen Abhandlung auswalzen. Überlege, wie dein eigener Geist sich verhält, wenn mit irgendeinem, hypothetisch schönen, Gegenstand konfrontiert. Dein Geist teilt, um diesen Gegenstand wahrzunehmen, das gesamte Universum in zwei Teile, nämlich den Gegenstand, und die Leere, die nicht der Gegenstand ist. Um ihn wahrzunehmen, mußt du ihn von allem anderen sondern: und dann begreifst du, daß er ein integrales Ding ist, das heißt *ein* Ding. Du erkennst seine Integrität. Stimmt das nicht?

– Und dann?

– Das ist die erste Qualität der Schönheit: sie zeigt sich in einer einfachen jähen Synthese desjenigen Vermögens, welches wahrnimmt. Was dann? Dann Analyse. Der Geist betrachtet den Gegenstand als Ganzes und in seinen Teilen, in Beziehung zu sich selber und zu anderen Gegenständen, überprüft die Balance seiner Teile, bedenkt die Form des Gegenstands, dringt in alle Ritzen der Struktur ein. So empfängt der Geist den Eindruck von der Symmetrie des Gegenstandes. Der Geist erkennt, daß der Gegenstand im strikten Sinne des Wortes ein *Ding* ist, eine definitiv konstituierte Wesenheit. Verstehst du?

– Kehren wir vielleicht um, sagte Cranly.

Sie hatten die Ecke Grafton Street erreicht, und da es auf dem Trottoir wimmelte, kehrten sie nordwärts zurück. Cranly verspürte eine Neigung, den Verrenkungen eines Betrunkenen zuzuschauen, der aus einer Kneipe in der Suffolk Street gefeuert worden war, aber Stephen packte kurzentschlossen seinen Arm und führte ihn weg.

– Nun zur dritten Qualität. Ich bin lange nicht dahinter gekommen, was der Aquinate meinte. Er verwendet ein figuratives Wort (für ihn etwas sehr Ungewöhnliches), aber ich habe es gelöst. *Claritas* ist *quidditas*. Nach der Analyse, welche die zweite Qualität entdeckt, bildet der Geist die einzige logisch mögliche Synthese und entdeckt die dritte Qualität. Dies ist der Moment, den ich Epiphanie nenne. Zunächst erkennen wir, daß der Gegenstand *ein* integrales Ding ist, dann erkennen wir, daß er eine organisierte zusammengesetzte Struktur ist, faktisch ein *Ding*: schließlich, wenn die Beziehung der Teile vollkommen ist, wenn die Teile auf den einen fixen Punkt eingestellt sind, erkennen wir, daß er *das* Ding ist, welches er ist. Seine Seele, seine Washeit, springt uns an aus dem Gewand seiner Erscheinung. Die Seele des gewöhnlichsten Gegenstands, dessen Struktur sich durch diese Blickeinstellung zeigt, scheint uns zu strahlen. Der Gegenstand vollbringt seine Epiphanie.

Als Stephen seine Beweisführung geendigt hatte, ging er schweigend weiter. Er spürte Cranlys Feindseligkeit, und er beschuldigte sich, die ewigen Bilder der Schönheit prostituiert zu haben. Auch fühlte er sich zum erstenmal leicht unwohl in der Gesellschaft seines Freundes, und damit die Stimmung kecker Vertraulichkeit wieder aufkäme, schaute er hoch zur Uhr am Ballast Office und lächelte:

– Sie ist immer noch nicht epiphaniert, sagte er.

Cranly starrte dumpf den Fluß hinunter und wahrte ein paar Minuten lang seine Ruhe, während welcher der Explikator der neuen Ästhetik sich seine Theorie noch einmal ganz abspulte. Eine Uhr schlug am anderen Ende der Brücke und gleichzeitig teilten sich Cranlys dünne Lippen zur Rede:

– Ich möchte mal wissen, sagte er ...

– Was?

Cranly starrte weiter nach der Liffeymündung wie ein Mann in Trance. Stephen wartete, daß der Satz beendet würde, und dann sagte er wieder, »Was?« Da drehte sich Cranly abrupt herum und sagte mit Nachdruck in breitem Dialekt:

– Ich möcht mal wissen, ob dieser scheißige Äppelkahn, die *Sea-Queen*, überhaupt abgegangen ist.

Stephen hatte nun eine Reihe von Hymnen zu Ehren einer ausschweifenden Schönheit vollendet, und diese veröffentlichte er privat in einer Manuskriptedition von einem einzigen Exemplar. Sein letztes Gespräch mit Cranly war so unbefriedigend gewesen, daß er zögerte, ihm das Manuskript zu zeigen. Er behielt das Manuskript bei sich, obwohl seine Gegenwart ihn peinigte. Er wollte es seinen Eltern zeigen, aber die Prüfung rückte näher und er wußte, ihre Sympathie würde nicht ungeteilt sein. Er wollte es Maurice zeigen, aber er war sich bewußt, daß sein Bruder es übelnahm, plebeischer Gefährten wegen stehen gelassen worden zu sein. Er wollte es Lynch zeigen, aber er fürchtete die physische Anstrengung, diesen schwerfälligen jungen Mann in einen Zustand der Aufnahmefähigkeit zu versetzen. Er dachte sogar einen Moment an McCann und Madden. Er sah Madden selten; der Gruß, mit dem der junge Patriot ihn bei diesen seltenen Gelegenheiten bedachte, war nicht unähnlich dem Gruß, mit dem ein Freund, der versagt hat, einen Freund, der Erfolg hat, bedenkt. Madden brachte den größten Teil seines Tags in Cooneys Tabakgeschäft zu, wo er *camàns* prüfte und diskutierte, sehr schweren Tabak rauchte und mit neu angekommenen Provinzlern Irisch sprach. McCann war weiter stark beschäftigt mit der Herausgabe seiner Zeitschrift, zu der er selber einen Artikel, betitelt »Rationalismus in der Praxis«, beigesteuert hatte. In diesem Artikel äußerte er die Hoffnung, die Menschheit werde sich in einer nicht allzu fernen Zukunft von mineralischer Kost anstatt von tierischer oder pflanzlicher ernähren. Der Ton der herausgeberischen Schreibe war viel orthodoxer geworden, als seine Rede es zu sein pflegte. In dem Bericht von der Vollversammlung der College-Sodalität, der anderthalb Spalten der College-Zeitschrift einnahm, wurde ausgeführt, Mr. McCann habe, in einer eindringlichen Rede, viele wertvolle Vorschläge für die Arbeit der Gesellschaft auf einer praxisbezogeneren Basis gemacht. Stephen war darüber erstaunt, und als er dann einmal mit Cranly durch die Nassau Street ging und den Herausgeber energischen Schritts der Bibliothek zusteuern sah, sagte er zu Cranly:

– Was hat Bonny Dundee vor?

– Wie – vor?

– Ich meine ... dieser Sodalitätskrempel, auf den er sich da einläßt. So dumm kann er doch nicht sein, zu meinen, mit der Sodalität könnte er irgendwas Sinnvolles anfangen.

Cranly schaute Stephen spöttisch-prüfend an, beschloß aber, nach reiflicher Überlegung, keinen Kommentar zu geben.
Das Ergebnis der Prüfung war, daß Cranly wieder durchrasselte und Stephen gerade so eben durchkam. Stephen hielt es nicht für nötig, sich die Ergebnisse dieser Prüfungen besonders schwer zu Herzen zu nehmen, zumal er wußte, daß Pater Artifoni, der sich selber für die Immatrikulation hatte prüfen lassen, mehr Punkte für seine englische als für seine italienische Arbeit bekommen hatte, wobei er in der letztgenannten Sprache von einem polyglotten Examinator geprüft worden war, der die französischen, italienischen, arabischen, hebräischen, spanischen und deutschen Prüfungen abnahm. Stephen fühlte mit seinem Lehrer, der freimütig genug war, seinem Erstaunen darüber Ausdruck zu geben. Eines Abends während der Prüfungen unterhielt sich Stephen mit Cranly unter den Arkaden der Universität, als Emma an ihnen vorüberging. Cranly zog seinen uralten Strohhut (den er noch einmal hatte auferstehen lassen) und Stephen schloß sich an. Als Antwort nickte sie sehr höflich über Stephen hinweg seinem Freund zu. Cranly setzte den Hut wieder auf und begann dann in seinem Schatten ein paar Minuten lang zu meditieren.
– Warum hat sie das gemacht? sagte er.
– Eine Aufforderung, vielleicht, sagte Stephen.
Cranly starrte unablässig in die Luft, durch die sie gegangen war: und Stephen sagte lächelnd:
– Vielleicht hat sie das als Aufforderung gemeint.
– Vielleicht.
– Ohne Frau bist du nur ein halber Mensch, sagte Stephen.
– Sie ist nur so elend fett, sagte Cranly, kannste glauben ...
Stephen blieb still. Es gefiel ihm nicht, daß jemand anders etwas gegen sie sagte, und er lächelte nicht, als Cranly seinen Arm nahm mit den Worten »Gehn wir hintan«, welche stets in der Meinung gesprochen wurden, eine historische Aufbruchsformel zu sein. Stephen war vor langer Zeit schon mit sich zu Rate gegangen, ob es dienlich sei, Cranly zu sagen, daß die Formel emendiert werden müsse, aber der hartnäckige

Nachdruck, den Cranly auf das Wort ›hintan‹ legte, wirkte abschreckend.
Die Bekanntgabe des Prüfungsergebnisses führte zu häuslichen Händeln. Mr. Daedalus durchkramte sein Vokabular auf der Suche nach Schimpfwörtern und fragte am Ende Stephen, was seine Zukunftspläne wären.
– Ich habe keine Pläne.
– Dann also: je eher du hier die Mücke machst, desto besser. Du hast uns an der Nase rumgeführt, seh ich. Aber mit Gottes und Seiner Heiligen Mutter Hilfe ich schreib sofort – morgen früh als erstes nach Mullingar. Es hat doch keinen Sinn, daß dein Pate noch mehr von seinem Geld an dich verschwendet.
– Simon, sagte Mrs. Daedalus, du mußt auch immer alles an die große Glocke hängen. Sei doch vernünftig.
– Vernünftig, verdammt noch mal! Als tät ich nicht die Gesellschaft kennen, in die er geraten ist – mies-aussehende Patrioten und der Fußballbengel in den Knickerbockers. Um dir die heilige Wahrheit zu sagen, Stephen, ich hab immer gedacht, du hättest mehr Stolz im Leib als mit solcher *canaille* zu verkehren.
– Ich finde nicht, daß Stephen so schlecht bei seiner Prüfung abgeschnitten hat: er ist doch nicht durchgefallen und schließlich ...
– Die muß immer was dazwischenquatschen, weißt du, sagte Mr. Daedalus zu seinem Sohn. Das ist so eine erbliche Belastung. Ihre Familie, weißt du, lieber Gott, die weiß alles, was du sie frägst, bis runter zur Herstellung von Uhrfedern. Tatsache.
– Du solltest es aber nicht an die große Glocke hängen, Simon. Viele Väter wären froh, wenn sie einen solchen Sohn hätten.
– Du brauchst gar nicht zwischen mich und meinen Sohn zu treten. Wir verstehn uns. Ich sag ihm ja gar nichts; aber ich möchte wissen, was er zwölf Monate lang getrieben hat.
Stephen klopfte weiter mit der Messerklinge auf seinen Tellerrand.
– Also was hast du getrieben?

– Gedacht.
– Gedacht? Ist das alles?
– Und ein bißchen geschrieben.
– Aha. Verstehe. Das heißt also, deine Zeit verschwendet.
– Ich halte Denken für keine Zeitverschwendung.
– Aha. Verstehe. Weißt du, ich kenne nämlich diese Bohemiens, diese Dichter, die Denken für keine Zeitverschwendung halten. Aber gleichzeitig sind sie verdammt froh, wenn einer ihnen mal ab und zu einen Shilling pumpt, damit sie sich nen Fetzen Fleisch kaufen können. Wie dir das Denken wohl schmeckt, wenn du keinen Fetzen Fleisch hast? Kannst du dir nicht was Festes vornehmen, eine anständige Stellung bei einer Behörde, und dann kannste denken, soviel du willst, Himmelnocheinmal. Studier auf irgendeine Bombenstellung hin, da gibts doch genug, und dann kannst du schreiben, wanns dir paßt. Wenn du nicht vielleicht lieber ein Tagedieb werden willst, der sich von Apfelsinenschalen ernährt und auf Parkbänken schläft.
Stephen gab keine Antwort. Nachdem die Tirade fünf- oder sechsmal wiederholt worden war, stand er auf und ging hinaus. Er ging zur Bibliothek, um nach Cranly zu suchen, und da er ihn nicht im Lesesaal und nicht in der Vorhalle fand, ging er ins Adelphi-Hotel. Es war Samstagabend und die Räume zum Brechen voll von Angestellten. Der Angestellte vom Agricultural Board Office saß in der Ecke des Schankraums, den Hut weit aus der Stirn geschoben, und Stephen erkannte sofort die dunkle Ausscheidung, die sich über sein erhitztes Gesicht zu legen drohte. Er war damit beschäftigt, seinen Schnurrbart in der Zeigefingerkrümmung zu zwirbeln und zwischen dem Gesicht der Serviererin und dem Etikett seiner Flasche Stout hin- und herzuschauen. Das Billardzimmer war sehr laut: alle Tische waren besetzt und die Bälle hopsten jede Minute auf den Boden. Einige Spieler spielten in Hemdsärmeln.
Cranly saß dumpf auf der Bank, die an der Längsseite der Tische stand, und sah einem Spiel zu. Stephen setzte sich

schweigend neben ihn und sah ebenfalls dem Spiel zu. Es war ein Dreierspiel. Ein älterer Angestellter, offensichtlich in Großmannslaune, spielte gegen zwei seiner jüngeren Kollegen. Der ältere Angestellte war ein großer kräftiger Mann, der eine goldene Brille auf einem Gesicht, das wie ein roter verschrumpelter Apfel aussah, trug. Er war in Hemdsärmeln und spielte und redete so drahtig, als wollte er zu verstehen geben, daß er weniger spiele als exerziere. Die jungen Angestellten waren beide glattrasiert. Der eine von ihnen war ein untersetzter junger Mann, der verbissen und schweigend spielte, der andere war ein quirliger junger Mann mit weißen Augenbrauen und nervösen Gesten. Cranly und Stephen verfolgten den Gang des Spiels, wie es kroch von Punkt zu Punkt. Der schwere junge Mann setzte seinen Ball dreimal hintereinander auf den Boden, und der Punktstand war so niedrig, daß der Marqueur kam und am Tisch stehen blieb, daran zu gemahnen, daß die zwanzig Minuten vorüber waren. Die Spieler bestrichen ihre Queues öfter als zuvor mit Kreide, und als der Marqueur sah, daß es ihnen ernstlich darum zu tun war, das Spiel zu Ende zu spielen, sagte er nichts wegen der Zeit. Aber seine Gegenwart hatte Einfluß auf sie. Der ältere Angestellte hieb ruckend mit seinem Queue auf den Ball, tat dabei einen schlechten Stoß und trat zurück vom Tisch, wobei er die Augen zukniff und sagte, »Diesmal daneben.« Der quirlige junge Angestellte eilte zu seinem Ball, tat einen schlechten Stoß und sagte, das Queue mit seinem Blick messend, »Ach!« Der verbissene junge Mann schoß seinen Ball stracks ins obere Loch, eine Tatsache, welche der Marqueur auf der Stelle auf dem zerbrochenen Markierbrett registrierte. Der ältere Angestellte glotzte ein paar kritische Sekunden lang über den Rand seiner Brille, tat wieder einen schlechten Stoß und sagte, sofort sein Queue neu mit Kreide bestreichend, knapp und scharf zu dem quirligen jungen Mann, »Komm los jetzt, White. Mach fort.«

Die hoffnungslose Prätention dieser drei Leben vor ihm, ihre nicht aufhebbare Servilität, machten, daß Stephen die Augenhöhlen sengend brannten. Er legte seine Hand auf Cranlys Schulter und sagte hitzig:

– Wir müssen sofort hier raus. Ich kanns nicht länger ertragen.

Sie gingen zusammen durch den Raum und Stephen sagte:

– Wenn ich nur noch eine Minute dageblieben wäre, hätt ich, glaub ich, angefangen zu heulen.

– Ja, es ist schon scheiß-ekelhaft, sagte Cranly.

– Ach hoffnungslos! hoffnungslos! sagte Stephen und ballte seine Fäuste.

XXV

Ein paar Abende, bevor Cranly aufs Land fuhr, um sich nach seinem Durchfall in der Prüfung körperlich zu rekreieren, sagte Stephen zu ihm:

– Ich glaube, das wird eine wichtige Zeit für mich werden. Ich will zu einer Entscheidung kommen über den Weg, den ich einzuschlagen habe.

– Aber du gehst doch in Artes Zwei nächstes Jahr?

– Mein Pate zahlt vielleicht nicht. Die haben erwartet, daß ich ein Stipendium kriege.

– Und warum hast du keins gekriegt? sagte Cranly.

– Ich werde mir die Dinge überlegen, sagte Stephen, und sehn, was ich tun kann.

– Es gibt hundert Sachen, die du tun kannst.

– Meinst du im Ernst? Wir werden sehn ... Vielleicht möchte ich dir mal schreiben. Wie ist deine Adresse?

Cranly tat, als hörte er die Frage nicht. Er stocherte mit einem Streichholz in seinen Zähnen, sehr bedächtig und skrupulös, hielt gelegentlich ein, um mit der Zunge vorsichtig in ein Loch zu fahren, bevor er mit dem Prozeß des Stocherns fortfuhr. Er spuckte aus, was er entfernt hatte. Sein Strohhut saß ihm fast ganz im Nacken und seine Füße waren weit auseinander aufgepflanzt. Nach einer beträchtlichen Pause kam er auf seinen letzten Satz zurück, als hätte er ihn noch einmal neu durchdacht:

– Ja, Hunderte von Sachen.

Stephen sagte:

– Wie ist deine Adresse auf dem Land?

– Meine Adresse? ... Ach ... Siehst du ... es ist wirklich unmöglich, weißte, zu sagen, wie meine Adresse sein wird. Aber du wirst doch zu keiner Entscheidung kommen, bevor ich zurück bin ... Ich bin ziemlich sicher, daß ich morgen früh fahre, aber ich will doch noch sehn, wann ein Zug geht.

– Wir haben schon mal nachgesehn. Halb zehn.

– Nein ... ich glaube, ich muß doch zur Harcourt Street und sehn, wann ein Zug geht.
Sie gingen langsam in Richtung Harcourt Street. Stephen, der keine heimliche Verstimmung in sich aufkommen lassen wollte, sagte:
– Was für eine mysteriöse Absicht verbirgt sich denn hinter deinem unmöglichen Herumgerede? Bitte sag mir das. Was steht dir vor deinem geistigen Auge?
– Wenn ich eine mysteriöse Absicht hätte, sagte Cranly, würde ich sie dir doch vermutlich nicht erzählen, oder?
– Ich habe dir eine ganze Menge erzählt, sagte Stephen.
– Die meisten Menschen haben irgendeine Absicht in ihrem Leben. Aristoteles sagt, das Ziel jedes Wesens ist sein höchstes Gut. Wir alle handeln im Hinblick auf ein bestimmtes Gut.
– Könntest du dich nicht ein bißchen präziser ausdrücken? Oder willst du, daß ich Evangelien über dich schreibe, hm? ... Denkst du wirklich daran, Schweinemetzger zu werden?
– Ja, wirklich. Willst du dir das nicht auch überlegen? Du könntest deine Würstchen in deine Liebesgedichte einwikkeln.
Stephen lachte.
– Du mußt nicht meinen, du kannst mir einen Bären aufbinden, Cranly, sagte er. Ich weiß, wie verdammt romantisch du bist.
In der Harcourt Street Station gingen sie zum Fahrplan, und nach einem Blick darauf sagte Stephen hämisch:
– Halb zehn, wie ich dir gesagt hab. Aber einem Narren glaubt man nicht.
– Das ist ein andrer Zug, sagte Cranly ungeduldig.
Stephen lächelte vergnügt, während Cranly die Tafel zu studieren begann und dabei die Namen der Stationen vor sich hinmurmelte und Zeiten ausrechnete. Schließlich schien er zu einer Entscheidung gelangt zu sein, denn er sagte zu Stephen, »Gehn wir hintan.« Draußen vor dem Bahnhof zog Stephen seinen Freund am Rockärmel und wies auf ein Zeitungsplakat,

das sich, an den Ecken von vier Steinen beschwert, auf der Straße den öffentlichen Blicken zur Schau stellte:
– Hast du das gesehn?
Sie blieben stehen, um das Plakat zu lesen, und vier oder fünf Passanten blieben auch stehen, um es zu lesen. Cranly las die Schlagwörter, angefangen beim Zeitungskopf, in seinem breitesten Dialekt vor:

EVENING TELEGRAPH
Nationalistenversammlung in Ballinrobe.
Bedeutende Reden.
Zentralkläranlage.
Stürmische Diskussion.
Tod eines namhaften Anwalts.
Tollwütige Kuh in Cabra.
Literatur &.

– Meinst du, es bedarf besonderer Talente, in so einem Leben erfolgreich zu sein? fragte Stephen, als sie wieder auf ihrem Weg waren.
– Du hältst ja wohl die Literatur für das Wichtigste dort drauf.
– Das Motiv für die Weltanschauung, die du vertrittst, ist doch bestimmt nichts als Verdrehtheit. Du versuchst, zu beweisen, daß ich abnorm und krank bin, aber es ist genauso leicht, zu beweisen, daß der namhafte Anwalt krank und abnorm war. Stumpfheit ist ein Zeichen von Krankheit.
– Er war vielleicht das, was du Künstler nennen würdest.
– Ja, natürlich ... Und was die Versuchung betrifft, die Satan den Augen Jesu vorgaukeln durfte, die ist, in Wirklichkeit, die allerunwirksamste Versuchung, die man einem Genie überhaupt anbieten kann. Dieser namhafte Anwalt mag ihr vielleicht stattgeben, aber für Jesus muß das Reich dieser Welt eine sehr sehr leere Phrase gewesen sein – wenigstens nachdem er aus seiner romantischen Jugend herausgewachsen war. Satan ist in Wahrheit die romantische Jugend Jesu, die einen Moment wieder aufscheint. Auch ich hatte eine romantische Ju-

gend, als ich es für eine großartige Sache hielt, ein materieller Messias zu sein: das war der Wille meines Vaters, der nie im Himmel sein wird. Aber jetzt kommt mir ein solcher Gedanke nur in Augenblicken großer physischer Schwäche in den Sinn. Daher halte ich diese Lebensanschauung für die abnorme – was mich betrifft. Vor ein paar Tagen bin ich hinaus zum Howth gegangen, zum Baden, und wie ich an der Seite des Head herumging, mußte ich über einen schmalen Streifen von einem Pfad, der hoch über den Felsen hing ...

– Welche Seite von Howth?

– Beim Bailey ... Nun. Als ich hinab auf diese Felsen unter mir blickte, kam mir der Gedanke in den Sinn, mich dort hinunter zu stürzen. Der Gedanke ließ mich einen Moment zittern vor Lust, aber ich erkannte, natürlich, unsern alten Freund. All diese Versuchungen sind aus einem Holz. Jesus, mir, dem reizbaren Menschen, der Brigant oder Selbstmörder wird, weil er die Vorstellungen der Literatur zu ernst genommen hat, ihnen allen bietet Satan ein widernatürliches Leben an. Es ist widernatürlich, weil der Sitz des geistigen Prinzips des Menschen nicht auf ein materielles Objekt übertragbar ist. Ein Mann tut nur so, als wäre ihm sein Hut wichtiger als sein Kopf. Diese Lebensanschauung, denke ich, ist abnorm.

– Du kannst nicht abnorm nennen, was jedermann tut.

– Springt jedermann vom Hill of Howth? Wird jedermann Mitglied von Geheimgesellschaften? Opfert jedermann Glück und Freude und Frieden der Ehre in der Welt? Pater Artifoni hat mir von einer Gesellschaft für gegenseitigen Beistand in Italien erzählt, deren Mitglieder das Recht haben, von ihren Vereinskollegen in den Arno geworfen zu werden, nach Unterzeichnung eines Papiers, aus dem die Unheilbarkeit ihres Falles hervorgeht.

An Noblett's Ecke, wo sie immer Halt machten, fanden sie Temple, der auf einen kleinen Kreis junger Männer feierlich einsprach. Die jungen Männer lachten über Temple sehr, der sehr betrunken war. Stephen hielt seine Augen auf Temples formlosen Mund geheftet, den hin und wieder ein dünner

Schaum scheckte, wenn er sich anstrengte, ein schwieriges Wort zu artikulieren. Cranly starrte auf die Gruppe und sagte:

– Bei meiner Letzten Ölung, ich schwörs, Temple hat diesen Medizinern Runden geschmissen ... Der scheißige Narr! ...

Temple sah sie und brach seinen Diskurs sofort ab, um zu ihnen zu gehen. Ein oder zwei von den Medizinern folgten ihm.

– Guten Abend, sagte Temple und fummelte an seiner Mütze.

– *Betruncus es.*

Die beiden Mediziner lachten, während Temple seine Taschen zu durchsuchen begann. Während der Suche fiel ihm der Kiefer herunter.

– Wer hat das Geld? sagte Cranly.

Die beiden Mediziner lachten und nickten zu Temple hinüber, der sein Suchen sein ließ, untröstlich, und sagte:

– Teufel nochmal ... Ich wollte grade eine Runde schmeißen ... Teufel nochmal! ... Wo ist denn der andere Shilling, den ich gehabt hab? ...

Einer der Mediziner sagte:

– Du hast ihn bei Connery gewechselt.

Der andere Mediziner sagte:

– Der ist heute in der Ersten durchgerasselt. Deshalb hat er sich heut abend unter Alkohol gesetzt.

– Und wo hast du das Geld hergehabt? sagte Cranly zu Temple, der wieder seine Taschen zu durchsuchen begann.

– Er hat seine Uhr für zehn Shilling versetzt.

– Das kann keine schlechte Uhr sein, sagte Cranly, wenn er zehn Shilling drauf gekriegt hat. Wo hat er zehn Shilling gekriegt?

– Ja nein! sagte der zweite Mediziner. Ich hab sie für ihn versetzt. Ich kenn da einen namens Larkin in der Granby Row.

Der große Medizinstudent, der die politische Auseinandersetzung im Adelphi mit dem Angestellten vom Agricultural Board Office gehabt hatte, trat zu ihnen und sagte:

– Na, Temple, lädst du uns jetzt in'n Puff ein?

– Himmelarsch, sagte Temple, mein ganzes Geld ist weg ... Teufel nochmal, ich muß eine Frau haben ... Teufel, ich frag, ob ich ne Frau auf Pump kriege.
Der große Student röhrte vor Lachen, und zu Cranly gewandt, dem er wegen der Geschichte im Adelphi nicht grün war, sagte er:
– Willst du auch eine Frau haben, wenn ich bleche?
Cranlys Keuschheit war berühmt, aber die jungen Männer waren von ihr recht unbeeindruckt. Gleichzeitig behielt die Gruppe ihre Meinung für sich, indem sie über die Einladung des großen Studenten nicht lachte. Cranly antwortete nicht; und so sagte der zweite Student:
– Mac ist durch!
– Welcher Mac? sagte Cranly.
– Mac ... weißt doch ... der Kerl in der Gälischen Liga. Der hat uns gestern abend alle in'n Puff geschleift.
– Und habt ihr alle Frauen gehabt?
– Nein ...
– Warum seid ihr denn da hingegangen?
– Er hat vorgeschlagen, wir marschiern mal durch. Hübsche Puppen da. Die sind uns nachgelaufen, Mann: ein ganzer Schwanz. Ja und eine hat Mac eine runtergehaun, weil er sie angeblich beleidigt hat.
– Was hat er gemacht?
– Weiß ich nicht. Er hat gesagt, »Hau ab, du Pißbüdel« oder sowas ähnliches.
– Und was hat Mac dann gesagt?
– Er würde sie anzeigen, wenn sie noch weiter hinter ihm herliefe.
– Also, ich bleche der ganzen Runde Frauen, wenn Cranly eine nimmt, sagte der große Student, der die Gewohnheit hatte, mit einer einzigen Inspiration ein halbstündiges Gespräch zu bestreiten.
– Teufel nochmal, sagte Temple plötzlich, habt ihr schon die neue Parabel gehört ... über die Affen in der Berberei? ... Wun ... derbare Parabel ... Hab ich von Flanagan ... Ach

(sagte er zu Stephen) der will dich kennenlernen ... will wissen ... Feiner Bursche ... schert sich einen Dreck um Religion oder Priester ... Teufel, ich bin ein Freidenker ...

– Wie geht die Parabel? sagte Stephen.

Temple nahm seine Mütze ab und begann, barhäuptig, nach Art der Landpriester zu deklamieren, dehnte dabei alle Vokale, stieß die Sätze ruckartig aus und senkte die Stimme bei jedem Einschnitt:

– Geliebte Brüder im Herrn: Es war einmal ein Stamm von Affen in der Berberei. Und ... diese Affen waren so zahlreich wie der Sand des Meeres. Sie lebten zusammen in den Wäldern in polygamem ... Verkehr ... und pflanzten ... ihre Art fort ... Aber siehe, es kamen in die Berberei ... die heiligen Missionare, die heiligen Gottesmannen ... um die Menschen in der Berberei zu erlösen. Und diese heiligen Männer predigten den Menschen ... und dann ... gingen sie in die Wälder ... weit hinaus in die Wälder ... um zu Gott zu beten. Und sie lebten als Einsiedler ... in den Wäldern ... und beteten zu Gott. Und siehe, die Affen der Berberei, die in den Bäumen saßen ... sahen diese heiligen Männer, wie sie als Einsiedler ... ganz für sich als Einsiedler ... lebten und zu Gott beteten. Und die Affen, meine geliebten Brüder im Herrn, die einen Nachahmungstrieb haben ... begannen die Handlungen ... dieser heiligen Männer ... nachzuahmen und ein gleiches zu tun. Und so ... trennten sie sich voneinander ... und zogen fort weit fort, um zu Gott zu beten ... und sie taten nicht anders, denn sie die heiligen Männer hatten tun sehen ... und beteten zu Gott ... Und ... sie kehrten nimmermehr ... zurück ... noch trachteten sie ihre Art fortzupflanzen ... Und so wurden ... allmählich ... diese aa ... rmen Affen ... weniger und weniger ... weniger und weniger ... Und heutigentags ... gibt es keinen Affen mehr in der ganzen Berberei.

Temple bekreuzigte sich und setzte den Hut wieder auf, während seine Zuhörer in die Hände klatschten. In dem Moment näherte sich ein Polizist der Gruppe. Stephen sagte zu Cranly:

– Wer ist dieser Flanagan?
Cranly gab keine Antwort, sondern folgte Temple und seinen Gesellen, wobei er emphatisch ausschritt und »Mhm, ja« vor sich hinsprach. Sie konnten hören, wie Temple vor seinen Gesellen seine Armut bejammerte und Fetzen seiner Parabel wiederholte.
– Wer ist dieser Flanagan? sagte Stephen wieder zu Cranly.
– Noch so ein scheißiger Narr, sagte Cranly in einem Ton, der den Vergleich offen ließ.
Ein paar Tage danach fuhr Cranly nach Wicklow. Stephen verbrachte seinen Sommer mit Maurice. Er erzählte dem Bruder von den Schwierigkeiten, die er für den Beginn des neuen Trimesters voraussah, und gemeinsam diskutierten sie Pläne, wie der Lebensunterhalt bestritten werden könnte. Maurice schlug vor, die Gedichte sollten einem Verleger eingeschickt werden.
– Ich kann sie keinem Verleger einschicken, sagte Stephen, weil ich sie verbrannt habe.
– Verbrannt!
– Ja, sagte Stephen knapp, sie waren romantisch.
Schließlich hielten sie es für das beste, zu warten, bis Mr. Fulham seine Absichten kundtat. Mrs. Daedalus sprach eines Tages bei Pater Butt vor. Sie gab nicht das vollständige Gespräch wieder, aber Stephen bekam mit, daß Pater Butt zunächst eine Kontorstelle bei Guinness als Lösung des schwierigen Falles des jungen Manns verordnet hatte, und auf das ungläubige Kopfschütteln von Mrs. Daedalus hin hatte er gebeten, Stephen selbst zu sprechen. Er hatte Andeutungen über irgendeine Neudisposition des College fallen lassen, die Neueinstellungen erforderlich mache. Von diesen Andeutungen nährten sich Stephens Eltern. Am nächsten Tag ging Stephen zum College, um bei Pater Butt vorzusprechen.
– Ach kommen Sie herein, mein lieber Junge, sagte Pater Butt, als Stephen an der Tür des kleinen teppichlosen Schlafzimmers erschien.
Pater Butt begann des langen und breiten über allgemeine

Themen zu sprechen, ohne etwas Bestimmtes zu sagen, suchte dabei aber Stephen wieder und wieder nach seiner Meinung auszuholen, die stets mit Bedacht ungeäußert blieb. Der junge Mann war sehr verwirrt. Schließlich, nach vielem Reiben des Kinns und vielem Augengeblinzel, fragte Pater Butt, was Stephens Pläne wären ...

– Literatur, sagte Stephen.

– Ja, ja ... natürlich ... aber inzwischen, ich meine ... natürlich werden Sie weiter studieren, bis Sie ein Examen haben – das ist der springende Punkt.

– Das werde ich vielleicht nicht können, sagte Stephen, ich nehme an, Sie wissen, daß mein Vater nicht in der Lage ist ...

– Nun, sagte Pater Butt fröhlich, wie schön, daß Sie zur Sache kommen ... Genau darum geht es. Die Frage ist, ob wir etwas für Sie finden können, das es Ihnen ermöglicht, Ihr Studium hier zu beenden. Das ist die Frage.

Stephen sagte nichts. Er war überzeugt, daß Pater Butt irgendein Angebot oder einen Vorschlag in petto hätte, aber er war entschlossen, ihm nicht zu helfen, Worte dafür zu finden. Pater Butt blinzelte weiter mit den Augen und rieb sich weiter das Kinn und murmelte vor sich hin, »Das ist die Schwierigkeit, sehen Sie.« Schließlich, da Stephen fromm seinen Frieden wahrte, sagte Pater Butt:

– Es gäbe vielleicht ... das fällt mir grade ein ... hier im College eine Stelle. Ein oder zwei Stunden am Tag ... das wäre ja nichts ... Ich glaube, ja ... wir werden ... lassen Sie mich mal sehen ... Es wäre für Sie gar keine Mühe ... kein Unterrichten oder solche Schinderei, nur so rund ein Stündchen morgens hier im Büro ...

Stephen sagte nichts. Pater Butt rieb seine Hände und sagte:

– Andernfalls bestünde die Gefahr, daß Sie ... an Entkräftung ... zugrunde gingen ... Ja, eine famose Idee .. Ich werde noch heute Abend mit Pater Dillon sprechen.

Stephen, einigermaßen überrascht, obwohl er diese Art Vorschlag vorausgesehen hatte, murmelte seinen Dank und Pater

Butt versprach, ihm im Laufe des nächsten oder übernächsten Tages einen Brief zu schicken.
Stephen gab seinem Vater und seiner Mutter keinen sehr detaillierten Bericht über dieses Gespräch: er sagte, Pater Butt sei recht vage gewesen und habe ihm nahegelegt, sich nach Privatstunden umzusehen. Mr. Daedalus hielt dies für eine höchst praktikable Idee:
– Wenn du nur deine Ohren steif hältst, machst du deinen Weg. Bleib mit den Brüdern in Verbindung, sag ich dir, den Jesuiten: Die bringen dich schnell genug weiter. Ich bin ein paar Jährchen älter als du.
– Die tun ganz bestimmt ihr Bestes, um dir zu helfen, sagte Mrs. Daedalus.
– Ich will ihre Hilfe nicht, sagte Stephen bitter.
Mr. Daedalus klemmte sein Glas ins Auge und starrte seinen Sohn und seine Frau an. Seine Frau begann eine Apologie:
– Stecks auf, Frau, sagte er. Ich kenne die Bahn, auf die er geraten ist. Aber er wird weder mich noch seinen Paten zum Narren halten. So wahr mir Gott helfe, es dauert nicht mehr lang, da laß ich ihn wissen, zu was für einem ausgewachsenen verdammten Atheisten der Kerl hier sich gemausert hat. Warte, Früchtchen, überlaß es nur mir.
Stephen antwortete, daß er auch von seinem Paten keine Hilfe wolle.
– Ich kenne die Bahn, auf die du geraten bist, sagte sein Vater. Hab ich dich nicht gesehn, am Morgen beim Begräbnis deiner armen Schwester? Vergiß das nicht. Du widernatürlicher verdammter Rohling. Lieber Gott, hab ich mich deiner an dem Morgen geschämt. Du hast dich nicht wie ein Gentleman benommen, dich gesittet unterhalten oder dergleichen, verdammt nochmal, aber dich in die Ecke verdrücken zu den Sargkutschern und Leichenbittern, mein Gott, das konntst du. Wer hat dir beigebracht, pintenweise Porter zu trinken, darf ich mal fragen? Ist das die feine Art für einen äh ... Künstler?
Stephen schlug die Hände zusammen und schaute zu Maurice, der einen Lachkrampf hatte.

– Worüber lachst du? sagte sein Vater. Jeder weiß doch, daß du nur dem Kerl sein Handlanger bist.
– Stephen hat Durst gehabt, sagte Maurice.
– Mein Gott, die Zeit ist nicht mehr fern, da hat er zum Durst den Hunger noch obendrein, wenn du mich fragst.
Stephen gab Maurice Einzelheiten seines Gesprächs:
– Meinst du nicht, daß sie mich kaufen wollen? fragte er.
– Ja, das ist evident. Aber eins überrascht mich doch ...
– Nämlich?
– Daß dem Priester die Gäule durchgegangen sind, als er mit Mutter sprach. Du mußt den guten Mann ziemlich verärgert haben.
– Woher weißt du, daß ihm die Gäule durchgegangen sind?
– Na das müssen sie, als er vorschlug, dich in einer Brauerei an den Schreibkram zu setzen. Damit hat er sich verraten. Jedenfalls ersehen wir daraus, welches Recht diese Männer haben, sich den geistigen Beistand ihrer Herde zu nennen ...
– Ja?
– Sie können nichts für einen Fall wie den deinen tun, in dem gewisse temperamentsmäßige Schwierigkeiten eine Rolle spielen. Du könntest dich genausogut an einen Schutzmann wenden.
– Vielleicht hat er gemeint, mein Geist wäre in einem solchen Zustand der Verwirrung, daß gleichmäßige Routine ihm gut täte.
– Ich glaube nicht, daß er das gemeint hat. Außerdem müßten sie in dem Fall alle Lügenbolde sein, denn sie haben sich alle mit großer Bewunderung über deine Klarheit des Argumentierens geäußert. Der Geist eines Menschen ist intellektuell nicht verwirrt, nur weil er der Doktrin von der Heiligen Trinität seine Zustimmung versagt.
– Übrigens, sagte Stephen, hast du bemerkt, welches Verständnis und welche Sympathie zwischen mir und meinen Eltern bestehen?
– Charmant, nicht?
– Und doch, viele Menschen würden sie für meine besten Freunde halten, wegen des Rates, den sie mir gaben. Es scheint

absurd, sie Feinde zu nennen oder sie anzuklagen. Sie wollen, daß ich mir das sichere, was sie für Glück halten. Wenn es nach ihnen ginge, müßte ich alles, was nach Geld riecht, akzeptieren, ganz gleich, was mich das kostet.

– Und akzeptierst dus?

– Wenn Cranly hier wäre, wüßte ich schon, wie er die Frage formulierte.

– Wie?

– »Natürlich akzeptierst dus?«

– Ich hab dir meine Meinung über das junge Herrchen ja schon gesagt, versetzte Maurice bissig.

– Auch Lynch würde sagen, »Du wärst ein verdammter Narr, wenn dus nicht nehmen tätst.«

– Und was wirst du machen?

– Ablehnen, natürlich.

– Das hab ich erwartet.

– Wie kann ichs denn annehmen? fragte Stephen verwundert.

– Na ja, gut wohl nicht.

Am nächsten Tag kam ein Brief für Stephen:

Sehr geehrter Mr. Daedalus,
Ich habe unseren Präsidenten von der Angelegenheit in Kenntnis gesetzt, die wir vor ein paar Tagen besprachen. Er ist an Ihrem Fall sehr interessiert und möchte Sie irgendwann diese Woche zwischen 2 und 3 Uhr im College sprechen. Er hält es für möglich, daß sich für Sie etwas in der von mir angedeuteten Richtung findet – ein paar Stunden etwa täglich –, so daß es Ihnen ermöglicht würde, *Ihre Studien fortzusetzen.* Das ist der springende Punkt.

Mit besten Grüßen
Ihr D. Butt SJ.

Stephen sprach bei dem Präsidenten nicht vor, sondern antwortete Pater Butt brieflich:

Sehr geehrter Pater Butt,
gestatten Sie mir, Ihnen für Ihre Freundlichkeit zu danken.

Ich sehe mich jedoch leider außerstande, Ihr Angebot zu akzeptieren. Gewiß werden Sie verstehen, daß ich mit meiner Absage so handele, wie es mir am richtigsten dünkt, und gleichzeitig in vollster Wertschätzung des Interesses, das Sie an mir genommen haben.

Mit besten Grüßen
Ihr Stephen Daedalus.

Stephen verbrachte den größten Teil des Sommers auf den Felsen des North Bull. Maurice verbrachte den Tag dort, streckte sich faul auf den Felsen aus oder sprang ins Wasser. Stephen stand mit seinem Bruder jetzt bestens, der ihre Entfremdung vergessen zu haben schien. Manchmal zog Stephen sich halb an und ging hinüber zur seichten Seite des Bull, wo er hin und her bummelte und die Kinder und Bonnen beobachtete. Zuweilen stand er da und starrte sie an, bis ihm die Asche seiner Zigarette auf den Rock fiel, aber obwohl er alles sah, das zum Sehen bestimmt war, traf er keine zweite Lucy: und gewöhnlich kehrte er zur Liffey-Seite zurück, leicht amüsiert über seine Niedergeschlagenheit, und dachte, wenn er Lucy den Antrag gemacht hätte und nicht Emma, hätte er vielleicht mehr Glück gehabt. Aber mehr als oft begegnete er tropfnassen Christian Brothers oder verkleideten Polizisten, Erscheinungen, die ihm versicherten, gleich wer zur Frage gestanden hätte, Lucy oder Emma, die Antwort wäre dieselbe gewesen. Die beiden Brüder gingen zusammen heim von Dollymount. Sie sahen beide ein wenig zerlumpt aus, doch sie beneideten die schmuck angezogenen Angestellten nicht, die auf dem Heimweg an ihnen vorüberkamen. Wenn sie an Mr. Wilkinsons Haus anlangten, blieben sie beide draußen stehen und lauschten, ob sie Krakeel hörten, und selbst wenn alles friedlich schien, war Maurices erste Frage an die Mutter, wenn sie die Tür öffnete, »Ist er da?« Wenn die Antwort »Nein« lautete, gingen sie beide zusammen hinunter zur Küche, aber wenn die Antwort »Ja« lautete, ging nur Stephen hinunter, während Maurice übers Geländer hing und die Ohren spitzte, um aus den Tönen seines Vaters zu schließen, ob er betrunken war oder nicht. War er betrunken, so zog sich Maurice auf sein Schlafzimmer zurück, aber Stephen, den das nicht anfocht, trieb fröhlich Konversation mit seinem Vater. Ihr Gespräch begann stets:

– Na (in extrem sarkastischem Ton) darf ich mich erkundigen, wo du den ganzen Tag gesteckt hast?

– Am Bull.

– O (in besänftigtem Ton). Bißchen geschwommen?

– Ja.

– Na das ist vernünftig. Sowas seh ich gern. Solang du dich von der *canaille* fernhältst. (In argwöhnischem Ton) Du warst wirklich nicht mit Knickerbockers oder sonstwem von diesen Nobelherrn zusammen?

– Wirklich.

– Das ist recht. Mehr will ich nicht. Halt dich von denen fern ... Ist Maurice mit dir gewesen?

– Ja.

– Wo ist er?

– Oben, glaube ich.

– Warum kommt er nicht hier runter?

– Ich weiß es nicht.

– Hm ... (wieder in sinnierend-sarkastischem Ton). Mein Gott, ihr seid zwei liebevolle Söhne, du und dein Bruder!

Lynch nannte Stephen schlimmer als alle Esel der Christenheit, weil er die Angebote der Jesuiten abgelehnt hatte:

– Denk bloß an die Nächte, die du dir hättst leisten können!

– Du bist ein scheußlich niedrig gesinntes Geschöpf, antwortete Stephen. Nach allem, was ich deinem merkantilen Schädel eingebleut habe, mußt du mir natürlich mit irgendeiner Greulichkeit kommen.

– Aber warum hast du abgelehnt? sagte Lynch.

Der Sommer war fast vorbei und der Abend war ein wenig kühl geworden. Lynch stiefelte in der Vorhalle der Bibliothek auf und ab, die Hände in den Taschen und die Brust weit rausgestreckt. Stephen blieb an seiner Seite:

– Ich bin ein junger Mann. Ist das so?
– Es – ist – so.
– Gut. Alle meine Anlagen sind ausgerichtet aufs Vers- und Prosaschreiben. Ist das so?
– Nehmen wirs mal an.
– Gut. Ich war nicht dazu bestimmt, Kontorist in einer Brauerei zu sein.
– Ich hielte es für sehr gefährlich, dich in eine Brauerei zu stecken ... mindestens manchmal.
– Ich war nicht dazu bestimmt: das reicht. Ich habe diese Tagesschule von einer Universität bezogen, um Männer gleichen Alters und Naturells kennenzulernen ... Du weißt was ich kennengelernt habe.
Lynch nickte verzweifelt mit dem Kopf.
– Ich habe eine Tagesschule vorgefunden, voller terrorisierter Knäblein, die sich aus Mangel an Selbstvertrauen zu Komplizen verschworen haben. Augen haben sie nur für ihre zukünftigen Pöstchen: um sich diese zukünftigen Pöstchen zu sichern, bugsieren sie sich in Überzeugungen hinein und wieder heraus, placken und mühen sich, um sich in die Gunst der Jesuiten zu schmeicheln. Sie beten Jesus und Maria und Joseph an: sie glauben an die Unfehlbarkeit des Papstes und an seine sämtlichen obszönen, stinkenden Höllen: sie sehnen sich nach dem Tausendjährigen Reich als der Epoche der verklärten Gläubigen und gerösteten Atheisten ... Ach du allmächtiger Herrgott! Sieh doch den schönen bleichen Himmel! Spürst du den kühlen Wind auf deinem Gesicht? Hör mal unsern Stimmen hier in der Halle zu – nicht weil sie deine oder meine sind, sondern weil sie menschliche Stimmen sind: und fällt da nicht die ganze Alfanzerei von dir ab wie Wasser vom Rücken einer Ente?
Lynch nickte mit dem Kopf und Stephen fuhr fort:
– Es ist absurd, daß ich vor Komödianten kriechen und mich winden und bitteln und betteln soll, die selber nicht mehr sind als Bettler. Können wir diese Pest nicht ausrotten aus unserm Geist und aus unsrer Gesellschaft, auf daß die Menschen durch

die Straßen gehen können, ohne an jeder Ecke auf einen alten abgestandenen Glauben oder eine Heuchelei zu treffen? Ich, wenigstens, wills versuchen. Ich will nichts von ihnen akzeptieren. Ich will nicht Dienst nehmen unter ihnen. Ich will mich ihnen nicht unterwerfen, weder äußerlich noch innerlich. Eine Kirche ist nichts Unverrückbares wie Gibraltar: genausowenig ist das eine Institution. Subtrahiere ihre menschlichen Mitglieder von ihr, und ihre Festigkeit ist auf einmal viel weniger evident. Ich, wenigstens, will mich subtrahieren: und merke, wenn wir die Nachkommenschaft eines Menschen auf ein Dutzend veranschlagen, so mag die Subtraktion dieses einen für die Kirche einen Verlust von 12^n Mitgliedern bedeuten.
– Bist du in puncto Nachkommenschaft nicht recht großzügig? sagte Lynch.
– Hab ich dir erzählt, daß ich Pater Healy heute gegen Abend getroffen habe? fragte Stephen.
– Nein, wo?
– Ich bin am Kanal spazieren gegangen, mit meiner dänischen Grammatik (weil ich die Sprache nämlich jetzt anständig lernen will. Warum erzähl ich dir später), und da treff ich ausgerechnet dieses kleine Männchen. Er spazierte genau in den goldnen Sonnenuntergang hinein: all seine Fältchen und Runzeln glitzerten vor Gold. Er schaute auf mein Buch und sagte, das sei sehr interessant: er dächte, es müßte ja so interessant sein, die verschiedenen Sprachen zu kennen und zu vergleichen. Dann schaute er weit weg in die goldene Sonne und ganz plötzlich – stell dir vor! – ging sein Mund auf und er gab ein langsames, lautloses Gähnen von sich ... Weißt du, man kriegt eine Art Schock, wenn jemand sowas unversehens macht.
– Er wird gleich was zu tun haben, sagte Lynch und zeigte auf eine kleine Gruppe, die lachend und schwatzend im Eingang stand, und das wird ihn schon abhalten, im Schlaf spazierenzugehn.
Stephen sah zu der Gruppe hinüber. Emma und Moynihan und McCann und zwei von den Miss Daniel waren offensichtlich in bester Stimmung.

– Ja, sie wirds jetzt wohl demnächst legal machen, sagte Stephen.
– Ich hab das andre Paar gemeint, sagte Lynch.
– Ach, McCann... Sie bedeutet mir jetzt gar nichts mehr, weißt du.
– Das glaub ich nicht, wenn du mich fragst.

[Ende des Manuskripts]

Bibliothek Suhrkamp

Verzeichnis der letzten Nummern

901 Leonora Carrington, Das Hörrohr
902 Henri Michaux, Ein gewisser Plume
903 Walker Percy, Der Kinogeher
904 Julien Gracq, Die engen Wasser
907 Gertrude Stein, Jedermanns Autobiographie
908 Pablo Neruda, Die Raserei und die Qual
910 Thomas Bernhard, Einfach kompliziert
914 Wolfgang Koeppen, Der Tod in Rom
916 Bohumil Hrabal, Sanfte Barbaren
917 Tania Blixen, Ehrengard
918 Bernard Shaw, Frau Warrens Beruf
919 Mercè Rodoreda, Der Fluß und das Boot
922 Anatolij Kim, Der Lotos
924 Stig Dagerman, Deutscher Herbst
926 Wolfgang Koeppen, Tauben im Gras/Das Treibhaus/Der Tod in Rom
927 Thomas Bernhard, Holzfällen
928 Danilo Kiš, Ein Grabmal für Boris Dawidowitsch
929 Janet Frame, Auf dem Maniototo
930 Peter Handke, Gedicht an die Dauer
931 Alain Robbe-Grillet, Der Augenzeuge
935 Marguerite Duras, Liebe
938 Juan Carlos Onetti, Leichensammler
941 Marina Zwetajewa, Mutter und die Musik
942 Jürg Federspiel, Die Ballade von der Typhoid Mary
943 August Strindberg, Der romantische Küster auf Rånö
945 Hans Mayer, Versuche über Schiller
946 Martin Walser, Meßmers Gedanken
947 Ödön von Horváth, Jugend ohne Gott
948 E. M. Cioran, Der zersplitterte Fluch
949 Alain, Das Glück ist hochherzig
953 Marina Zwetajewa, Auf eigenen Wegen
954 Maurice Blanchot, Thomas der Dunkle
955 Thomas Bernhard, Watten
956 Eça de Queiroz, Der Mandarin
958 André Gide, Aufzeichnungen über Chopin
962 Giorgos Seferis, Poesie
964 Thomas Bernhard, Elisabeth II.
965 Hans Blumenberg, Die Sorge geht über den Fluß
966 Walter Benjamin, Berliner Kindheit, Neue Fassung
967 Marguerite Duras, Der Liebhaber
969 Tschingis Aitmatow, Der weiße Dampfer
970 Christine Lavant, Gedichte
973 Franz Rosenzweig, Der Stern der Erlösung
976 Juan Carlos Onetti, Grab einer Namenlosen
977 Vincenzo Consolo, Die Wunde im April

979 E. M. Cioran, Von Tränen und von Heiligen
980 Olof Lagercrantz, Die Kunst des Lesens und des Schreibens
981 Hermann Hesse, Unterm Rad
983 Anna Achmatowa, Gedichte
984 Hans Mayer, Ansichten von Deutschland
986 Robert Walser, Poetenleben
987 René Crevel, Der schwierige Tod
988 Scholem-Alejchem, Eine Hochzeit ohne Musikanten
989 Erica Pedretti, Valerie
990 Samuel Joseph Agnon, Der Verstoßene
991 Janet Frame, Wenn Eulen schrein
992 Paul Valéry, Gedichte
995 Patrick Modiano, Eine Jugend
997 Thomas Bernhard, Heldenplatz
998 Hans Blumenberg, Matthäuspassion
999 Julio Cortázar, Der Verfolger
1000 Samuel Beckett, Mehr Prügel als Flügel
1001 Peter Handke, Die Wiederholung
1002 Else Lasker-Schüler, Arthur Aronymus
1003 Heimito von Doderer, Die erleuchteten Fenster
1004 Hans-Georg Gadamer, Das Erbe Europas
1005 Hans Jonas, Das Prinzip Verantwortung
1007 Juan Carlos Onetti, Der Schacht
1008 E. M. Cioran, Auf den Gipfeln der Verzweiflung
1009 Marina Zwetajewa, Ein gefangener Geist
1012 Hermann Broch, Die Schuldlosen
1013 Benito Pérez Galdós, Tristana
1014 Conrad Aiken, Fremder Mond
1015 Max Frisch, Tagebuch 1966–1971
1016 Catherine Colomb, Zeit der Engel
1017 Georges Dumézil, Der schwarze Mönch in Varennes
1018 Peter Huchel, Gedichte
1019 Gesualdo Bufalino, Das Pesthaus
1020 Konstantinos Kavafis, Um zu bleiben
1021 André du Bouchet, Vakante Glut / Dans la chaleur vacante
1022 Rainer Maria Rilke, Briefe an einen jungen Dichter
1023 René Char, Lob einer Verdächtigen / Eloge d'une Soupconnée
1024 Cees Nooteboom, Ein Lied von Schein und Sein
1025 Gerhart Hauptmann, Das Meerwunder
1026 Juan Benet, Ein Grabmal / Numa
1027 Samuel Beckett, Der Verwaiser / Le dépeupleur / The Lost Ones
1028 Ulrich Plenzdorf, Die neuen Leiden des jungen W.
1029 Bernard Shaw, Die Abenteuer des schwarzen Mädchens auf der Suche nach Gott
1030 Francis Ponge, Texte zur Kunst
1031 Tankred Dorst, Klaras Mutter
1032 Robert Graves, Das kühle Netz / The Cool Web
1033 Alain Robbe-Grillet, Die Radiergummis
1034 Robert Musil, Vereinigungen
1035 Virgilio Piñera, Kleine Manöver

1036 Kazimierz Brandys, Die Art zu leben
1037 Karl Krolow, Meine Gedichte
1038 Leonid Andrejew, Die sieben Gehenkten
1039 Volker Braun, Der Stoff zum Leben 1-3
1040 Samuel Beckett, Warten auf Godot
1041 Alejo Carpentier, Die Hetzjagd
1042 Nicolas Born, Gedichte
1043 Maurice Blanchot, Das Todesurteil
1044 D. H. Lawrence, Der Mann, der Inseln liebte
1045 Jurek Becker, Der Boxer
1046 E. M. Cioran, Das Buch der Täuschungen
1047 Federico García Lorca, Diwan des Tamarit / Diván
1048 Friederike Mayröcker, Das Herzzerreißende der Dinge
1049 Pedro Salinas, Gedichte / Poemas
1050 Jürg Federspiel, Museum des Hasses
1051 Silvina Ocampo, Die Furie
1052 Alexander Blok, Gedichte
1053 Raymond Queneau, Stilübungen
1054 Dolf Sternberger, Figuren der Fabel
1055 Gertrude Stein, Q. E. D.
1056 Mercè Rodoreda, Aloma
1057 Marina Zwetajewa, Phoenix
1058 Thomas Bernhard, In der Höhe, Rettungsversuch, Unsinn
1059 Jorge Ibargüengoitia, Die toten Frauen
1060 Henry de Montherlant, Moustique
1061 Carlo Emilio Gadda, An einen brüderlichen Freund
1062 Karl Kraus, Pro domo et mundo
1063 Sandor Weöres, Der von Ungern
1064 Ernst Penzoldt, Der arme Chatterton
1065 Giorgos Seferis, Alles voller Götter
1066 Horst Krüger, Das zerbrochene Haus
1067 Alain, Die Kunst sich und andere zu erkennen
1068 Rainer Maria Rilke, Bücher Theater Kunst
1069 Claude Ollier, Bildstörung
1070 Jörg Steiner, Schnee bis in die Niederungen
1071 Norbert Elias, Mozart
1072 Louis Aragon, Libertinage
1073 Gabriele d'Annunzio, Der Kamerad mit den wimpernlosen Augen
1075 Max Frisch, Biedermann und die Brandstifter
1076 Willy Kyrklund, Vom Guten
1077 Jannis Ritsos, Gedichte
1079 Max Dauthendey, Lingam
1080 Alexej Remisow, Gang auf Simsen
1082 Octavio Paz, Adler oder Sonne?
1083 René Crevel, Seid ihr verrückt?
1084 Robert Pinget, Passacaglia
1085 Wolfgang Koeppen, Eine unglückliche Liebe
1086 Mario Vargas Llosa, Lob der Stiefmutter
1087 Marguerite Duras, Im Sommer abends um halb elf
1088 Joseph Conrad, Herz der Finsternis

1090 Czesław Miłosz, Gedichte
1091 Karl Kraus, Die letzten Tage der Menschheit
1092 Jean Giono, Der Deserteur
1093 Michel Butor, Die Wörter in der Malerei
1095 Max Frisch, Fragebogen
1096 Carlo Emilio Gadda, La Meccanica
1097 Bohumil Hrabal, Die Katze Autitschko
1098 Hans Mayer, Frisch und Dürrenmatt
1099 Isabel Allende, Eine Rache und andere Geschichten
1100 Wolfgang Hildesheimer, Mitteilungen an Max
1101 Paul Valéry, Über Mallarmé
1102 Marie Nimier, Die Giraffe
1103 Gennadij Ajgi, Beginn der Lichtung
1104 Jorge Ibargüengoitia, Augustblitze
1105 Silvio D'Arzo, Des andern Haus
1106 Werner Koch, Altes Kloster
1107 Gesualdo Bufalino, Der Ingenieur von Babel
1108 Manuel Puig, Der Kuß der Spinnenfrau
1109 Marieluise Fleißer, Das Mädchen Yella
1110 Raymond Queneau, Ein strenger Winter
1111 Gershom Scholem, Judaica 5
1112 Jürgen Becker, Beispielweise am Wannsee
1113 Eduardo Mendoza, Das Geheimnis der verhexten Krypta
1114 Wolfgang Hildesheimer, Paradies der falschen Vögel
1115 Guillaume Apollinaire, Die sitzende Frau
1116 Paul Nizon, Canto
1117 Guido Morselli, Dissipatio humani generis
1118 Karl Kraus, Nachts
1119 Juan Carlos Onetti, Der Tod und das Mädchen
1120 Thomas Bernhard, Alte Meister
1121 Willem Elsschot, Villa des Roses
1122 Juan Goytisolo, Landschaften nach der Schlacht
1123 Sascha Sokolow, Die Schule der Dummen
1124 Bohumil Hrabal, Leben ohne Smoking
1125 Peter Bichsel, Eigentlich möchte Frau Blum den Milchmann kennenlernen
1126 Guido Ceronetti, Teegedanken
1127 Adolf Muschg, Noch ein Wunsch
1128 Forugh Farrochsad, Jene Tage
1129 Julio Cortázar, Unzeiten
1130 Gesualdo Bufalino, Die Lügen der Nacht
1131 Richard Ellmann, Vier Dubliner - Wilde, Yeats, Joyce und Beckett
1132 Gerard Reve, Der vierte Mann
1134 Francis Ponge, Die Seife
1135 Hans-Georg Gadamer, Über die Verborgenheit der Gesundheit
1136 Wolfgang Hildesheimer, Mozart
1137 Max Frisch, Stich-Worte
1139 Bohumil Hrabal, Ich habe den englischen König bedient
1140 Stanisław Lem, Eine Minute der Menschheit
1141 Cees Nooteboom, Die folgende Geschichte

Bibliothek Suhrkamp

Alphabetisches Verzeichnis